易丹 著

奇异 1816 之年

商务印书馆
创于1897 The Commercial Press

商务印书馆（成都）有限责任公司出品

目　录

序章　遥远的爆发

2018 年 11 月，因为要去印度尼西亚的卡加马达大学（Gadjah Mada University）访问，我在网上搜寻有关日惹市（Yogyakarta）的相关信息，却一头撞上了火山。

印度尼西亚是万岛之国，也是著名的火山之国。在太平洋和印度洋之间，一万七千多个大大小小的岛屿上，127 座火山是显眼的存在。在日惹附近二十多公里的地方，就有一座活火山，被介绍为该市著名旅游景点。然而，最终吸引了我眼球的，却是另外一座火山。与这座火山相关联的，是一个叫“无夏之年”（the year without summer）的全球事件。

所谓“无夏之年”，是指 1816 年。

1816 年，亚洲、欧洲和北美经历了一个奇怪的夏天。低温、冷雨、洪涝和干旱袭击了北半球，在许多地方引发农业歉收和饥荒，导致社会动荡，暴乱发生。而这个无夏之年的起因，现在被科学家们一致认定，与印尼的一座火山有关系。因为在一年前，也就是 1815 年，爪哇岛东边的坦博拉火山（Gunung Tambora）剧烈爆发。

桑巴万岛（Sumbawa）上的这座火山，在 1815 年 4 月 5 日突然苏醒，一千多公里之外的人，都听到了喷发的轰隆声。4月10日的爆发更猛烈，将震耳声波传到两千多公里以外。根据估算，在连续几天的爆发中，有几百立方千米的火山物质被抛出，数百万吨火山灰冲向天空，遮天蔽日。因此，桑巴万岛的居民，把这灾难性的一刻叫作“尘雨之时”（zaman hujan au）。五千多万吨细微火山物质和二氧化硫气体，被炸到距地球表面四十多公里的高空。肉眼无法看见的灰烬颗粒，在一年内扩张蔓延，停留在距地球表面十至二十公里的大气中，形成一张气溶胶膜，将太阳能量反射回了宇宙。

然后就导致了全球降温。

1816年6月，美国东部本应是和风暖阳的夏天。新罕布什尔州新上任的州长普卢默，在康科德一家教堂举行就职典礼。一位在场观众回忆，州长演说时，教堂外寒风呼啸，还飘起了雪花，“我们冻得牙齿直哆嗦，手脚都麻木了”。到了晚上，这位观众回到酒店，“围着熊熊燃烧的大火，身子还在发抖，同时抱怨屋子太冷”。低温袭击了从缅因到佛蒙特，从纽约到弗吉尼亚的大片区域，最终迫使许多破产农户向西迁徙，深入曾经不属于美国版图的大西部。

1816年夏天，“连续八周”的雨水和低温，让爱尔兰的土豆、麦子和燕麦普遍歉收，“玉米地里的景象很是凄惨，许多地方的玉米地呈现一片黑色”。从2月到10月，都柏林的平均气温，比正常值低了16.8摄氏度。这一年夏天，人口学家马尔萨斯（Thomas Robert Malthus）到经济学家李嘉图（David Ricardo）的庄园做客，两人却被寒冷潮湿的恶劣天气“囚禁”在室内。虽然他们在人口问题和经济问题上见解不同，却都一致认为，如果眼前的恶劣天气继续下去，英国将面临粮食短缺的社会危机。

1816年，飘浮在大气中的坦博拉火山灰导致印度洋季风发生系统性紊乱，恒河三角洲干旱和洪涝交替出现。到了1817年，反常气候引发霍乱菌株基因突变，并开始在这个英国殖民地肆虐。凶猛的传染病让上百万当地居民死去，更借助殖民者、迁徙者和生意人的身体，从印度次大陆向东进入印尼、菲律宾，向北进入中国和日本，向西穿越阿拉伯世界并最终抵达俄罗斯、法国、英国，再跨越大西洋进入美洲。从1817年开始，直到1850年代，19世纪的这场规模最大的传染病暴发，在全球夺去上千万人性命。

……

国外学者撰写了大量文献，重建坦博拉火山爆发对全球气候的扰乱历史，以及对世界各地的冲击。这些研究，还连带分析了这场灾难给西欧带来的社会动乱和变革，比如：城市中的饥民暴乱，导致了社会治理改革；霍乱暴发，催生了现代公共卫生和医疗救助体制的诞生；燕麦歉收，马匹大量饿死，激发了一个德国贵族发明自行车的雏形……

有些研究者，还考察了气候突变给欧洲文学艺术带来的影响。

1816年，英国诗人雪莱（Percy Shelley）和作家玛丽（Mary Shelley）在瑞士日内瓦湖畔与拜伦（George Byron）会合，但他们过得并不惬意，因为那个夏天“天气很冷，老下雨”。按照雪莱和玛丽的说法，很多时候，他们只能待在拜伦的别墅里，烤着火，用聊天打发时间。拜伦提议，他们用写鬼故事的办法来消遣，由此，诞生了号称史上第一部科幻小说的《弗兰肯斯坦》。

笼罩在寒冷之中的阿尔卑斯山脉，更成就了雪莱的著名诗篇《勃朗峰》。

1816 年，平流层中的火山灰使得伦敦和英格兰的黄昏天空，出现“五颜六色”的暮光。在落日附近，哪怕晴朗无云的天穹，也散发出极为罕见的深红和橘黄。这种奇异天象，导致英国画家透纳（J. M. W. Turner）和康斯太布尔（John Constable），在自己创作的风景画中使用出乎常规的红色和黄色。一帮欧洲科学家在前些年做了一项研究，他们通过数字手段，分析四个世纪里欧洲风景绘画中的红色使用情况，结果发现，1816 年之后的一段时期内，红色使用量最多。

一位美国学者近年发表的著作，书名就叫《坦博拉：改变世界的火山爆发》（*Tambora:The Eruption That Changed the World*）。

在不断搜索信息的过程中，我开始注意到中国。

1816 年，是清帝国的嘉庆二十一年。承接所谓康乾盛世的余晖，嘉庆皇帝执政的时代，被许多历史研究者认定为清朝衰败的开始。紫禁城里的皇帝和云南农舍里的佃农，根本不知道有一座叫坦博拉的火山在印尼爆发，尽管中国传统话语里，早就有关于“爪哇国”的传说。

国内外相关研究结果表明，从 1815 年开始，被坦博拉喷发抛入大气层的火山灰，让之后十年内整个亚洲的平均气温低了 1.2 摄氏度，也让中国经历了一个天气异常的过程。1815 年秋天，河北出现严重霜冻。1816 年开年，海南、广西、广东、台湾都出现了罕见的降雪，广西的积雪达到 70 厘米厚，而台湾也记录到厚达 3 厘米的结冰。江西的一些地方积雪厚达数尺，整个冬天都没有融化。

随着 1816 年夏天的到来，受季风气候影响的中国许多地方，遭遇异乎寻常的霜冻、低温、洪涝和干旱。云南的持续低温和大风冷雨，导致基础粮食作物水稻和荞麦大面积损毁，暴发了所谓的“嘉庆大饥荒”，饿殍遍野。“观音土”——一种含镁、铝、硅、锌等矿物质的黏性泥土——成为绝望人群的饱腹之物。

有研究者指出，随着 1816 年云南农村经济的彻底破产，一种新的种植物开始取代水稻、玉米和荞麦，出现在那里的山坡上和沟壑间。因为易于生长，更因为提取的烟土能卖出好价钱，罂粟成了云南农户生产自救的不二选择。很快，鸦片种植蔓延到这个西南边省各地，野火燎原一般挤占了农田。按照这些研究者的说法，鸦片在西南地区的大面积种植，嘉庆大饥荒无疑是其导火索。四十多年后，等到第二次鸦片战争的硝烟散尽，罂粟成了神州农村的一大经济支柱，将人民抛入更深的幻觉和麻木的深渊，将清皇朝进一步推向衰颓的结局。

从某种意义上讲，遥远印尼的坦博拉火山爆发，影响了中国的历史进程。

看到如此结论，我的确有些震惊了。

国外的地质学、火山学、气候学和环境学研究，通过各种手段，已经证实坦博拉爆发对 1816 年的全球气候造成巨大冲击。国内的气象科学研究者，也通过历史记载、计算机模拟、气象模型演绎，推导出这一年中国各地所受影响，补上了曾经缺席的全球气候历史拼图重要一块。也就是说，至少从自然科学层面，我们已经能确认，这场火山大爆发，造成了显著的全球气候异常。

但是，坦博拉爆发对人类社会的影响，虽然也有大量文献描述和分析，却多少有些见仁见智的含混，尤其当我们把目光聚焦到中国时。对于中国来说，尽管有天人合一的久远思想传统，但要把 1816 年的“天灾”，跟其后发生的“人祸”紧密关联起来，将清帝国的国运转衰，链接到“爪哇国”一座火山的喷发，显然不是一件容易的事。

在19世纪前20年的欧洲和北美，系统的气象观察和气温记录才诞生不久。尽管如此，粗鄙的技术工具和观察者日志，媒体的报道——其中还伴随宗教的预言与迷信的末日恐慌，至少可以帮助人们大致重建西方的“无夏之年”。而在那时的中国，气候变化更多被解释为天体运转和神秘力量的结果。朝廷的天象观察，虽然也借助皇家天文台的西式天象仪，但关于天灾的结论推导却带有玄学意味，而不是出于日常观察和记录分析。

中国科学家对1816年气候异常的讨论，除了借鉴国外的科学假设和调查成果，最直接的证据，只能从那个时代的历史书写甚至诗歌咏叹中攫取。这些历史叙事，基本上没有借助任何技术手段如温度计、气压计、湿度计等，属于纯粹感官体验。因此，要确凿重建这一年中国的气候异常与坦博拉火山爆发之间的关联，重建由此导致的社会灾难或社会变化，成了一个充满挑战的任务。

我是不可能迎接这个挑战的。

话虽这样说，经过半年多的查询、沉淀，阅读、放弃，我发现自己依然无法摆脱坦博拉爆发的蘑菇云阴影。1816年，包括那个寒冷的或者“消失了的”夏天，就像久久盘旋于平流层的火山气溶胶一般，固执地笼罩着我的意识环境和想象世界。

然后我才突然明白，这场惊天动地的爆发，以及随之而来的全球气候异常，其实是为我打开了一扇特殊的窗口，让我能从一个奇妙的角度，来观看那个特定的历史时刻，来理解那时的西方和那时的中国。

一直以来，我对国内学界一些庸俗比较研究都不甚感冒。在大多数时候，那些比较文学、比较诗学、比较艺术学和比较文化批评，不过是将中国和西方的各种现象胡搅蛮缠地拉到一起，没有基本的历史逻辑和话语逻辑。而在1816年，西方与中国的社会和文化现象，却因为一场火山爆发有了奇异的可比性。

桑巴万岛上的那场天灾，除了夺取当地大约十万居民的性命，将两个王国彻底摧毁，给地球表面留下一个大坑外，也给东方和西方的居民带来无处躲避的气候冲击。无夏之年的气候事件，让地球人在时间和空间里罕见的同步，成了同一个灾难的共同受害者和共同目击者。

如果把1816年看作一个时间延绵的横切剖面，它呈现出来的诸多景象，都有一个透视灭点：地球的、气候的、东方的、西方的、社会的、文化的、历史叙事的、植物的、动物的、集体的、个人的……所有这一切，都最终聚焦于坦博拉火山在1815年4月开始喷发的那一刻。火山物质在大气层里形成的气溶胶膜，向太空反射太阳能量的同时，也变成一面把整个地球都笼罩进去的镜子，映照出不论中国还是欧美的社会和历史，映照出所有人的影子。

找到这个焦点，我的写作也就找到了基本框架。

坦博拉火山爆发，以及后来影响全球的天气异常，将成为这本书的总体背景。我将跟随气候灾害留下的历史印迹，去寻找几例文化个案。那些自然科学研究已经得出的证据和结论，将成为这些文化个案的事实背景，而不是叙述和讨论的内容。的确，1816年的火山冬天（volcano winter），让中国和西方有了某种可比性，我却不想陷入精确对位的所谓比较研究套路，比如找一个德国画家来跟中国画家比较，或者把一个中国诗人的作品跟一个法国诗人的作品交叉。

我真正想探讨的，是1816年的中国，是它那时的文化语境。我想知道，产生于那一年的部分中国叙事，如何在全球气候灾难的背景之上呈现？制造这些话语的人，如何想象和描述他们的世界？我们能从这些叙事里，确认坦博拉爆发对中国历史进程的冲击吗？在此基础上，我还想知道，今天的我们面对这些文本时，会有什么样的感受，会引导出什么样的阐释。

按照一些历史学家的描述，1800年代的中国，无论是人口数量或经济总量，都还站在世界前列。所以在1793年，乾隆皇帝才会傲慢地对英国第一位来华使节马嘎尔尼勋爵（George Macartney）宣布，我天朝啥都不缺，不用跟贵国通商。1799年，嘉庆皇帝在世纪之交接过父亲的江山，按说是继承了一个盛世。然而，根据另一些历史学家的说法，在爱新觉罗·永琰登基之时，这个东方帝国已开始走下坡路。光鲜精美的锦缎黄袍，包裹的其实是一个衰态毕露的统治肌体。

到了1816年，坦博拉火山爆发的气候效应开始影响亚洲，波及中国。清朝皇权治下的个别文人，对当时的天灾人祸做出了间接反应。但是，生活在19世纪初期的绝大多数中国知识分子，不会像今天的我们一样，知道他们面对的是一个什么样的世界。他们更不可能像我们一样，知道坦博拉火山在那个叫“咬溜吧”的蛮夷之地东边。他们留下的文本，也许涉及火山爆发带来的恶劣气候和可怖灾难，但他们却根本没有任何可能，将这一现象跟遥远的异邦联系起来。

对于19世纪初期的英国人来说，情况也差不多。不过，相对于1816年的中国同辈，他们有更开阔的眼界，更清楚世界的总体模样。

经过了地理大发现，经过了18世纪的理性启蒙和工业革命，英国的知识界已经站在那时全球知识体系的高位。当中国的知识分子还在苦练八股文，纠结该用什么样的字体在科举考场上答卷时，英格兰或苏格兰的文人们，却不用面对皇帝颁布的殿试考题抓耳挠腮。他们可以自由地选择写作题目和样式，并把作品拿去发表，更关心自己发表的文字能否赚得上流社会的名声和书刊市场的金钱。即便如此，他们在那时也无法理解，自己所遭遇的极端天气，跟遥远的坦博拉火山爆发有关。

这就正好说明，以坦博拉火山爆发和气候变化为焦点，来审视 1816 年的中国和英国知识界，是一个多么有意思的角度。

在今天发达的资讯平台上，坐拥有关那场爆炸和气候剧变的海量信息，我们仿佛变成了无所不知的上帝，俯瞰无夏之年里的芸芸众生。我们不仅能看见他们看不见的空间，也能掌握他们无法控制的时间。我们能透过各种文本，快进和慢放他们的生命历程，并且已经知道，他们奋斗和挣扎的最终结局。人们常说，历史没有如果。但实际上，每一个面对历史的人，不论是书写者还是阅读者，最爱做的假设就是，如果当时……

如果当时的中国皇帝知道，英国已经成为全球贸易和殖民强国；如果中国文人知道，他们认定的所谓天下，只是地球表面的一小部分，传说中的“爪哇国”，已经是英国人跟荷兰人的殖民地；如果欧洲的知识界知道，1816 年寒冷夏天的起因是坦博拉火山爆发，爱尔兰的饥荒起因是全球气候的突变……然而，他们不可能知道。再聪明的大脑，再疯狂的想象力，也无法让他们超越自己的时空，在这一点上与当下的我们达成共识。其实，这也正是历史书写和批判的乐趣所在：作为书写者，虽然后知后觉，却总是比历史里的当事人拥有更广泛的认知，拥有更全面的视野。

在重建历史人物的生命轨迹和存在语境的同时，高高在上的我们，仿佛获得了一种摆脱实际功利的审美距离。

两百多年过去，科学家们通过封冻冰层中的火山物质，通过树干异常的年轮，通过散布各地的气象记录和文学叙事，重建了坦博拉火山爆发对地球气候的影响模型和效应过程。在此基础上，社会科学研究者和人文学者，也重建了这场巨大地质活动对人类社会和文化的冲击图景。耗费如此脑力和体力，去追溯两个世纪前的地质和大气事件，去追溯不同地方不同人群的体验与挣扎，当然不是为了获得事不关己的审美享受。

2018 年 11 月，我最终没有去日惹郊区的默拉皮火山（Gunung Merapi）观光。

这座号称地球上最活跃的火山，曾经在 1006 年、1786 年、1822 年、1872 年、1930 年猛烈喷发，最近的几次喷发分别是在 1994 年、2001 年、2006 年、2010 年。在我访问日惹前的 6 月 1 日，这座火山都还短暂苏醒过，喷出的火山灰和蒸汽柱体高达 6 千米。在我离开后的 2019 年 2 月，它又再次醒来。

甚至，就在我写作这本书的过程当中，2020 年 3 月 3 日和 27 日、6 月 21 日，它都又发生了多次小规模喷发。

默拉皮在 11 世纪初的那次喷发异常剧烈，摧毁了东爪哇的两个王国。岩浆、浮石和火山灰，将日惹附近一座规模巨大的佛教浮屠掩埋，让另一座恢宏精美的印度教庙宇成为废墟。据说，在此之后，伊斯兰教逐渐成为爪哇的强势宗教，曾经辉煌一时的佛教和印度教建筑群，成了供人回忆的遗迹，成了今天的旅游景点。

生活在默拉皮附近的日惹居民，跟我们一样正常生活，吃饭睡觉，上班休闲，恋爱结婚。尽管已经有相对完备的预警系统，他们其实并不能预测，这座火山将在什么时候再次剧烈喷发，再次以震耳的爆炸、猩红炽热的熔岩和遮天蔽日的火山灰，把这座充满活力的城市推向灾难边缘，就像1815年的坦博拉一样。

谁知道呢？

我们以为自己生活在盛世，却不一定知道这盛世景象，已经被大大小小的地震撕出了裂纹。这些地震，其实就是火山即将喷发的前兆。宁静的陡峭山坡上，植物和动物生命繁盛，火山口内，虽然偶有热气蒸腾，却一片安详。然而在这表面的平和之下，压力在火山腔体里不断聚集，无法得到释放，熔岩蠢蠢欲动。

直到有一天……

第一章　坦博拉

1

尘封的厚度

2006 年，印度尼西亚的旱季。

坦博拉山的西北坡，两位来自美国的火山学家，艾布拉姆斯（Lewis J. Abrams）和西格森（Haraldur Sigurdsson），启动他们带来的探地雷达 GPR，对位于海拔 640 米左右的山体土壤进行了测量。

坦博拉火山爆发于两百多年前的 1815 年。如何从实证的层面，推断当年那场地质灾害的烈度，从来就是火山学和地质学的艰难课题。从 19 世纪下半叶开始，西方的一些研究者，开始试图还原坦博拉爆发的真实场景。但那时的研究，囿于技术手段，并不能达到实证的准确。民间传说、亲历者口述和文字记载，成了他们依赖的主要材料。进入 20 世纪后，越来越先进和精良的技术设备，逐渐发挥重要作用。艾布拉姆斯和西格森使用的探地雷达，就属此类。

我不懂探地雷达的工作原理和技术，但读懂他们根据此次测量完成的论文，没有多大问题。

在此后发表于《火山学与地热研究学刊》的论文中，两位作者报告说，他们所探测的多个地点，1815 年以前人类活动的痕迹十分明显。根据雷达显示屏上的回波，他们测得，堆积在 1815

年土层之上的火山物质，薄的地方有 0.5 米，厚的地方达到 4 米。换句话说，1815 年以前的土层和 1815 年以后的土层有明显区别，在 1815 年火山爆发之后，主要由岩浆冷凝形成的凝灰岩和火山角砾岩，以及从空中坠落的火山灰和浮石构成的新土层，最厚的地方达到了 4 米。

4 米厚的土层，足以覆盖那个年代坦博拉王国的所有建筑物。

两人的论文解释说，从 1815 年 4 月 5 日开始，仅在 3 天时间内，坦博拉就喷出了超过 50 立方千米的岩浆。50 立方千米的岩浆有多大体量，我无法想象。不过，西格森此前的另一次测量，能给出一些提示。他曾经考察过坦博拉山东北方的桑噶半岛沿海断面，并在一篇论文里报告说，他发现那里的火山物质堆积层，达到了 20 米的厚度。20 米厚的岩浆、浮石和火山灰，抹去了一切生命痕迹，把大地变成暗黑荒原。

1815 年 4 月 10 日晚上 7 点左右，坦博拉发生了更剧烈的爆发。

一位当地亲历者曾留下的唯一口头描述是这样说的：在震耳欲聋的巨响中，他看见坦博拉山顶喷出三股巨大的火柱，猩红的岩浆冲向高空，在顶端交汇在一起。最终，乌黑的灰尘、白色的蒸汽、暗红的岩浆和浮石，在高空里形成了恐怖的庞大柱体。这个柱体，在火山学里又被称作“普林尼喷流”（Plinian jet）。

古罗马历史学家小普林尼（Pliny）曾经在文字里，描述了著名的维苏威火山爆发。公元 79 年，意大利南部的维苏威火山突然喷发，瞬间就彻底埋葬了庞贝城。普林尼之后，火山喷发出来的岩浆、尘埃和蒸汽形成的喷射柱体，被命名为“普林尼喷流”。

坦博拉的爆发强度，远超烈度指数为 5 的维苏威爆发。按照火山学者的考察和推算，1815 年的坦博拉爆发，是人类有历史记录以来最大的爆发，也是一万年内地球上四次烈度为 7 的火山爆发之一。根据幸存目击者的说法，在大约一个多小时之后，火山灰和蒸汽形成的蘑菇云，彻底遮蔽了山口，并迅速扩展，与降临的夜晚一起，让火山周围的大地陷入漆黑。在坦博拉山以东六十多千米的比马（Bima），另一些目击者描述说，大大小小的浮石和尘土如暴雨般落下，砸垮了当地居民的屋顶。

科学家们认定，在爆发前，坦博拉的圆锥形山体，顶峰海拔4100米，爆发后，降为2800多米，几乎炸掉一半。爆炸留下一个深1100米，直径6000多米的圆形大坑。2009年，国际空间站的科学家从太空拍下了坦博拉火山口的清晰照片，让我们对1815年那次猛烈爆炸，有了更直观的联想依据。这地球表面的巨大伤痕，现在完全处于平静状态，但它依然张着大口提醒我们，当那座高耸的山峰在爆炸中被粉碎、被抛向天空时，会是一种什么样的震撼景象。

炸掉一半的坦博拉山，大多粉碎成火山灰，跟气体、岩浆、浮石一起，以难以置信的速度升腾到空中。美国NASA科学家斯托瑟斯（Richard B. Stothers）2004年发表的一篇论文认为，坦博拉爆发所抛出的火山灰，也创了人类历史记载的最高纪录。

斯托瑟斯考察了坦博拉爆发后，有关人士对火山灰密度的测量和估算。从19世纪后期开始，研究者们对坦博拉火山灰总量有不同估计，从150立方千米，到100—200立方千米，再到90—93立方千米不等。与此同时，关于火山灰密度和质量的推算，也从每立方米500公斤到每立方米1200公斤不等。他认为，新近的估算，也许不比早前的估算更准确。斯托瑟斯在论文中说，以距爆发原点380千米的马卡萨（Makassar，又译为望加锡）所测得的密度推测，坦博拉抛出的火山灰质量，应该达到了每立方米636公斤左右。

因为年代久远，且当时的测量手段和记述文字不完全可信，坦博拉爆发制造的火山灰总量也许永远无法精确推算。但我们可以据此想象，哪怕就按最低估计，比如一共 90 立方千米，每立方米 600 公斤，也已经达到恐怖的级别。

对于 1815 年桑巴万岛上的居民而言，飞来横祸异常惨烈。

我读过的各种文献，把坦博拉爆发导致印尼国内的直接生命损失，定格在 7 万至 10 万人。坦博拉山脚的坦博拉王国和帕基特王国被彻底摧毁，属于这两个部落王国的一万多人中，几乎没有幸存者。

炽热的巨量岩浆，从火山口喷涌坠落，带来超过一千摄氏度的高温，引发剧烈的冷热空气置换，形成速度极快的气旋，摧屋拔树。沿山坡奔腾而下的岩浆流，令人窒息的火山灰、岩浆和浮石暴雨，让生活在这里的村民无处可逃。2004 年，来自美国罗德岛大学的考察团队，在坦博拉山西北山脚处，发掘了一个被掩埋的村庄。在一处房间结构遗存里，一位妇女的遗体躺在地上，手臂伸出，手里还拿着一把长刀。她的骨骸，包括身上的衣物，已经完全碳化。根据遗体的姿态，人们推测她当时正在准备家人的晚餐。岩浆、浮石的突然袭击，尤其是猝不及防的高温风暴，让她甚至没有时间做出反应躲避。

根据荷兰学者波尔斯（Bernice de Jong Boers）在一篇论文中的研究，火山爆发后，桑巴万岛被火山灰彻底覆盖，火山灰的平均厚度达到 50—60 厘米，靠近坦博拉山的区域，平均厚度甚至达到了 1.2 米。他引用了一首当地人的叙事歌谣，这是爆发 15 年后，由西方的一位研究者在比马录得。歌谣中的一段，讲述了那个可怕时刻：

它的轰隆声持续不断
尘土与水的激流从天而降
孩子们和母亲们惊慌喊叫
以为整个世界都变为了灰烬

灾难的缘由据说是真主的愤怒
因为坦博拉国王的不敬行为
他毫无道理地施暴流血，谋杀了
一位虔敬的朝圣者

与当地民间歌谣对应的，是当时在印尼的西方人士对“尘雨之时”的描述。

一位在桑巴万岛上居住的英国人克劳福德，在他的《东印度群岛纪事》中，留下了这样一段文字：

……桑巴万岛上的地震轰隆声和震动一天之后，尘土开始坠落；到了第三天，直至正午，天黑如漆，一连几天的大白天里，我都必须借助烛光干活儿。接下来的几个月内，太阳轮廓模糊不清，大气混沌昏暗……

克劳福德之所以将这次事件描述成地震，是因为他当时并不知道天降灾难源自坦博拉的爆发。事实上，当时居住在桑巴万岛和东爪哇的当地人和外国人，包括在附近海上航行的英国船长和水手，一开始都不知道这一点。

一艘隶属于英国东印度公司的巡洋舰贝纳勒斯号，在火山爆发时就航行在距离坦博拉 380 千米左右的马卡萨洋面上。4 月 10

日晚上，船上的舰长和水手都听到持续不断的巨大爆炸声，最初以为是某个地方发生了战争。

到了11日早上，船长发现情况有些异样，南方和西方的天空比往常阴沉很多，海面突然刮起昏暗的风暴，“到上午10点，天空变成一片漆黑，在船上几乎看不到海岸，尽管我们离海岸只有1英里”。船长描述说，从空中飘落的灰尘覆盖了他的舰船风帆和甲板，他不得不命令水手们竭力清除。正午时分的大白天，变成伸手不见五指的黑夜。

第二天中午，他们才看见了一些微弱的光线。

剑桥大学的火山学教授奥本海默（Clive Oppenheimer）在他的相关论文和专著《震撼世界的爆发》中，引述了众多火山学和地质学研究的测量成果，还原了坦博拉爆发时，火山灰覆盖区域的状况。火山灰被强大的爆炸推送到空中，形成伞状或蘑菇状的火山灰云，又称凤凰云（phoenix cloud）。1815年4月10日出现的凤凰云，以及随之而来的火山灰坠落，以坦博拉为中心，覆盖了一片广大地域，其面积大致相当于今天澳大利亚的国土面积。

在奥本海默引用的示意图中，我们可以看到，火山灰云笼罩了远在大约1000千米之外的加里曼丹岛（Kalimantan）南部，落到地面的火山灰达到平均1厘米至5厘米厚。如果我们把视点朝爆发原点移动，离桑巴万岛越近的地方，火山灰堆积就越厚。贝纳勒斯号巡洋舰所在的马卡萨区域，火山灰堆积层在平均5厘米至20厘米左右；紧挨东爪哇的旅游胜地巴厘岛，堆积厚度从平均25厘米至50厘米；再往桑巴万岛，在坦博拉山附近区域，火山灰堆积厚度达到平均1米。

因为地心引力的作用，火山灰形成的密集“尘雨”回落地面，让桑巴万岛上的人们以为“世界变成了灰烬”。由于风向的原因，尘雨也从东向西，波及东爪哇岛以及印尼的其他地方，仿佛世界末日来临。

但，这只是火山灰的一个运动方向。

2

平流层里的气溶胶

2010年4月，位于冰岛的埃亚菲亚德拉火山（Eyjafjalla）发生喷发，炸出的火山灰冲到7000米以上的空中，最终在平流层扩散成火山灰云团。火山灰微粒进入飞机发动机，会影响正常工作，世界各地的航空公司紧急叫停了所有飞越大欧洲空域的航班。从4月14日开始的一周内，全球一共停飞了七万多个航班，有近七百万旅客被困在三十多个国家的三百多个机场里，进退不得。

然而，2010年冰岛火山的喷发，跟坦博拉比起来，简直是小菜一碟。坦博拉在1815年的爆发，烈度指数为7，而冰岛火山的这次喷发，烈度指数仅为4。跟地震烈度一样，火山爆发烈度指数每上升一级，强度就增加10倍。也就是说，坦博拉火山爆发的强度，是埃亚菲亚德拉火山的1000倍。更有一种形象的相关说法，认为坦博拉爆发的能量，达到了广岛原子弹爆炸当量的5万倍！

颗粒较大的火山灰，因为重力从空中坠落；颗粒更细微、更轻的火山灰，则继续伴随急剧扩张的气体冲击波升腾。根据威廉·K.克林格曼（William K. Klingaman）和尼古拉斯·P.克林格曼（Nicholas. P. Klingaman）在《无夏之年：1816，一部冰封之年的历史》一书中的描述：

除了数百万吨的火山灰，火山爆发的冲击力将5500万吨二氧化硫气体送至22英里外的高空，进入平流层。二氧化硫迅速与液态过氧化氢结合形成1亿多吨的硫酸。硫酸冷凝成直径仅为人类头发直径1/200的细小颗粒，很容易以气溶胶云的形态悬浮在空中。强劲的平流层急流（主要方向是从东往西），使颗粒的运动速度迅速达到约每小时60英里……

真正将坦博拉爆发从地区灾难升级为全球事件的，是平流层里的气溶胶。

在环绕地球的大气中，平流层属于相对低的那一层，距地面高度大致在10千米至50千米。这里没有水分，气体很少上下运动，大多是稳定的水平运动，所以被称为平流层。正因为此，绝大多数民用航空器都在距地面10千米以上的平流层中飞行——基本不会遭遇上下颠簸。

坦博拉爆发后，极细的火山灰和二氧化硫气体被抛入平流层，就像给这个包裹地球的薄膜内，注入了差不多六千万吨新物质，最后化合成一亿多吨气溶胶。平流层里的气溶胶也不含水分，既不会迅速下降，也不会继续上升。根据平流层的大气特性，火山物质以气溶胶的形态，先沿着赤道朝东西方向扩散，然后再朝南北方向分别延伸至北半球和南半球，最终，形成一张面积大到不可想象的膜。

当然，所谓“膜”，其实相当厚，厚到几十千米。只是相对于地球直径和近地空间的尺度，它才显得薄。

我们之所以能确认平流层中存在过这些物质，并且能确认坦博拉气溶胶覆盖了地球广大区域，是因为科学家们分别从南极冰芯和北极冰芯中，测出了硫酸的含量变化。在平流层，气溶胶膜中稍大一些的硫酸颗粒，因为地心引力的作用或者平流层与稍低一些的对流层之间的气体循环，会落到地球表面，其中一部分，自然也会落在南极和北极的冰雪之上。在如此遥远的地界，千万年来人迹罕至，冰雪表面不会受人类活动影响，所以能反映从大气层中坠落物质的真实堆积状态。

根据奥本海默引用的一项1997年的调查结果，从1810年到1820年的冰芯中，科学家们测得，1815年后的硫酸盐含量突然增高，其中，南极冰芯里的硫酸盐含量，达到500年中的最高值。

除了硫酸，另一个指标是铋。

2002年9月到10月，中国科学院和美国缅因大学科学家组成的中美联合科考队，在珠穆朗玛峰东绒布冰川垭口海拔6518米的地方，钻取了两根冰芯，一根长度大于100米，另一根长度大于90米。他们对那根一百多米长的冰芯进行了探测和分析，2009年联名在《中国科学》杂志社的《科学通报》发表了结果。

在这篇名为《珠穆朗玛峰东绒布冰芯1800 AD以来的火山活动记录》的论文中，徐建中、卡斯帕里（S. Kaspari）等科学家们表示，由于大自然中铋元素（Bi）的最主要来源是火山喷发出来的物质，因此，铋是火山爆发的“示踪物”。跟硫酸一样，铋随着火山喷发的尘埃和气体，升腾到平流层，在那里飘移流动，再坠落至地面。珠穆朗玛峰东绒布冰川因千万年来不受人类活动影响，冰雪中包含的铋，就成了理想的火山信号。

科学家们报告说，在1800年至2000年的两百年中，东绒布冰芯的铋含量于1815年之后达到峰值。

类似的自然科学证据还有很多，我没必要都列举在这里。这些来自世界各地的证据都表明，坦博拉火山爆发，从印尼的桑巴万岛开始，最终改变了平流层的大气性质。

气溶胶膜的出现和运动，相当于把原先极为透明的平流层，蒙上了一层雾镜，让太阳光无法顺利穿透。因为一部分阳光被反射回了太空，另一部分产生折射，到达地球表面的能量也就打了折扣，从而导致全球范围内的气温下降。科学家们把这一现象，称作“火山冬天”。跟火山冬天类似的，是“核冬天”：如果地球上爆发全面核战争，数千枚核弹同时爆炸，也同样会将巨量地表物质抛向天空，导致平流层的雾镜效果，遮天蔽日，形成人造冬天。

1815 年 4 月的坦博拉火山爆发，没有即刻引发全球降温，是因为气溶胶云在平流层中的扩散蔓延有一个相对缓慢的过程。

到了 1815 年秋天，气候异常的效果开始显现。

浙江大学科学家高超超与她的三位同仁，在 2017 年的《气象学研究学报》中发表了题为《1815 年坦博拉火山爆发对中国气候的影响》的英文论文，全面地总结和分析了从 1815 年下半年开始的中国气候异常整体图景。他们根据中外学者此前的研究，整理出 1815—1816 年中国大部分地区的低温气候异常情况：

……举例来说，1815 年 9 月，河北省部分地区（大约北纬 37 度至 42 度）记录了霜冻损害。三个月后，南方省份海南（大约北纬 18 度至 20 度），台湾（大约北纬 22 度至 25 度），广东（大约北纬 22 度至 25 度）和广西（大约北纬 22 度至 25 度）都出现了降雪，这些地区即便在冬天通常都鲜见下雪天气。在广西，积雪厚度达到了 70 厘米，而台湾也记录了厚度达 3 厘米的结冰。在稍微靠北的江西（大约东经22度和北纬25度）的一些地方，积雪厚度达到数尺（1尺等于33.3厘米），并一直持续了整个1816年的冬天。

中国南方距赤道较近，平流层气溶胶如果从赤道向南北两个方向蔓延弥散，那么降温效应会最先影响到这里。南方的一些省份，率先体会到了反常低温的冲击。

中外学者一致认为，中国历代帝王都十分重视历史记录，包括对各个时期天灾的叙述。这给后来进行气候史研究的人，留下极为丰富的档案。然而，我在阅读材料时也看到，这些来自中国清代历史典籍的对1815年之后气候异常的记载，虽然具体到每个省，甚至某些府县，却因为没有相应的技术手段，而无法给我们提供气温变化的实在证据。比如，高超超等人论文中提到的1815—1817年波及整个东亚地区以及中国的低温现象，除了史籍描述之外，更多是依据观测树木年轮中包含的信息，根据其他推测，再参照后来的温度记录和对比模型整合而成。

实际上，早在17世纪后期，温度计这种新奇玩意儿就已经随欧洲传教士进入中国。

来自比利时天主教鲁汶大学的耶稣会传教士南怀仁（Ferdinand Verbiest），曾在北京皇宫中担任康熙的老师。1670年，他还给即位的康熙皇帝设计制造了温度计和湿度计。但这些“高科技”仪器，被康熙宫廷视为奇技淫巧而束之高阁，没有充分发挥其观测功能，更没有扩散至民间，成为人们衡量气温的实用工具。按照中国气候史学家竺可桢的说法，直到1900年后，中国的气象记录和研究，才开始进入“仪器时代”。

与中国历史典籍中对1815年开始的火山冬天的叙事不同，欧洲和北美对随之而来的1816年，也就是无夏之年的记载，因为有了仪器的帮助，留下一些更具体实在的数据。在那时，一些西方的绅士、知识分子和气象爱好者，已经可以熟练使用温度计、气压计、湿度计等工具，按时间顺序对天气进行观测和记录。

他们已经进入“早期仪器时代”。

3

降温

1816 年寒冷夏天到来之际，美国东部新英格兰地区的一群学者，已经成立了一个松散的气象观测联盟。

以几所常青藤大学如威廉姆斯学院、哈佛大学、耶鲁大学的教师为核心，这些人定期测量气温，保持日志，并通过书信交流天气观测的结果。威廉姆斯学院的杜威教授，在马萨诸塞州的威廉姆斯敦教书和居住，他每天分别在早上 7 点、下午 2 点和晚上 9 点，通过悬挂在自家房子北墙外的温度计读取数据。这是这个观测联盟每天必做的一件事情。这些数据被记录在他的日志里，成了当时美国新英格兰地区气温变化的证据之一。

不过，这些气温记录，也只是少数学者所为。

在美利坚这个刚呱呱坠地的共和国里，还没有一个全国性的气象观测系统。这些学者的观测记录，有的会在通信中传达给同仁，有的断断续续，还有的却只能锁在自家书桌抽屉里吃灰，最终散佚。所以，它们并不能构成一个完整和不间断的体系。

按照伊利诺伊大学教授伍德（Gillen D'Arcy Wood）在其《坦博拉：改变世界的火山爆发》一书中的说法，美国的第三任总统杰斐逊（Thomas Jefferson），也是一位气象观测和分析爱好者，曾经呼吁建立全国性的气象观测体系。但美国联邦政府的军队医疗局正式把气象记录作为一项专业政府行为，是在1816年7月，也就是美国东部受到夏天极端寒冷天气冲击之后。到了1817年，联邦政府的土地局，才开始要求它的20个分支机构，在全国范围系统性地记录气温和降水。

那么在美国东北，1816年的夏天到底经历了什么样的天气？我从克林格曼的《无夏之年：1816，一部冰封之年的历史》一书中，找了几条相关的记录。

6月6日，杜威教授所在的威廉姆斯敦下了大雪，杜威记载说，“西边的山上……地上都是白茫茫的雪”。

6月6日，离威廉姆斯敦不远的波士顿记录到的气温，在一天之内下降了40华氏度（4.4摄氏度），雪花在城市上空纷纷坠落。

6月的前12个晚上，新英格兰沿海小镇的气温都在冰点以下。

6月7日，纽约州的沃特伯里，地面结冰，一位记者报道说，冰层厚达3/8英寸，气温降到30华氏度（零下1摄氏度）。

6月10日，纽约州的马龙，气温降到24华氏度（零下4摄氏度）。

7月7日，纽约州的纽约市，曼哈顿岛早上结了冰，一家报纸声称“昨天和今天，室内气温”只有50华氏度（10摄氏度）。

……

在现代自然科学的诞生地，利用仪器进行天气观测和记录的情况要好一些。

1816年前后，西欧的气温记录虽然不一定是系统化的组织行为，但相对北美地区，这里不光记录历史长、监测地点多，记录也更加精确完整。比如，英国的皇家海军就要求舰上人员利用仪器，针对海水温度、气温、气压、风速，每天进行四次测量，并记录在航海日志中。即便处于跟敌方交战状态，这些测量和记录都不能间断。

不过，这些记录材料相当分散，把它们整理归类，并剔除和修正不合理的误差，是一件极为庞大的工程。

2005 年，由瑞士学者布鲁尼纳拉（Y. Brugnara）、奥赫曼（R. Auchmann）与博朗宁曼（S. Brönnimann）牵头，二十几位欧美科学家合作进行了一项调查整理工作。他们将 1815 年至 1817 年欧洲和北美的一部分地面观测记录和一些舰船航海日志，收集起来进行了数码化。这些数据，来自超过 50 个分布于欧美的观测点的每日分时记录，以及航行在大西洋、印度洋和太平洋的舰船日志。

他们此后发表了一篇论文，题目叫《早期仪器时代每日分时气压和气温观察的汇总研究，聚焦 1816“无夏之年”》。按照论文的说法，在 1815 年至 1817 年，光是现存针对气压的记录就达到 113092 条，平均每天 102 条。那时许多气压计和气温计是合二为一的，所以从中也可以读出气温记录。而他们所整理的记录，只是其中一小部分。相对来说，舰船航海日志的记录量更大，仅在 1816 年夏天，就有 227 部日志。我们可以想象，如果按每艘船、每天哪怕平均 10 条关于气压气温的分时记录来计算，航海日志中的气象观察和测量记录都可构成一个相当可观的数据库。

经过筛选、耦合和修正之后，这些科学家们将气温记录提取出来，然后再根据模型，用计算机重建 1815 年至 1817 年欧洲、北美、赤道海洋以及其他地区的温度变化，并与之前和之后的进行对比。他们由此得出结论：1815 年至 1817 年，全球的气温异常十分显著。

从论文提供的示意图里，我们可以看到，1815 年 7 月到 12

月的气温记录已经出现了低于平均值的反常现象，尤其是 11 月和 12 月。这与中国历史典籍记录到的 1815 年秋冬海南下雪、台湾结冰的现象遥相呼应。

到了 1816 年 1 月，气温一度回升，美国东北部媒体的报道也对应了这一点。然后从 2 月开始，温度一路走低，在 7 月达到最低：低于平均正常值差不多 3 摄氏度。除了 1 月份，在整个 1816 年，记录的气温都低于正常平均值。按照他们的分析，这一年 6 月到 8 月的平均气温，是自 16 世纪以来最低；1817 年 4 月的气温，则达到五百多年中的平均值最低。

气压计、温度计的使用，包括美国东部和西欧各地对低温现象的记录、航海日志、历史叙述，再加上报纸的报道和日记的记载，给后来的科学家们重建无夏之年的低温图景，提供了实在的客观证据。

无夏之年，不再只是一个民间传说和话语事件。

4

1816：气候乱，世界就乱

对于我们这些气象和气候科学的门外汉来说，气温低一两度，似乎没什么大不了。毕竟，无论是在广州、长春，还是在北京或成都，哪天气温低几度，就多加一条秋裤；高几度，则少穿一件衣服，如此而已。

对气象和气候学家、环境学家而言，全球平均气温低一度或高两度，却极为重要。最具说服力的例证，莫过于当前对全球变暖的担忧，以及为减少温室气体排放而做的努力。2015 年 12 月，在巴黎通过的应对全球气候变化协定，也就是所谓“巴黎协定”，其目标就是要在本世纪内，将地球平均气温的升高控制在 2 摄氏度之内，并力争达到 1.5 摄氏度之内。这个平均气温的 2 摄氏度，是相对于工业化之前的全球平均值而言的。参与签署协议的国家代表们一致认为，如果不立即采取行动，人类会面临无穷无尽的气候灾难。

从这个视点来看 1816 年的全球降温，情况就相当严重。

按照科学家们的推演，从 1815 年秋天开始，到 1816 年和 1817 年，全球平均气温降低了哪怕 1 摄氏度，其气候效应都是灾难性的。前面说过，中外科学家们已经根据自己的研究，确立了无夏之年的气温变化模型，也确认了1816年是自16世纪以来最冷的年份。无夏之年的低温效应，不仅冲击了中国广大地区，也冲击了北美和欧洲。在把这个低温效应的形成机制归咎于1815年坦博拉爆发的同时，科学家们也指出，全球降温只是“火山冬天”的一种现象。由降温引发的诸多气候突变，在一些地区表现为持久干旱或淫雨洪涝，在另一些地方则带来了海洋洋流系统的紊乱。

2009年，中国学者李玉尚发表了一篇论文，题为《黄海鲱的丰歉与1816年之后的气候突变——兼论印尼坦博拉火山爆发的影响》。李玉尚在调查了清朝的历史典籍后指出，鲱鱼的捕捞产量，与海洋上层水温的变化呈正相关。

中国胶东半岛、辽东半岛等地的县志，记录了一些鲱鱼收获丰歉的史实。李玉尚以此为依据认为，1816年之后，这些地方出现鲱鱼旺季，也许是因为海水出现了降温。等到1875年，海水温度逐渐回暖，鲱鱼在黄海的分布区域也跟着缩小，直至消失，捕捞量自然就下降了。由此，李玉尚推测，1816年之后，上述地区鲱鱼丰收，与那时的气候突变有关，也可能与坦博拉火山爆发有牵连。

伍德在《坦博拉：改变世界的火山爆发》一书中，描述了一个叫斯葛斯比的英国捕鲸老手在1817年遭遇的商业失败。

斯葛斯比是一艘商业捕鲸船的船长，在1815年就曾发表过一篇关于北极冰盖的文章。1817年夏天，他驱船前往格陵兰岛东部海域捕鲸，却惊讶地发现，曾经被冰雪遮盖的广大水域，居然只剩下一些薄冰。斯葛斯比报告说，“我发现大约2000平方里格（**61000平方公里——引者注**）的格陵兰海面，在北纬74度和80度之间，完全没有冰，而这里通常都是冰雪覆盖”。正因为冰盖的消失，斯葛斯比空手而归，令他的投资人相当失望。

斯葛斯比的报告，引起了英国皇家学会和海军部的关注。他们中间的一些人认为，如果北极地区的冰盖真的融化，就给英国开辟北极航道提供了可能，英国商船可以经这里更快抵达中国和亚洲，全球贸易强国的新商机就在这片海域之中。

科学家根据历史上的仪器测量数据和模型推演，得出一种结论：大西洋深处一直有洋流涌动，暖流从南向北，冷流从北向南，交替循环，并且与海洋表面的气温形成互动。坦博拉爆发后，大气温度暴跌，降水减少或突增，造成洋流温度和含盐度紊乱，暖流加强北上，使北极地区冰盖融化，斯葛斯比在那儿的捕捞对象也就随之消失了。这与李玉尚在研究中发现黄海鲱鱼产量的变化，运用的是同一逻辑。

坦博拉爆发导致大气突变，引发冷暖洋流和气候出现异常，在离印尼更近的印度表现得更为明显。

南亚次大陆气候最突出的特征，是一年一度的季风。旱季少雨，东北风带来喜马拉雅山的冷空气。雨季来临，季风方向逆转，从西南带来印度洋上的暖湿气流，形成雨水浇灌大地，保证这一年的农业收成。

1815 年 4 月下旬，也就是坦博拉爆发的几天之后，印度东南沿海马德拉斯的早晨气温从 50 华氏度（10 摄氏度）降到 26 华氏度（零下 3 摄氏度），整个孟加拉湾都经历了温度骤降。气温降低后，印度洋的洋流也发生了紊乱，洋面的蒸发量大大降低。因此，到了 1816 年 3 月，本该应时而来的季风没有带来雨水。直至 6 月，依然雨量稀少，干旱一直持续到当年的 8 月。根据一项研究，这是印度有历史记载以来，最漫长的一次季风旱情。恒河平原上的大小河流普遍干涸，稻谷无法正常生长。在此之后，又是完全不按常理出牌的暴雨来袭，导致百年一遇的水灾蔓延，把那里变成一片泽国。

但更可怕的事情还在后面。

根据《坦博拉：改变世界的火山爆发》一书的说法，早在1817年，就有英国医生在印度做出了气候变异与传染病的关联报告。20世纪后期，一些科学家开始重新关注这个话题。2000年，《自然》杂志发表的一篇论文，报告了人类第一次对霍乱菌的完整DNA排序。以此为依据，科学家们再次审视了气象环境与霍乱暴发的因果逻辑。

伍德指出，从1817年开始，霍乱菌很可能从它的水生祖先那里，演化出一种崭新菌株。尽管现在人们还不知道这个演化是如何完成的，但可以推测的是，1815—1817年孟加拉湾和恒河三角洲的水生环境温度和含盐量的改变、气温的异常、非正常的季风现象，使得这种古老的细菌为适应环境而发生了基因突变。变异后的霍乱菌比它的“前辈”更为凶猛，最终将恒河流域笼罩在“蓝色死亡”的阴影之中。

之所以被称作“蓝色死亡”（blue death），是因为这些霍乱菌的受害者在死亡之后，嘴唇和指甲盖都变成了蓝色。据一些当时在印度的英国人描述，病人在疾病发作之后会出现高热、呕吐、面色铅灰，很快就崩溃，倒地而亡。这场瘟疫以闻所未闻的速度席卷印度当地居民以及英国军队，恒河两岸用来火葬亡灵的石砌高台堆满来不及安顿的尸体。到了1830年代，欧洲的研究者们认为，霍乱暴发导致印度的死亡人数达到了百万之巨。

狷獗的霍乱菌依靠人体宿主循环传染，很快从印度次大陆蔓延到泰国、缅甸、马来半岛，抵达全球气候紊乱的发源地印度尼西亚。在爪哇，据说因霍乱死亡的人数超过12万，比坦博拉爆发直接致死的人数还多。菌株的另一条迁徙路线，是沿着古老的南方丝绸之路，进入阿拉伯半岛，再经由俄罗斯和东欧等地，渐次进入西欧和英国，从那里跨越大西洋最终到达美洲。按照一些研究者的说法，这导致了 19 世纪人类社会最大的一次瘟疫流行，上千万人被感染和丧命。

霍乱的肆虐，与黄海鲱鱼的丰产，与格陵兰岛海域捕鲸事业的萧条相比，显然更具毁灭性。

5

西部神话和东部寒潮

1816 年，从美国第三任总统宝座退位的杰斐逊，已经回到了弗吉尼亚的老家夏洛茨维尔。在那个叫蒙蒂塞洛（Monticello）的种植园，退休总统指挥着他手下的黑人奴隶，重新开始了他作为一个农场主的经营生涯。

那时的美国版图，跟今天我们看到的美利坚合众国非常不同。东部沿海地区，曾经是英国殖民地，在 1783 年独立战争后已经成为美国的领土。但这只是今天美国国土面积的一小部分。在密西西比河以西，也就是所谓的远西部（far west），无垠山河要么依然是英国殖民地如俄勒冈，要么是属于西班牙王室的德克萨斯、加利福尼亚，更不用说属于俄罗斯的阿拉斯加。这些原来属于不同欧洲王国的地方，在多年后才逐渐被收纳进美国的版图。

1816 年，站在密西西比河东岸向西瞭望，是 1803 年才刚刚从法国手里购得的面积巨大的路易斯安纳。主导完成这笔交易的人，恰好是美国第三任总统杰斐逊。杰斐逊以大约每英亩不到三美分的白菜价格，用 1500 万美元从拿破仑手中购买了 214 万多平方公里的土地，美国的版图瞬间向西扩大一倍还多。

一年之后，杰斐逊派出两位军官，率领一支由数十人组成的探险队深入西部，以图探明密西西比河对岸那片广袤土地上到底有什么样的风物和人迹，是否属于垦荒宜农之邦。与此同时，他也指令两个下属，务必寻找到能进入太平洋，到达远东和中国的路径。在总统看来，广袤的西部耕种之地，以及横跨太平洋的水上贸易通道，将是以农业为基础的美国繁荣兴盛的关键。

这就是美国历史上著名的刘易斯－克拉克探险。

正是从这个探险之旅开始，美国人培育出了一种向西冒险和拓展的梦想与神话。有许多研究者以此为基点去研究和阐释“美国精神”。按照美国学者特纳（F. J. Turner）在1930年代提出的一个著名说法，正是在19世纪初期不断西进的过程中，诞生了这个国家的理念和国民性基座：

> ……美国各种制度的特点是，它们被迫去适应正在逐渐扩大的人民间出现的变化，以及横跨整个大陆时产生的变化。在横跨大陆的过程中，人们征服了蛮荒之地……那种与敏锐和好奇结合在一起的粗犷和力量；那种务实的、富于创造和敏于发现权宜之计的性格；那种擅长掌握实际事务而短于艺术，但有能力达到伟大目标的特性；那种不知休止的紧张精力；那种主宰一切、为作好作歹而奋斗的个人主义；还有随着自由俱来的开朗活泼与勃勃生气……

这份乐观主义的“边疆”（frontier）说辞，是美国历史书写者对那个时代美国西部拓展的话语呼应，也是对杰斐逊农业乌托邦和西部政策的理想诠释。在这种话语的渲染下，从好莱坞电影塑造的经典西部牛仔形象，到美国在二战后的全球霸权扩张，再到

1960 年代的阿波罗登月计划，似乎都淋漓尽致地展现了美国精神的内核。当宇航员把星条旗插上没有大气的月球表面上时，美国的边疆理念，连同美国精神，已经延展到太空。

但是，在 1816 年火山冬天的背景下，在北美民间话语命名的“1816 冻死之年”语境中，这份乐观主义的“边疆学说”却突然有了另一层阐释空间。

持续一生都特别关注气象并坚持每天做记录的杰斐逊，曾经在法国从事外交活动。他与法兰西学院院士布丰（Leclerc de Buffon）在 18 世纪晚期关于气候的辩论，被认为是西方气候学的一场有趣的学术对垒。据说，在一次沙龙谈话中，曾参与撰写《独立宣言》的杰斐逊，试图驳斥那位皇家植物园园长认为美洲气候寒冷将导致人种退化的观点，并对这位写作出《自然史》的贵族先生表示，亚美利加的未来，随着气候逐渐变得温暖和温和，将呈现出美丽新世界的诱人前景。

1816 年夏天，突如其来的低温侵袭北美，在整个美国东北地区造成霜冻、大雪、冻雨和干旱，农作物普遍受灾。退休总统杰斐逊在夏洛茨维尔自己的家里，也亲历了异常。尽管此时他眼睛和耳朵已经不如以往好使，腿脚也不灵活，但这位农场主还是坚持每天骑马两三个小时，巡视自己的领地，亲自打理蒙蒂塞洛的花园。

当然，他也一如既往地记录天气变化。

杰斐逊在信中告诉朋友，蒙蒂塞洛每年 6 月的平均降雨量应该是 95.25 毫米，但 1816 年 6 月，却只有 8.46 毫米。寒潮虽然没有摧毁他的花园，却让他农场里种植的小麦遇到了麻烦。到了 8 月，杰斐逊又报告说，干旱还在继续，蒙蒂塞洛在这个月的平均降雨量本来是 233.68 毫米，眼下却只有 20.32 毫米。

杰斐逊写信告诉自己的前财长："今年出现的干旱严寒天气是美国历史上最罕见的。"夏天变成了冬天，大西洋沿岸各州的玉米收成不及往年的三分之一，烟草就更少，质量也差。这位依然关心国事的退休总统忧心忡忡，他最担心这场气候灾害，会导致弗吉尼亚州出现饥荒。到了 1817 年 8 月，杰斐逊告诉朋友，自己农场里的大部分冬小麦连续两年都无法结出种子。1820 年，曾经的气候乐观主义者终于有些气馁了：自家庄园的基本农作物，麦子、烟草、玉米和燕麦，"看起来似乎越来越难耕种"。

杰斐逊的灰心丧气是有深刻原因的。这位年迈的庄园主，从 1816 年的气候灾害袭击开始，就发现自己庄园的种植业务不可避免地走了下坡路，最终无法继续经营，负债累累，面临破产。无奈的退休总统，美利坚合众国伟大的缔造者之一，只好屈辱地把蒙蒂塞洛抵押给了银行。

杰斐逊的遭遇，成了那时美国东北部许多农场主和农民生活的缩影。

我读到的一些研究文字，正是在这个气候灾害背景之下，重新叙述了那个年代美国的西部大开发和移民潮。在这种叙事中，美国 1800 年代的西部开拓，就不仅仅是一种自上而下的联邦政府的设计和推动，还是一种破产民众自发的逃难。

入主白宫后，曾经力推公有土地平权制度的杰斐逊制定了一系列法案，鼓励东部居民前往西部开垦。在从法国手里购得路易斯安那后，这种将公有土地转为私有的政策，更是激励了美国从东到西的一波移民浪潮。可以说，杰斐逊是 1800 年代美国"边疆精神"最具权威的鼓吹者和推动者。

不过，一些最新的研究指出，在这场从东至西的移民大潮中，美国东部气候难民的身影也不可忽视。驱动这些农民抛弃家园深入西部寻找机会的，正是1816年开始的寒冷夏天，以及由此引发的1819—1822年经济大萧条。这次大萧条，是这个年轻共和国第一次遭遇全国性的经济崩盘。在无数历史学者和经济学者探讨了引发衰退的各种原因后，一些学者最近才把经济动荡的源头，把东部无数农民因破产而背井离乡的起因，指向了远在地球另一边的坦博拉火山，指向了飘浮在平流层中的气溶胶。

1816年，美国人虽然也曾怀疑太阳黑子、上帝怒火，以及其他一些莫名现象是“1816冻死之年”的起因，却根本无法意识到，遥远的坦博拉火山爆发，可以引发美国的农业和经济震荡，可以导致气候难民的西迁。事实上，直到最近几十年，自然科学界才逐渐证实了全球气候变化中所存在的这种链式反应。

这是一个非常有意思的提示：因为有了坦博拉火山爆发这个视点，我们才得以重新看待杰斐逊的气候乐观主义，重新审视特纳的“边疆学说”，阐释他的理论中透露出来的对杰斐逊式农耕乌托邦的继承，以及他用西部神话对美国精神进行的诠释。

在平流层气溶胶膜的映照下，历史事件也好，对历史的叙事和演绎也罢，都可能呈现出不同的镜像。

6

神奇的“遥联”

坦博拉爆发导致全球降温，其最直接的冲击更多显现在世界各地的农业耕作上。不管是北美的农民和农场主破产搬迁、瑞士山区的农作物损毁，还是爱尔兰的乡村凋敝和大规模移民，抑或是中国云南的大饥荒，都引发了大大小小的社会动荡，在不同层面和程度上，影响了当地历史的进程。

这也不难理解。

尽管英国已经出现了工业革命，在1816年前后，整个世界大致还处于农业社会状态中，大多数国家包括英国，农村人口的比例依然很高。按照英国历史学家弗格森（Niall Ferguson）在《文明》一书中的说法，哪怕在1850年，英国的农业人口仍然占到职业人口的五分之一，而在一些欧洲大陆国家则差不多是二分之一。真正的城市化，以及资本主义的商业和消费经济，还远没有占据压倒性优势。

农业经济和农耕社会的最显著特征之一，就是“靠天吃饭”。气候的变化，无论是规律性变化，还是反常突变，都会对其产生致命影响。正因如此，无夏之年极端天气的最大杀伤力，也体现在农村地区。也正因为如此，要令人信服地描述1816年火山冬天对广大农村的冲击，便成了一项十分困难的任务。

1816 年前后，哪怕在英国、法国、德国和美国这些相对发达的地方，农村的识字人口都占少数。在这些国家，能用文字叙述那场天灾人祸的，依然是人群中的精英分子。

这些写字的人，或许体会到了寒冷夏天给自己肌肤带来的寒意、给自己生活带来的困境，或许测量到了气温和气压的突变，或许观察到了基本农作物在交易市场上的价格变化，或许用自己的观点解释了由饥荒引发的社会动荡，但他们留下的这些文字，并没有真正触及乡村生活的实际场景，没有直接呈现农民经受的苦难。正如杰斐逊关于夏洛茨维尔的气象记录和对低温与干旱的牢骚，不可能代表蒙蒂塞洛庄园里奴隶的生活图景一样，现存绝大部分关于欧洲和北美无夏之年的叙事，也无法全面再现广大农村和农业经济所遭遇的打击。

如果将视线转到地球上的其他地方，我们会发现，针对农村和农业遭受灾害之苦的文字叙事更是相当罕见。

在印度，关于恒河三角洲的季风紊乱和霍乱肆虐，文字记录基本限于英国殖民者中的知识分子：要么是军队的军官，要么是去殖民地探险和旅游的宗主国上层人士，要么是与东印度公司关联的医生。在中国，虽然皇家档案以及各地方志按惯例必须如实记载各种灾祸，但这些文字的生产者，都是官僚阶层以及写诗作文的知识分子。并且因为当时极为严苛的文字狱，这些记录文字的可信度，还会打折扣。

甚至在印度尼西亚——坦博拉火山爆发的原点，要找到当地人对整个灾难过程的描述，几乎没有可能。我曾经请教一位来四川大学开会的卡加马达大学教授，询问有关坦博拉爆发以及随后天气突变的印尼本土叙事，他表示爱莫能助。在 1815 年，取代荷兰殖民者统治爪哇的是英国人，是英国的东印度公司，现存几乎所有关于坦博拉火山爆发的叙事，都由这些外来者用外语写成。

整个非洲大陆，在这场全球气候突变中，更是一个叙事黑洞。至少，在我已经浏览阅读过的文献里，极少有相关文字。

因此，相较于重建当时的气候突变模型，证实火山灰携带的硫酸和铋飘散到南极和北极、坠落到珠穆朗玛峰的绒布冰川之中，重建两百年前坦博拉火山爆发对全球农村的气候冲击，描述和分析这种冲击所带来的社会动荡和变化，要困难得多。

反过来看，在自然科学领域，哪怕借助了眼下最先进的技术手段，火山学家和气候学家们要解答坦博拉火山爆发与1816年的全球降温之间的逻辑关联，也还有许多环节只能靠模拟和演绎。

举例来说，在描述坦博拉爆发所引起的火山冬天效应时，科学家们并没有多少不可辩驳的实证素材。他们可以根据不完整的气温记述、不同地方树木年轮的检测结果以及20世纪一些火山强烈爆发后的大气观测数据，再用计算机模型进行推演，但所有这些推演结论，依然是科学假设。毕竟，从1815年到今天，地球上再没有哪次火山爆发，达到或超越了坦博拉爆发的强度。两百多年来，地球人（包括所有研究火山冬天的科学家们）没有遭遇过相应程度的全球降温。这一点，跟“核冬天”的假设极为相似。原子弹被发明后，科学家们提出了“核冬天”概念。幸运的是，直到今天这个星球上也没有爆发全面核战争，核冬天从来没有出现。核冬天跟1816年的火山冬天一样，是科学虚拟结果。

有学者指出，在关于1816年火山冬天的模型计算和模拟中，对火山爆发强度的设定，对平流层中气溶胶面积、存在时间长短的设定，以及对印度洋、大西洋和太平洋中洋流的速度、温度和盐度的设定，都基于今天对两百年前那个爆发事件的假设，基于历史叙事，基于科学考古挖掘出来的散布各地的证据。但是，这些证据并不完全牢靠。

甚至，即便利用相同的证据，不同的模型和推演路径，也会导致不同的结论。所以，要想完整重建坦博拉火山爆发与无夏之年的气候突变逻辑，完整解释当时全球降温的因果链条，科学家们还需要发掘更多证据，进行更多分析。

然而不管怎样，全球平均气温在 1816 年出现陡降，亚洲、欧洲和北美出现不同寻常的低温，气候异常导致各种灾害，已经是不争的史实，毋庸置疑。由此出发，研究者们将这一史实与坦博拉火山爆发联系在一起，将灾害引发的社会动荡和变化与平流层中的气溶胶联系在一起，至少给我们提供了一个非常震撼且有意义的视角。

在这一视角里，英语的“teleconnection”似乎很难准确地翻译成中文。生硬直译过来，大致可以称为“遥联”。“遥联”意指世界各地不同的事件，透过一个从常理上无法感知和解释的系统，神奇地互为因果。1816 年，美国纽约州的 6 月大雪，瑞士的玉米和土豆无收，中国云南的冷风损谷、淫雨洪涝和饥荒，印度恒河两岸的干旱和瘟疫……都因为坦博拉在 1815 年 4 月的那场爆发，被连接在了一起。

两百年后，我们通过各种证据和推理，看到了这个连接的存在，并重建了其中的因果逻辑。但在两百年前，这种神奇的关联根本不为世人所知。在那时，现代形态的自然科学才刚刚在欧洲和北美站稳脚跟，世界其他地方的人们，甚至还没有看见过“赛先生”的模糊面容。让那时地球上不同地方的人，将自己眼前发生的灾祸，与遥远地方的地质事件关联起来，与印度尼西亚的那座火山的爆发联系起来，远不如让他们相信是某种神秘或神圣力量导致了当下的混乱容易。

他们往往把极端天气的出现，把随之而来的天灾，都归结于一个无法证明也不需要证明的自在之物……

第二章　龚自珍　天公何在

1

在父亲府上

1816 年开春，龚自珍的父亲龚丽正，从安徽调到上海做官。此时的龚自珍，因为没有考上功名，闲人一个，自然也随父亲到了上海。按他自己的说法，他在父亲府中负责“甄综人物，搜辑掌故”，大致是个涉及文化事务的私人秘书。

龚丽正是 1796 年进士，1812 年从北京军机处外调，到安徽任徽州知府。1815 年 7 月，又调至安庆任知府。跟同时代的中国文人一样，这个以文进阶、官位颇高的杭州人，在皇帝治下做官的同时，还撰写刻印了《国语补注》《楚辞名物考》等学术著作。从任何一个角度看，龚丽正都算学而优则仕的文人，科举通道上的成功者。

龚丽正调任上海时，这个地方尚未成长为大都市，比起苏州和扬州等繁华之地，还差了一截。根据历史学者研究，1816 年前后，上海县的人口总量，据松江府志的说法是在五十二万左右，而那时苏州府的人口总量，则差不多五百万。按照当时清朝的制度，上海县是苏松太兵备道的首府，下辖苏州、松江，还加一个直隶的太仓。龚丽正在上海，除了监督地方行政，也负责地方治安，算是中央派往江南的高级官员，位高权重，俸禄优厚。

按照龚自珍在《龚定庵集外未刻诗》中的说法，“家公领江海，四座尽宾友，东南骚雅士，十或来八九，家公遍觞之，馆亦翘才有”。这几句诗的大致意思是，父亲在上海做官，家里时常高朋满座，东南地方的文人雅士，十有八九纷至沓来，父亲全都热情款待；他自己领导的机构里，也不乏才华横溢的属下。

龚丽正的兄弟龚守正在《龚氏家乘述闻》中，证实了龚自珍所言不虚。

龚守正说，他的六兄在北京做官时，就以“好饮好客”闻名，来吃饭喝酒的人都是“大户”，每顿酒债动辄“五六十金”，等他外放到安徽时，已经欠款上万。到徽州后，龚丽正有所收敛，但依然慷慨接纳亲戚朋友。等到他调任上海，因为俸禄丰足，又开始大手大脚，施展其“孟尝君好客之志”。朋友三四，远亲近戚，都可以在龚府借住吃喝，一时间门庭若市。对常年不相往来的亲戚，甚至冒充的亲戚好友，他也一概接纳，凡有求于他出钱资助，“无论其为丧葬嫁娶之急需，或为淫赌之浪费，一视同仁也”。在上海做官的九年里，龚丽正因为“来者不拒，有求必应”，以至于“所费不下数万金”。

道府中，来自各方有名无名的客人跟当代孟尝君一起欢宴，应该是常见的景象。父亲举办的文人聚会，龚自珍自然也是参与者。

龚丽正让儿子以白衣之身，在自己的府里帮忙，同时结交上流社会的各路精英，相当于给龚自珍的未来铺路。一旦科举成功，这些士大夫们可能会为龚自珍在仕途上前行提供帮助。让他以青年才俊的面目出现在客人面前，极可能是父亲对儿子前途的设定和谋划。从龚自珍的角度看，这也是他在众人面前展露才华，获得认同的绝好机会。学而优则仕的成功学——无论涉及明规则还是潜规则——都洋溢在这种社交场合之中，他不可能不关注。

至于在这些大小餐聚上吃什么菜、喝什么酒，龚自珍自己和他朋友的文字，无法提供相关细节。这一年，龚自珍曾填过一首词，答谢招待他的上海友人。在这首《沁园春》里，诗人提到他去上海城西的吾园游玩，其中有“便十载莼鲈偿得他”的句子。莼菜和鲈鱼，可能是指他和朋友一起品尝的淮扬名菜，也可能只是象征宴饮的泛指意象，或可能是用典。

不过，我们倒是可以通过其他文本，来做一些猜想，比如初版于1791年的《红楼梦》。

这个印刷版本，叫《新镌全部绣像红楼梦》，也就是所谓“程甲本”。这个版本不仅在流传已久的八十回版本基础上增加了四十回，而且摆脱了此前手抄传播的狭小格局。从时间维度看，这部小说的成书年代，与龚丽正、龚自珍生活的年代，大致属于同一阶段。曹雪芹和高鹗创作的这部长篇小说，以太虚幻境的架空方式，呈现了乾隆时代江南贵族的生活场景。在人们津津乐道的贾府大观园里，众多世家子弟、女眷和他们的长辈亲友们，过着常人无法想象的精致生活。

历史学家萧一山在他的《清代通史》里，就曾经用《红楼梦》第四十一回里的一段描写，来证实乾嘉之际达官贵人饮食的奢靡。在小说的这一章，曹雪芹浓墨重彩地描写了刘姥姥在大观园里的惊奇之旅，展现了她受到贾母等一干女眷款待的情形：

……薛姨妈又命凤姐儿布个菜。凤姐儿笑道：“姥姥要吃什么，说出名儿来，我夹了喂你。”刘姥姥道：“我知道什么名儿？样样都是好的。”贾母笑道：“把茄鲞夹些喂他。”凤姐儿听说，依言夹些茄鲞，送入刘姥姥口中，因笑道：“你们天天吃茄子，也尝尝我们这茄子，弄的来可口不可口。”刘姥姥笑道：“别哄我了，茄子跑出这个味儿。我们也不用种粮食，只种茄子了。”众人笑道：“真是茄子。我们再不哄你。”刘姥姥诧异道：“真是茄子？我白吃了半日。姑奶奶再喂我些，这一口细嚼嚼。”凤姐儿果又夹了些放入他口内。刘姥姥细嚼了半日，笑道：“虽有一点茄子香，只是还不像是茄子。告诉我是个什么法子弄的，我也弄着吃去。”凤姐儿笑道：“这也不难：你把才下来的茄子，把皮刨了，只要净肉，切成碎钉子，用鸡油炸了，再用鸡肉脯子合香菌、新笋、蘑菇、五香豆腐干子、各色干果子，都切成钉儿，拿鸡汤煨干，将拿香油一收，外加糟油一拌，盛在磁罐子里，封严；要吃时拿出来，用炒的鸡瓜子一拌，就是了。”

刘姥姥听了，摇头吐舌说：“我的佛祖！倒得十来只鸡配他，怪道这个味儿！”

按照《红楼梦》的设定，贾政在朝廷里的官职是皇帝恩赐的“工部员外郎”，后来他又被任命为学政、工部郎中、江西粮道，直至最终获罪被抄了家。从官阶看，这位荣国府掌门人跟龚丽正在嘉庆朝政府里担任的职务差不多，他们在官场的地位也差不多。根据大观园内的奢华生活来联想龚丽正在上海的饮宴日常，应该不会有太大差异。以龚丽正在任职上海期间光是接济资助朋友就“所费不下数万金”来看，他家的生活场景，说不定比《红楼梦》的荣国府还要精致铺张。

在龚自珍生活的时代，官宦人家的宴请聚餐，丰盛繁复程度甚至可能超过曹雪芹的时代。以至于到了1820年，驾崩前的嘉庆皇帝都亲自下令干涉，要求各地收敛浮靡之风，因为“京师及外省风气，竞尚浮夸……荡费资产，不念生计……其有关于风俗人心者甚大，亟宜严申禁令，以挽结习”。天子认为，社会上的婚葬祭祀等，奢侈攀比无度，已经到了威胁民生的境地。

我们当然也不能根据皇帝的这道训令，就认为他自己是一个多么节俭的人。

根据历史学家的研究，嘉庆在接过乾隆的皇位后，也继承了父亲奢靡的生活习惯。嘉庆是戏迷，他的宫廷里，曾经养了一个多达六百多人的戏班子。此外，这个皇帝在位时，还是全中国最高等级的“吃货”：他雇用的宫廷厨师，有四百多人。据说，嘉庆的死亡原因，不是谣传的被雷电击中，而是肥胖症和中暑。

2

放浪的文人

在这些聚会当中，龚自珍是什么状态？

我们同样可以依据《红楼梦》，依据贾宝玉跟众多美女亲戚和朋友，在大观园内的宴饮场景，再配合龚自珍和朋友们交往时所作的诗文，来做一些想象。

珍馐美酒陪伴下吟诗弄墨，酒酣耳热之际谈古论今，应该是这些场合的共有特征。唯一不同点是，龚府内的聚餐品茗，不会像贾宝玉的怡红院派对那样，随时有一大堆美女环绕。这些聚会的主导者和参与者，肯定只是男士；这些男士家中的小脚女眷，不管多么知书识礼有才华，一般都是没有资格参加的。

龚府外的交游宴饮，场景肯定又有所不同。

我们可以展开一下疯狂联想，把大观园里的亭台楼阁和小桥流水，转换成江南园林和高端妓院的景致，把贾宝玉和众美女在小说里的游玩嬉戏，横移套用至龚自珍和文人朋友们的欢聚。曹雪芹虚构的怡红院，从名字到性质，活脱脱就是一个江南都市美人窝翻版，一个理想中的温柔乡。我们可以在想象中，将年轻的龚自珍放入这样的场合，让他在能歌善舞、懂诗解词的美女伴陪下调笑醉眠，放浪于形骸之外。

毕竟，在那个时代，知识分子不会以结交妓女为耻。龚自珍自己撰写收录的文字中，就留下大量与青楼女性谈情说爱的作品，他父亲对那些欠了嫖资寻求帮助的朋友，也总是来者不拒。

千百年来，直到龚自珍生活的时代，中国人在组建家庭时，动机总是与爱情无关。在遵从父母之命、媒妁之言的门户婚姻中，爱不是出发点，也很难是归属。在利益主导、举案齐眉的夫妻关系里，男女之间一般都找不到浪漫的感情关联。

根据一些研究者的说法，中国古代的传统婚姻里，夫妻之间最重要的关系基座不是“情”，而是“义”：一种对家庭和宗族的道德主义责任感。从皇室到贵族，从官僚到文人，再从农民到商人……组建家庭的核心诉求，是传宗接代，是在政治和经济上保证家业能够持续或者更加兴旺。所以，主流诗文中绝大部分描写离别、思念的作品，都聚焦于男性之间“桃花潭水深千尺，不及汪伦送我情”式的友谊。极个别“牛郎织女”般男欢女爱的故事和情调，要么存在于超现实的神话和民间传说之中，要么隐现于留存下来的少数边缘话语里。

正因为这样的无爱婚姻存在，对中国古代的男性来说，酒肆青楼中的美女，就成了绝好补偿。经过各种基础训练的妓女，长久混迹于江湖，不仅精于调情挑逗，更拥有符合文人审美标准的各种才艺，长袖善舞。其中的佼佼者，在善解人意的同时，还能跟男性知识分子们进行情感和灵魂的对话。从唐代的白居易，到宋代的苏东坡，再到清代的龚自珍，都写有与青楼女子的交往文字，并不避讳遮掩。

苏轼在杭州做官时，因为喜爱西湖名妓王朝云，将她收作自己的侍妾，成就一段千古佳话。从逻辑上说，要认知朝云的美貌和才华，首要条件就是苏轼得长久混迹于美女群中，有比较，才会有鉴别。泛舟西湖之上，载歌载舞之时，东坡先生才可能从众多粉黛里，发现朝云“淡妆浓抹总相宜”的别样魅力。作为宋代以后知识分子的最完美榜样，苏轼的这段生活经历，不但不会被视作他的品行缺陷，反而成了他光辉形象的加分元素。

生活于1810年代的杭州人龚自珍，自然会跟随这样的大传统。

龚自珍明媒正娶的妻子有两任。一个是跟他同岁的第一任妻子段美贞，不幸早亡，没有给他生下子嗣。之后的续弦何吉云，伴随他的后半生，给他生了两个儿子和一个女儿。这两个女人，应该属于循规蹈矩的家庭附庸。龚自珍的一些诗文，有少量涉及段美贞，却几乎没有提到何吉云，以至于后者在有关他家庭生活的话语里完全隐形。

与之相对应，龚自珍与诸多江湖女性的关联叙事却洋洋洒洒，不一而足。

我们所知道的跟诗人往来、有名有号的青楼女子，就有好几个。龚自珍留下许多文本，描写他对这些女子的情愫。这些女人来历不清，只有艺名，无从考证她们的真正身世，但龚自珍与她们的交往纠缠，至少证明了他丰富的感情生活，存在于家庭之外。

比如一个叫灵萧的江南妓女，在1839年跟龚自珍相识。按照耶鲁大学教授孙康宜的论证，龚自珍在著名的《乙亥杂诗》中，收录许多首艳情诗，直白描述了他和灵萧之间的爱恋。在论文《写作的焦虑：龚自珍艳情诗中的自注》中，孙康宜指出，龚自珍的艳情诗，往往被后来的研究者们选择性忽略。其实，他为灵萧写作的许多诗篇，有“中国文学里罕见的关于艳情的‘本事’自注”，点明了自己与灵萧之间的情爱，“显得格外富有艺术感染力”。

孙康宜还考证说，龚自珍在去世前一年，即1840年，将灵萧纳为小妾。虽然国内有学者不认同这种说法，但他们也大多认定，龚自珍在此期间，还跟另一个叫小云的妓女要好，而“能令公愠公复喜”的小云，最终被他收入偏房，给他生下了小女儿阿莼。研究者们至少普遍同意，龚自珍与这两个风尘女子之间，保持了可以明确证实的关系。

除此之外，还有一些有名无名的女子，也曾经进入龚自珍的感情世界。她们或者灵光一闪地出现在龚自珍不同时期的作品里，比如叫翠生和高华的江南妓女；或者构成后人津津乐道的野史大八卦，比如引发所谓“丁香花案”的北京清贵族偏室顾太清。

3

家门内外

1816 年，25 岁的龚自珍，肯定有郁闷的时候。

第一任妻子段美贞在三年前病死床头，弥留之际他没在身边。1815 年，他的妹妹龚自璋出嫁，他则奉父母之命，娶了何吉云为继室。同一年，特别疼爱自己的外祖父段玉裁，又于 9 月去世。

家庭里的变故，应该给龚自珍的情绪和心理造成了相当大的冲击。

外公段玉裁，是清中乾嘉学派的代表人物之一。乾隆时代考上举人后，段玉裁曾在贵州和四川的几个偏远地方做知县。跟同时代的许多文人一样，他最终以父母生病为由请求退隐，后居苏州。段玉裁曾师从戴震，专攻经学、文字学和音韵学，是校勘和训诂领域的大师。他花费几十年时间编撰的《说文解字注》，在当时和后来，都被认为是文字训诂的杰出之作，被王国维推举成两千年来将《说文解字》阐释得最“明白晓畅”的著述。

从少年时代起，龚自珍就在段玉裁的指导下，开始研习《说文解字》。外祖父除了教授经学和金石之学，也把学而优则仕的理念，深植在这个年轻人内心。1812 年，21 岁的龚自珍与年龄相同的段美贞在苏州完婚。这个段家女儿的父亲，恰好是段玉裁次子、龚自珍母亲的兄弟，也就是龚自珍的舅舅。

在这个门当户对、亲上加亲的婚姻里，在龚自珍与自己的表妹之间，有爱情存在吗？

龚自珍自己留下的文字中，关于他和段美贞之间感情互动的描述极少。也许，因为是亲戚关系，龚自珍和段美贞在年少时见过面，有一些青梅竹马的互动。也许他们之间只有这种亲戚情谊，因为父母做主才组成了家庭，根本谈不上相爱。既然是段家女子，段美贞的教养肯定不会缺席，但知书识礼，显然不能作为男欢女爱的唯一条件。

龚自珍也许赞美过表妹的才情，表扬过她的温润贤淑，但这是不是能够证明他真正爱上了这个上流社会女子，我们大可持怀疑态度。我无法想象，当段美贞在龚自珍面前掀起盖头的那一瞬，当龚自珍知道自己必须与面前这个表妹白头偕老时，他会有一种什么样的复杂心情。

如同他之前大多数文人一样，龚自珍没有留下文本，来证明自己结婚时的情绪。1812年，他和段美贞在苏州结婚后，有一次回故乡杭州之行。按照一些研究者的说法，龚自珍在一首作于此时、为他赢得海内诗名的《湘月》里，描写了他和段美贞之间的感情：

天风吹我，堕湖山一角，果然清丽。曾是东华生小客，回首苍茫无际。屠狗功名，雕龙文卷，岂是平生意？乡亲苏小，定应笑我非计。

才见一抹斜阳，半堤香草，顿惹清愁起。罗袜音尘何处觅？渺渺予怀孤寄。怨去吹箫，狂来说剑，两样销魂味。两般春梦，橹声荡入云水。

龚自珍在这首词的小序中说，“壬申夏，泛舟西湖，述怀有赋，时予别杭州盖十年矣”，述怀的重点，是他已经离开家乡杭州有十年时间了。这十年来，他这个在北京试图追求功名的异乡小子，“屠狗功名，雕龙文卷”，实在有些辛苦。回头一望，满眼“苍茫无际”，以至于那个传说中的南朝名妓，都要嘲笑自己雕龙描凤的八股文技巧。在“一抹斜阳，半堤香草”的迷人景色里，杭州人苏小小的华服和声音早已消逝，只给他留下遥远的记忆。哀怨的箫声和狂躁的剑气，最后还不是化成春梦，随船桨荡入水中云中而已。

即便和新婚妻子泛舟西湖，沉溺山水，龚自珍也没有提到段美贞一个字，反而描绘了传说中的江湖美女。这首著名的词，不管如何解读，都很难将美景美人跟妻子联系在一起，很难将苏小小的形象，转借到段美贞身上，更无法将词句间流露的伤时情绪，跟龚自珍和段美贞之间的爱情联系在一起。

所以，才有后来的一位评论者总结说，“全词实是借山水以抒发胸中壮志和感慨”。

两年后，龚自珍将因病逝去的妻子安葬在杭州，又写了一首描绘西湖景色的《湘月》，其中有“湖云如梦，记前年此地，垂杨系马”，“平生沉俊如侬，前贤倘作，有臂和谁把”的句子，倒是抒发了对段美贞的怀念之情。不过，在这首《湘月》中，诗人再次提及苏小小（“苏小魂香”），再次感慨“乡邦如此，几人名姓传者”（在此地此乡，又有几人能像这个江湖美女一样名传千古？），再次喟叹“流光容易，暂时著意潇洒”（光阴易逝，且让我们及时行乐吧），跟前面那首《湘月》中的情绪，形成互文。

龚自珍自己的家庭生活和情绪起伏，总是与他的科举考试经历粘连在一起。

1813年秋天，22岁的龚自珍参加顺天乡试，没有上榜，继1810年第一次参加科考之后再次失利。正是在这次进京赶考期间，段美贞病亡于安徽家中。当地医生在给段美贞治病时，将她的病状误诊为怀孕，耽误了治疗时间。结果龚自珍人在北京，妻子死于徽州。

这一年放榜，龚自珍得知自己不中，启程回家，写下一首《金缕曲·癸酉秋出都述怀有赋》：

我又南行矣！笑今年、鸾飘凤泊，情怀何似？纵使文章惊海内，纸上苍生而已。似春水、干卿何事？暮雨忽来鸿雁杳，莽关山、一派秋声里。催客去，去如水。

华年心绪从头理，也何聊、看潮走马，广陵吴市？愿得黄金三百万，交尽美人名士，更结尽、燕邯侠子。来岁长安春事早，劝杏花、断莫相思死。木叶怨，罢论起。

第一句，我又回南方去了，虽然是讲明自己旅程目的，却已经有了点哀怨：我又离开权力中心，打道回府了！考试失败，龚自珍心有不甘，所以才说“纵使文章惊海内，纸上苍生而已”，文章写得再好，也不过是纸上人生；即便考试过关，得了功名，也就如春水一般，顺流而去，跟我这个体生命有什么关系？罢了罢了，与其如此，不如拿黄金三百万，去广结美女名士，去跟东南西北的侠客们为伴，不再把春天杏花绽放之际的应考放在心上，做一个天地间狂放不羁的隐士，倒也快活。

“笑今年”一句，虽然用了个“笑”字，却是苦涩悲愤的笑，比哭更难受。

跟前面讨论的1812年写就的《湘月》一样，这首词里也没有提及妻子段美贞，只是发泄了自己科考失败的悲愤，表达出去江湖上结交美女和名士的放浪意愿。多数评论者都解读诗中的“鸾飘凤泊”，暗指了龚自珍和妻子的分离之苦，以及他对段美贞的感情。但这首《金缕曲》中的鸾凤对应，到底是指向了夫妻之间的爱情，还是指向了家庭分离的状态，亦即龚自珍在妻子病重时不能守在身边的遗憾，甚至是指向了另外的女人，依然相当模糊。

比如，有研究者就指出，龚自珍这一年去北京赶考时，曾经写过一首词，怀念一位苏州妓女。虽然有人反驳这种说法，认为龚自珍不可能新婚一年就跟风月场女子有染，但这起码可以部分佐证，《金缕曲》中的“鸾飘凤泊”，所指不能完全确认。反倒是“愿得黄金三百万，交尽美人名士”一句，点出了妻子之外的女人。

不管怎样，诗中的秋雨落叶，酿成了一片悲声。

这种源于科考落第的怨气，以及怀才不遇的愤懑，在龚自珍写于此时的其他文字中更直白地显露出来。根据学者们考证，龚自珍后来被赞誉有加的几篇时政论文《明良论》，大致也完成于这个时间节点。

在《明良论二》中，龚自珍大肆抨击官僚的僵化和腐败：

> 士皆知有耻，则国家永无耻矣；士不知耻，为国之大耻。历览近代之士，自其敷奏之日，始进之年，而耻已存者寡矣！官益久，则气愈偷；望愈崇，则谄愈固；地益近，则媚亦益工。

这说的是，如果知识分子都有廉耻，那么国家就能永远避免于耻辱；如果知识分子没有廉耻，那就是国家的大耻！近代的读书人，自从他们向皇帝提出主张、在朝廷做官开始，有廉耻的人已经极少！当官时间越长，知耻之气就越短；声望越高，巴结奉迎的恶习就越强；越接近权力中心，谄媚的技巧就越熟练。

龚自珍接着说，身居要职的官员，只知道追求车马规格，讲究服饰精美，卖弄花言巧语，此外便一无所知……大臣们在朝堂里发表政论，都察言观色，根据皇帝的喜怒行事……皇帝稍有不高兴，他们就赶快磕头而出，重新寻求可以得到皇帝宠爱的办法。

这股对当下官场的怒气，在《明良论三》中继续爆发：

> 今之士进身之日，或年二十至四十不等，依中计之，以三十为断。翰林至荣之选也，然自庶吉士至尚书，大抵须三十年或三十五年；至大学士又十年而弱。非翰林出身，例不得至大学士。而凡满洲、汉人之仕宦者，大抵由其始宦之日，凡三十五年而至一品，极速亦三十年。贤智者终不得越，而愚不肖者亦得以驯而到。此今日用人论资格之大略也……城东谚曰："新官忙碌石呆子，旧官快活石狮子。"盖言夫资格未深之人，虽勤苦甚至，岂能冀甄拔？而具形相向坐者数百年，莫如柱外石狮子，论资当最高也。

把这段文字大致翻译成现代汉语，是说文人开始进入官场，一般是二十岁至四十岁，平均算下来是三十岁。成为翰林当然最为荣耀，但从庶吉士到尚书，大概要熬三十年至三十五年；从翰林再达到大学士的职位，又要熬上将近十年。不论满人汉人，当官的人，从开始做官，到当上一品官，一般需要三十五年，最快也要三十年。即使是才华横溢的人，也不能超越这个限制，然而那些无才无德的人，却可以按照年资，逐步升到最高的官位。所以，民间的说法是，“新官忙得像石磙子，老官闲得像石狮子”。新官累死，无法得到提拔，老官却可以相向而坐，如石狮子一般逍遥自在，成为资历最高的人。

按照龚自珍文中的逻辑，他现在22岁，属于应该进入官场的年龄。但是，这个落第的青年才俊，此刻却只有在官场外徘徊观望的份儿，连当累死累活的石磙子、熬“三十年或三十五年”的资格都没有。站在墙外，远望其内，揶揄讥讽，针砭槌击，龚自珍大有把当朝官员统统贬至地狱而后快的气势。

以《明良论》中的说法，龚自珍应该是看穿了官场，不再对其抱希望，而打算像那首《金缕曲》所说的那样，从此浪荡江湖，归隐南国了吧？

诡谲的是，依照一些研究者的分析，龚自珍在1816年秋天，再次参加了科举考试，又再次失败。在浙江的这次考试，相关典籍里几乎没有文字记载。仅吴昌绶编写的《定庵先生年谱》中有“秋，应省试，未售”几个字作为证据。按照龚自珍此前和此后几乎一轮不落地参加科考的经历来看，这次应试不会有误。

4

艰难的科考之旅

一般认为，在1816年这次考试前后，龚自珍研墨拈笔，又写了一组火药味极浓的时政议论文。这些短文，收录在《定庵文集》的《乙丙之际著议》中。《乙丙之际著议》一共写了25篇，现存下来的只有11篇。这个文集，是魏源根据龚自珍儿子龚橙手中保存的文稿整理编刻，时序并不完整。根据考证，25篇文章的写作时间，大致应该在1815年至1816年。不过，我更倾向于同意传记作家陈歆耕在《剑魂箫韵——龚自珍传》中的推测，现存的多个篇目，应该是考试结束之后的1816年秋天所作。

比如《乙丙之际著议第九》。

在这篇短文里，龚自珍以虚拟口吻，定义了社会演进的三个等级。按照几乎所有研究者的说法，这是龚自珍针对嘉庆时代，首次提出“衰世”概念。也就是说，龚自珍虽然不敢直白说明，嘉庆统治的清朝就是“衰世”，但从文章逻辑，以及他在《明良论》和《尊隐》等作品中构建的互文语境，我们可以清晰看出他的所指。

在彼时的中国文人圈子，龚自珍成了第一个尖锐指出清帝国所谓康乾盛世已经转衰的人：

……世有三等，三等之世，皆观其才；才之差，治世为一等，乱世为一等，衰世别为一等。衰世者……左无才相，右无才史，阃无才将，庠序无才士，陇无才民，廛无才工，衢无才商，巷无才偷，市无才驵，薮泽无才盗，则非但鲜君子也，抑小人甚鲜。

翻译成现代汉语，这段文字大意是，按照古人的说法，时代分级为三等，都以人才作为衡量尺度。这三种等级的时代，一种叫“治世”，另一种叫“乱世”，最差的一种叫“衰世”。在所谓衰世，皇帝左右没有优秀的宰相和史官，边疆没有优秀的武将，学校没有优秀的文人，田边地头没有优秀的农民，街边巷里没有优秀的工匠，大街上没有优秀的商人，小巷中没有优秀的小偷，市场中没有优秀的掮客，江湖上没有优秀的强盗。在这样的时代，不但君子很少，连小人都低劣不堪！

正是这样一些文字，让后来的读者们，包括文学家、改革家和革命家，对他趋之若鹜。

1817年，龚自珍把自己的文字交给一位王姓老先生过目，后者专门为此写了一封信给他。信里先表扬龚自珍才高艺精，然后就说，你正当年少，应该多多考虑“排金门，上玉堂，和其声以鸣国家之盛”，多多奏响国家强盛之音，但你的文字里却“上关朝廷，下及冠盖，口不择言，动与世迕”。老先生显然对龚自珍的骂声连连很不以为然，告诫他，与周遭保持和气才是“养德养身养福之源”，何况你的父辈一干人都在官场任职，“家门鼎盛，任重道远”，怎么能恶语相向呢？对于龚自珍的衰世论调和讥讽痛骂，老先生实在看不下去了。

然而，骂归骂，龚自珍依然继续着他悲剧般的科考之旅。

1818 年，他在浙江参加了自己的第四次恩科乡试，中了浙江举人第 4 名。

1819 年，庆祝嘉庆皇帝六十大寿的恩科会试，龚自珍参加，没中。

1820 年，正常的会试，龚自珍参加，没中。

1821 年，参加军机章京考，没中。

1822 年，嘉庆皇帝驾崩后，清帝国改朝换代。龚自珍参加庆祝道光皇帝登基的恩科会试，没中。

1823 年，因为叔父龚守正担任考官，他没有参加。

1824 年至 1825 年，因为母亲去世，他按规矩居家服丧，也没有参加。

1826 年，龚自珍第五次参加会试，又失败。

1829 年，龚自珍再次参加会试，终于中了第 95 名贡生。而这时，他已经 38 岁。接下来，他参加了复试和殿试，都通过了，位列三甲第 19 名，赐同进士出身。但到了最终一堂朝考，以决定他是否能进入皇家文人最高殿堂翰林院时，据说因为答卷的楷书不规范，他又以失败告终。按照清朝官制，他可以外派做一个县令，但龚自珍拒绝了，留在京城做内阁中书。

1834 年，龚自珍参加了他一生中最后一次考试：试差考。如果通过，他就能成为政府的乡试考官。这是他能报复此前所有伤心赶考经历的一次机会，但他又失败了。

从 1810 年第一次参加科考到 1834 年最后一次应试差考，从 19 岁到 43 岁，龚自珍的一生几乎都被考试纠缠折磨。最后一次考试失败的七年后，也就是 1841 年，龚自珍在鸦片战争的硝烟中去世，永远告别了他所憎恨的衰世。

屡试屡败，屡败屡试，活到老，考到老。

跟那个时代许多文人一样，龚自珍无法摆脱一辈子都在奔赴考场路上的命运。顶着绝异之才的美名，在文字里哀诉怒啧，他却始终没有逃脱科考魔掌。

公平地说，中国的科举考试从隋代正式实施以来，一直是帝王统治系统一个极为有效的组成部分。最初的科举，是为了打破世袭门阀对皇帝施政的掣肘，让政治权力得以分散，不受制于大贵族形成的紧密圈子。自唐代开始，科举制度进一步完善，成为保障社会流动性的一条固定通道。对一般平民而言，不论家庭出身，只要在科举考试中脱颖而出，就能进入官场，并最终获得精英身份；对皇帝而言，从科举中选拔没有贵族背景的人，让其进入权力系统，在保证文官能随时流动、增加新鲜血液的同时，也形成与皇亲国戚制衡的权力集团，显然是一举多得的统治方法。

中外学者对科举制度的研究，基本上有一致的正面结论，认为这是中国古代社会中，一个极有政治和社会价值的治理方式。在龚自珍生活的清代，科举制度被清朝统治者顺势沿用，显然也是因为这一点。甚至直到今天，每年一度的全国高考和公务员考试，虽然被很多人诟病抨击，却依然是中国维持社会流动性的公平公正举措。

根据费正清主编《剑桥中国晚清史 1800—1911》的研究，在19世纪初期，中国人口超过三亿，农村人口占五分之四，而通过了乡试的生员与捐得同等身份的监生，大约为一百一十万人左右。按照当时的官制，全国的文官大约有两万名，其中，经过各种考试成为举人的大概一万八千人左右。在他们当中，进士两千五百人左右，翰林院的精英则只有六百五十名左右。换句话说，在龚自珍的年代，从三亿多人口中挣扎出头，从一百一十万人中脱颖而仕，加入两万多人的官僚队伍，是一场竞争格外激烈的战斗。

1816 年秋天，再次考试失败的龚自珍有多么难受，我完全可以想象。

在激烈文字里，龚自珍“口不择言”地抨击或揶揄当下，显然不仅仅是因为他敏锐地观察到了清朝政府的衰败、权力体系的僵化，也是因为自己怀才不遇的窘迫和志向受挫的尴尬。同时，面对科举和官场，龚自珍此时的心态还应该相当矛盾。

一方面，他的家庭背景和家教传统，注定了他只能将参与科举、进入官场作为自己人生旅途的唯一路线。从父母和外公对他的教诲和期待来看，他只有踏上这条独木天梯，才能达到博得功名、维持“家门鼎盛”的终极目标。另一方面，衰世官场的僵化和退化，各级官僚的昏聩与腐败，恰好又是他不愿意濡染堕落其中的内在理由。在君子稀少、小人低劣的衰世，成为阿谀逢迎的官场一员，是这个愤怒的年轻人最不齿的选择。

如果向更深处透视，我们还可以看到，清代的科举考试，也被清朝统治者用来作为一种规训知识分子的强力工具，作为帝国臣民统一思想的管道。按照皇帝意愿构建的意识形态和话语体系，是科举参与者必须掌握的通关秘籍，迎合这个话语体系的“雕龙文卷”，成了所有试图进阶的文人都不得不研习的八股范本。明知道在这样的搏斗中，自己可能撞得头破血流，龚自珍却没有办法逃脱“屠狗功名”的摆布，无法甩掉“纸上苍生”的桎梏。

今年失利，继续准备，等待后年。后年再败，继续准备……对于一个被叛逆之火煎熬的年轻人来说，还有什么，能比这样的前景预判更让人憋屈？

灼热的熔岩，在胸腔里燃烧涌动，口中和笔端的岩石，却又以不可承受之重，封堵压抑着喷发的欲望。龚自珍知道，自己不能爆发，也不可能爆发。偶尔吐出一些愤怒的蒸汽，带着呼啸抛出一些生命的碎石块与火山灰，就成了他缓解这焦虑与绝望的唯一办法。

5

天灾

当龚自珍在“乙丙之际”将他的时代定义为衰世，并对其猛烈抨击的时候，清帝国的广袤疆域，也恰好在经历一次异常气候过程。

从 1815 年秋天开始，到 1817 年，中国许多地方遭遇了气象反常，低温、霜冻、水灾、旱灾交替在不同地方出现。前面提及，高超超等科学家 2017 年发表的论文中说，在 1816 年，中国许多地方的气温平均值都出现了显著下降。其中，低温现象从 1816 年一直延续到 1818 年。如果把目光从中国移开，放到亚洲和整个世界，我们已经看到，1815—1817 年出现的全球低温，在气象学和气候史中已经是不争的事实。

也正如前面所说，这次气候异常过程在中国各地造成的影响，只能从历史文献的天灾叙事中挖掘。这些天灾叙事，虽然没有仪器测量读数，却也可以帮我们确认，1816 年的中国，到底经历了什么样的气象突变。

气候史学者张德二在她领衔编撰的《中国三千年气象记录总集》里，通过考察梳理地方志，给出了一套迄今为止最详尽的中国气候变化编年史。我查阅了该总集里 1815 年到 1817 年的气象记录，并把这些记录与中央气象局气象科学研究院主编的《中国近五百年旱涝分布图集》中1815—1817年的地图，以及中国科学院地理科学与资源研究所整理出版的《〈清实录〉气候影响资料摘编》中的三年记录做交叉对比。

《中国三千年气象记录总集》里收编的，是清代各地方政府在其撰写的方志中对气象的描述，与《中国近五百年旱涝分布图集》相似。而《〈清实录〉气候影响资料摘编》则归总了皇家历史叙事里各地气象异状的描述，记录了皇帝在这三年里下令采取的相应措施。我同时也参考了《清实录·仁宗实录》的完整版本，试图发现前述文本里没有收录的内容。

以此，我可以帮助自己在脑海中，大致构建出1816年清帝国所遭遇的气候灾难图景。

我把这些气象异常分作两类。第一类是低温，包括雪、霜冻和结冰。因为那时的中国没有进入仪器时代，这些气象的出现，就成了气温降低的主要征候。第二类是水灾和旱灾，科学家们已经指出，中国的气候受季风影响，大气温度异常会导致季风异常，也就会给不同地方带来反常的降雨和干旱。洪涝和旱灾，往往会被方志记录在案，更可能会由官员们上报至中央政府。

1815年9月开始，河北的几个地方出现霜冻，获鹿和灵寿分别记录了“风霜损禾稼”“霜损禾”。属于正定府的这两个县位于北京西南，9月出现风霜损毁庄稼，显然有些异常。

1815年年底，中国南方地区开始出现罕见低温。

台湾的新竹和苗栗，县志中都记录了在当年11月至次年1月的“雨雪，坚冰寸余”。彰化县志也记录了“冬十月，大风损禾稼。冬十二月，有冰”。在纬度偏低的台湾新竹和苗栗，冰居然有一寸多厚，实属罕见。

广东廉江记录了“冬大雪”，海南定安“陨霜杀秧，草木椰椰多枯”，万宁“严寒，树木枯死其半”，澄迈“天降大雪，椰椰树木多伤”。海南岛位于中国大陆的最南方，纬度比台湾还低许多，出现这样的低温更是奇异。

广西宜山“是年冬大冰，草木尽枯，儿童于积水处捞起冰块如玻璃屏”。

云南昆明、晋宁、宜良、澄江在1815年6月和8月出现了低温寒风，南华“秋九月，寒风杀谷”，水稻遭殃。另外的研究文献还做了相应的补充：楚雄的镇南州“秋八月，北风伤稻”，腾越“田禾风瘪”，龙陵“禾苗风瘪”。

进入1816年，中国的许多地方继续出现低温和异常天气。

江苏泰州和东台3月中旬出现大雪，安徽亳州“冬大寒”。

低温的侵袭，给江西带来特别显著的异样。进入3月后，江西普遍出现降雪，在各地县志记录中，九江、湖口、星子、上饶、都昌、万载、大余、安远都下了大雪，许多地方的积雪“平地厚数尺”“冻死耕牛及大樟树”。

福建的罗源也在正月出现大雪，积雪“盈尺”。

在去年秋天就遭受厄运的云南，1816年情形依然严峻。曲靖和澄江出现低温，麦田损毁，剑川8月下雪，其中，巍山在秋天出现冰冻，“田禾尽坏”。

云南的气象异常，跟中国其他地方的气象异常一样，并不止于低温。从地方志的记载来看，1815年秋天到1816年全年甚至到1817年和1819年，气候异常的云南遭遇了所谓“嘉庆大饥荒”。由于天气变坏，出人意料的寒冷、大风、干旱、淫雨和洪水，损毁了基本农作物水稻、玉米和荞麦，云南好几个地方的县志，都记载了百姓吃“观音土”的事实。

比如，光绪年间的《沾益州志》描述，曲靖在“（嘉庆）二十年至二十三年，连年大饥，城西六十里出泥二种，俗呼‘观音粉’，一种白色，一种水红色，远近穷民挖取此泥，用麦面荞麦掺和食之”。咸丰年间的《镇南州志》也记载说，南华县在嘉庆二十一年（1816）“大荒，民掘白土疗饥，号‘观音面’，食之多死者”。

从 1815 年秋天开始，云南的易门、南华、楚雄、大姚和洱源，遭遇低温、大风和洪水，庄稼无收。到了 1816 年，根据光绪《续云南通志稿》描述，“大理府属之邓川州，丽江府之鹤庆州，本年夏秋以来大雨连绵，山水涨发，田庐致被冲淹”。秋天是收获的季节，但洱源出现河道决堤，巍山“连月雨，大雾三日，有冰，田禾尽坏”；祥云也在秋天出现洪水。姚安遭遇寒冷北风袭击，即将成熟的稻谷无收。此外，墨江、楚雄、禄劝干旱。所有这些天气异常，都对农业形成冲击，云南各地普遍饥荒，作为各地受灾民众的充饥替代品，“观音土”和“草根树皮”频繁出现在县志中。

1816 年在海南，同样出现了饥荒，琼海和万宁大旱，安定和澄迈米价飞升。

湖南和湖北在这一年均出现洪涝，各地方县志中，出现频率最高的是“大水”。同样的情形在河南和福建出现，其中河南郏县“麦登场，淫雨四十一日，麦尽黑朽不堪食”。江西在冬天遭遇积雪数尺后，好几个地方在夏天“大雨弥月”，河水暴涨。

浙江和江苏，也遇到了旱灾和涝灾交替的现象。龚自珍随父亲去上海就任的这一年里，浙江的建德、丽水、龙游、武义和东阳都出现旱情。江苏范围内，吴县、扬州、高邮、宝应、盐城和铜山等地出现洪涝。

山东、山西和陕西的一些县在 1816 年都遭遇大水和春大寒。

在属于直隶的河北境内，正定、灵寿、获鹿、井陉、赞皇都在5月出现风霜“损麦”，在永清、新城、大名、宁晋这些地方，则是夏秋大水。

6

嘉庆大饥荒

参照《仁宗实录》，我发现在1815年到1817年的皇家记录里，对云南的低温、水旱和饥荒，皇帝只提及了邓川和鹤庆两地，要求对其受灾农民进行赈济，并缓征“额赋”。

为什么云南其他地方的严重灾情没有“上达天听”？不得而知。根据杨煜达、满志敏和郑景云发表于2005年的气候史论文《嘉庆云南大饥荒（1815—1817）与坦博拉火山喷发》，事实上云南地方志中有关低温和旱涝灾害的记录有很多。不过他们认为，这里暴发饥荒，水旱不是主要原因，低温才是。根据地方志记载，从1815年开始，低温、风霜和冷雨就开始肆虐：

> ……楚雄的镇南州：“嘉庆二十年秋八月，北风伤稻，岁大饥。”（光绪《镇南州志略》卷1《祥异》）腾越：“嘉庆二十年，田禾风瘪。”（《腾越厅志》卷1《天文志·祥异》）龙陵：“嘉庆二十年，禾苗风瘪。”（《龙陵县志》卷1《天文志·祥异》）“禾苗风瘪”是低温冷害造成的稻谷空秕的通常的说法。到嘉庆二十一年，对夏秋低温风害的记载更多。滇西北的剑川：“七月雨雪，秋不熟。”（道

> 光《云南通志》卷 4）滇西的蒙化："二十一年丙子秋，连月雨，大雾三日有冰，田禾尽坏。冬大饥。"（《蒙化县志稿》卷 2《祥异志》）滇中的姚州："风秕无收，斗米数千钱，民饿死者甚众。"（光绪《姚州志》卷 11《杂志·灾祥》）盐丰："风秕无收，米升千钱，死者甚众。"（《盐丰县志》卷 12《杂项志·祥异》）……

按照他们的研究，到了 1817 年，云南巡抚李尧栋还给嘉庆皇帝上奏说，"九月中旬曲靖府属之马龙州北风忽起，天气阴寒。又丽江府属之鹤庆州及维西厅寒雨连朝，严霜叠降。"但是，这一年的《仁宗实录》里，却只有皇帝针对鹤庆州下达的免征税赋和赈济命令。

当然不能排除云南的地方官员们，不敢向上级汇报真实惨状的可能性；也不排除清政府的官方历史撰写者，在《清实录》中针对灾情做了减法。不论是张德二等人在《中国三千年气象记录总集》里的整理，还是杨煜达等人在论文中的引用，关于 1816 年至 1818 年云南"嘉庆大饥荒"的记载大多出现在十几年甚至几十年后撰写的地方志里，可能就是因为这些缘故。根据历史学家的共识，清朝是中国历史上文字狱最严酷的时代之一，稍有不慎，书写行为就可能给书写者带来轻则受罚重则丢命的厄运。在灾情叙事里避重就轻，也许是一种自保的策略。

官方话语中没有出现的灾害实情，却在诗歌里得到证实。

从 1815 年到 1817 年，云南昆明的一位诗人李于阳写下了许多首诗，记载了无夏之年的嘉庆大饥荒带来的社会灾难。

在清代文学史里，李于阳是名不见经传的人物。也许是孤陋寡闻，我从未听说过此人名字。我是在一些英语文献以及上述杨煜达等人撰写的气象学论文里，首次发现他的身影。回头查阅学界关于这位诗人的评介，也只有寥寥数篇。从这些有限的文字里，我得知李于阳幼年随父亲从大理附近迁至昆明，成年后，就读于刘大绅执掌的五华书院，这是当时云南的最高学府。但是，这个读书人也从未考上过功名。

李于阳说，他家在昆明近郊有“薄田数亩”，应该是地道的农民。他在《半闲吟》一诗的“自识”里承认，自己家境困窘，大部分时间“徒消磨于谋生，诚可惜也”。这种身份，为他近距离观察1816年前后云南的天灾人祸，提供了条件。台湾版《丛书集成续编》（178卷）里，收有李于阳的诗集《即园诗钞》。我仔细阅读了他1816年前后的作品，发现它们被一些国内外学者当作坦博拉爆发改变全球气候的证据，是有道理的。

1815年夏秋，昆明大雨如注，水淹城池。李于阳的家靠近滇池海口，肯定会受到波及。《即园诗钞》中收录有李于阳写于这一年秋的《淫雨叹》：

> ……
>
> 淅沥雨声听不绝，似滴愁人眼中血，
>
> 十家茅舍九飘摇，纵不为鱼无多别。
>
> 大儿牵衣小儿哭，米价高腾人负腹，
>
> 衾裯换米权救饥，那有余钱更补屋。
>
> ……

强降雨让绝大多数房屋浸泡飘摇于水中，居家的人们，跟鱼虾没什么差别。米价飞升，大儿小儿拉着大人衣服饿哭求食。无奈之中，户主只有将家里的被褥床帐变卖，换点粮食“救饥”，而因大雨和洪水破损的房屋，则根本顾不上修缮。妻子和儿子依靠这点存粮，能否渡过艰难年关还未可知。

1816 年和 1817 年，昆明的灾情更加严重。

在以气候温和而著称的“春城”，李于阳用自己手中的毛笔和纸张，记录了 1815 年和 1816 年夏秋“忽然天气寒如冬”的实情，更叙述了饥荒时刻，昆明市井的灾民生存状况。

1815 年的秋天（“去岁八月看年丰”），天气突然冷得像寒冬，导致“禾苗风瘪”（“谷精蚀尽余空茎”）。1816 年春天在凛冽中到来，米价一天一个样：

> 瑟瑟酸风冷逼体，携筐入市籴升米。
> 升米价增三十钱，今日迥非昨日比。
> 去岁八月看年丰，忽然天气寒如冬。
> 多稼连云尽枯槁，家家蹙额忧飧饔。
> 自春入夏米大贵，一人腹饱三人费。
> ……
> 插秧祷雨尤欢声，方道今岁民聊生。
> 岂识寒威复栗冽，谷精蚀尽余空茎。
> ……

到了 1817 年开春，昆明城区挤满等待赈济的人群，他们拥堵在官方开设的粥厂前，等待领一份灾粮。《即园诗钞》收录的李于阳写于此年春天的《食粥叹》，叙述了这个细节满满的场景：

> 厂门开，食粥来，
> 千万人，呼声哀。

大者一盂小者半，
……
少壮努力争向前，老弱举步愁颠绊。
自晨至午始得食，饥肠已作雷鸣断。
朝粥粥抵餐，暮粥粥抵水。
饮水难疗生，犹胜无粥死。
……

那些排队等待领粥的人们，拥挤呼号，从一大早开始“争向前”。老弱病残跌跌撞撞，却要等到中午才能达到目标。而这些灾民最终抢到的食物，其实已经不算什么食物了：早上分发的粥，也许还能勉强算作一餐，到了下午，那粥就已经清淡如水“难疗生”。但即便如此，有浸泡着几粒米的汤水下肚，也比饿死要好太多。

诗人写于同年的《卖儿叹》，更是把饥饿难耐的居民将儿子出售以换取粮食的场景，触目惊心地呈现在读者眼前：

三百钱买一升粟，一升粟饱三日腹。
穷民赤手钱何来，携男提女街头鬻。
明知卖儿难救饥，忍被鬼伯同时录。
得钱聊缓须臾饿，到口饔飧即儿肉！
小儿不识离别恨，大儿解事依亲哭。
语儿勿哭速行行，儿去得食儿有福。
阴风吹面各吞声，拭泪血凝望儿目。
……

粮价飞升，为了逃避饿死的命运，穷人只好把子女牵到街市上出售。换来的粮食虽然能暂时缓解饥饿，但自己吞下的，却几乎就是儿子的骨肉。小儿子无法理解这离别的痛苦，大儿子懂事了，却也只能拉着亲人哭泣。寒冷阴风中，望着儿子远去的背影，父亲的眼泪已经凝固成血。

在另一首作于1817年的《苦饥行》中，李于阳还描述了饥荒之时，饿死居民尸体堆叠、闺中母子挨饿待毙的恐怖景象：

岁频歉，人苦饥，饥而死者相累累。
闺中少妇怀中儿，待死不死心伤悲。
儿饥向娘啼，娘饥当告谁？
儿啼一声一肠断，肠断直胜忍饥时！
……
有娘儿饥犹如此，无娘儿饥更可知。
一死宁争早与迟，大鬼求食小鬼随，
黄泉反得相提携。
呜呼，母子天性有若斯，世间多少生别离！

饥饿困苦之中，母子之间到底是谁先饿死还是谁晚饿死，都无所谓了。甚至，他们一起饿死反而更好：这样一来，“大鬼求食小鬼随”，娘儿俩还可以在黄泉之下一起做伴乞讨，相互照顾。

从诗艺层面看，默默无闻的李于阳与才名卓著的龚自珍的确不在一个水平线上，这可能导致了他在清代文学史中被彻底忽略的结局。不过，从1816年火山冬天的角度来看，又幸亏有李于阳这样生活在社会底层的文人，才为我们留下了嘉庆大饥荒的灾难细节。

7

气象叙事

《仁宗实录》记载，1816年年底，因为水灾，嘉庆皇帝下令“缓征江苏句容、山阳、阜宁、清河、桃源、安东、高邮、泰州、江都、甘泉、兴化、宝应、铜山、萧山、砀山、宿迁、睢宁、沭阳、上元、江宁、溧水、江浦、六合、盐城、东台二十五州县，及淮安、大河、徐州三卫积欠额赋”。

翻年之后的1817年正月，皇帝又下令“给江苏沛县上年被水灾民一月口粮”。

缓征税赋，目的是减轻灾区人民和政府纳税的负担；给一个月口粮，则意味着当地的灾民已经吃不起饭了。最高统治者下达的命令，是针对江苏在1816年遭遇的天灾。从另一个角度看，也就意味着上述地区在那一年确实洪涝严重。

《中国三千年气象记录总集》里，关于1816年上海地区的天气记载只有一条，涉及松江：“夏，雷击兴圣寺塔。”但是江苏各府县撰写的方志里，却有许多关于水患的记载。吴县、扬州、高邮、兴化、宝应、盐城、铜山的县志里，都有“水”“夏大水”“大雨水”等说法；阜宁“放车、南二坝泄洪”。泰州和东台在3月中旬出现“雪”和“大雪”，宿迁和睢宁的县志里记载了“饥”。

其他气候学家根据1810年代亚洲地区树木年轮测定、史料文献记载以及相应模型的计算和模拟，得出结论认为，1816年的长江流域地区，降水量显现出与此前和此后相比增多的迹象。长江流域是一个极大的地域概念，不仅包括了上海、苏州等地，并且几乎覆盖了小半个中国。这些结论，虽然无法帮助我们确切地界定龚自珍生活的苏州、松江、太仓地方遭遇了洪灾，但至少可以证实，这一年的上海、苏州一带，降水量出现异常增多。

1816年春天之后，龚自珍开始在父亲府上帮忙办公。按照他在《邵子显校刊娄东杂著序》中的说法，“国家以苏州、松江、太仓州为一道，睿皇帝朝，命家大人分巡之，自珍实侍任”。1816年年底，龚丽正又被委以他职，临时担任江苏按察使，任期达半年之久。不论从官职责任还是办公日常角度，我们都可以猜测，上海、江苏及其相邻地方在那个夏天所遭遇的天气以及随之而来的灾祸，龚自珍应该有所耳闻。

从龚自珍这一年写作的文字里，我们无法看到这个史实的相应呈现。有几首仅存的诗作，倒是描述了天气气象，但那属于中国诗歌传统里的比兴范畴。

比如，龚自珍到上海后，结交到文人钮树玉。钮树玉是个科考失败者，所以被称为“钮布衣”。应该是1816年秋天，“钮布衣”给龚自珍带来一本《山中探梅卷》，龚自珍为此写了一首《摸鱼儿》，其中有“雪消缥缈峰峦下，闲锁春寒十亩”“花肥雪瘦”的句子。显然，我们在解读这里的“春寒”和“雪瘦”时，不能把它们当作这一年上海或苏州实时天气的证据。这些意象，不是李于阳式的实景描述，更可能是针对那本《山中探梅卷》的内容做出呼应，它们只存在于诗性想象世界之中。

在我搜寻阅读的龚自珍传记、研究著作与文章里，也没有涉及这个话题。

不过，现存《乙丙之际著议》系列文章中，有一篇内容就跟洪灾有关。我猜测，这篇文章应该是写作于1816年的夏秋，龚自珍是针对这一年夏天江南地区的大水有感而发。至少在史料中，1815年夏秋，江苏和上海等地未见严重洪涝记载，而他父亲任职的安徽境内各地倒是有干旱发生，皇帝也曾下令缓征税赋。

在《定庵文集》中，这篇文章有两个版本。我选取了遂汉斋校订的朱刻本《乙丙之际著议第一》这个版本：

> 岁辛酉，近畿大水。越七年戊辰，又水。甲、乙间，东南河工屡灾。客曰：近年财空虚，大吏告民穷，而至尊忧币匮。金者水之母，母气衰，故子气旺也。一客曰：似也。子亦知物极将返乎？天生物，命官理之，有所溃，有所郁，郁之也久，发之也必暴。且吏不能理五行使之和，必将反其正性，以大自泄，乃不利。今百姓日不足，以累圣天子惄然之忧，非金乎？币之金与刃之金同，不十年其惧或烦兵事，赖圣天子维持元气，建本甚厚，亦弗瘵也。越六年癸酉，兖、豫役并起，四越月平。龚子曰：其溃者，其纵之者咎也；其郁者，其钥之者咎也。是以古之大人，谨持其源而善导之气。

在这篇对话体短文里，龚自珍谈论了大雨导致的水灾。不过，他并没有谈论当下江苏、浙江或上海的水灾，而是在描述曾经发生过的北方水灾。

“岁辛酉，近畿大水”，是指嘉庆辛酉年，也就是1801年；“近畿”指京畿，皇帝所在的北京城。根据《中国三千年气象记录总集》记述，在这一年的6月，北京地区大雨连绵不绝，永定河决口泛滥，“水淹南苑，漂没田庐数百里，秋禾尽伤”。由于水灾，“近苑饥民竞相蹂躏，高楼则拆毁之，大木则斧戕之，林竹池荷鞠为茂草”。

《仁宗实录》中，关于这次水灾也有详细记载。比如在这年7月，嘉庆下谕告诉大臣们，自己这些天自我检讨，感觉“德薄任重”，夜不能寐，因为“自六月朔日大雨五昼夜，宫门水深数尺。屋宇倾圮者不可以数计。此犹小害。桑乾河决，漫口四处，京师西南隅几成泽国。村落荡然，转于沟壑。闻者痛心，见者惨目”。

连北京城内的紫禁城都被水淹数尺，皇帝都自我检讨，可见水患之严重。

龚自珍文中所说“越七年戊辰，又水。甲、乙间，东南河工屡灾”，应该是指七年之后的1808年，即嘉庆十三年。这一年，河北、江苏、浙江、江西等地都发生洪涝灾害，出现大面积饥荒，方志记录里饥民吃“观音土”的叙述频现。根据《仁宗实录》记载，皇帝在谕旨里一边下令拨款赈灾，减免税赋，一边要求各地抓紧修复被洪水摧毁的“河工”（“东南河工屡灾”），也就是江河堤防，花费极多银钱。

所以，才有文章中接下来的几句，“客曰：近年财空虚，大吏告民穷，而至尊忧币匮”——一位先生表示，洪灾之后，财政空虚，官员们都纷纷上报说人民穷苦，而皇帝呢，则忧虑国库的银两不够用了。

如果说龚自珍对1816年发生在身边的气象灾难不敏感，这篇文章似乎又是一个反证。在文字中，他明明白白地显示，自己熟知洪涝发生时各地出现的人祸，以及皇帝采取的措施和面临的困境。但他为什么避而不谈当下，却要去追溯几年前甚至十几年前的事情呢？

我能大致想到两种答案。

第一，是1816年发生在江南的水灾，严重程度也许无法与“辛酉”和“戊辰”年相比。那两次水灾，尤其是紫禁城被淹的1801年北京地区大洪水，因为皇帝的直接受灾和介入，进入了国家叙事。议论天灾，瞄准这个既定主流话语场域，肯定是最佳选择。换句话说，既然皇帝都焦虑得睡不着觉，公开自我检讨，这次水灾对帝国的冲击和影响，已经不证自明。

第二，是龚自珍采取了一种自我保护的写作策略。也许为了避免跟当下的皇家权力体系发生直接对立，为了避免与当政的各级官员包括他父亲发生正面冲撞，一句话，为了避免随时可能降临的文字狱，龚自珍选择躲开1816年的天灾人祸，转而通过虚拟的主客对话，去谈论陈年旧事。

正如在一系列尖锐时评中所做的那样，龚自珍常常把自己文本的时空，设定在模糊的近代，甚至设定在遥不可及的久远过去和无法定位的疆域。前面所提及的《明良论》诸篇，以及著名的《尊隐》等，都是如此。历史学家孟森在《清史讲义》中曾经明确说过，“嘉庆朝，承雍、乾压制，思想言论俱不自由之后，士大夫已自屏于政治之外，著书立说，多不涉当世之务”。

龚自珍在自己的诗中，也曾经宣布“避席畏闻文字狱”——谈天说地时，因为害怕朝廷的文字狱，很多事情只能避而不言。一个明确的参照是，流传民间的话本小说《儒林外史》和《红楼梦》等的作者显然也采取了这样的策略，描写的是雍正或者乾隆时代的现实，时空设定却是别年他乡。有了这一策略，龚自珍就如同给自己的文字涂上了一层保护膜，以防有人抓住辫子，举报他攻击皇帝和政府的当下施政。

让我们接着往下读《乙丙之际著议第一》。

“金者水之母，母气衰，故子气旺也。一客曰：似也。子亦知物极将返乎？天生物，命官理之，有所溃，有所郁，郁之也久，发之也必暴。且吏不能理五行使之和，必将反其正性，以大自泄，乃不利。”这段话翻译成现代汉语，是说五行之中，金是水之母。母气出现衰竭，那么子气就会很旺，也就是水旺，所以，各地洪水滔天是不可避免的了。一位先生同意这个说法，并继续道，你知道物极必反的逻辑吗？天生万物，（天子）让百官来管理，就有所溃泄，也有所郁积。如果郁积久了，爆发起来必然暴烈。如果官吏们不能让阴阳五行调和顺畅，就必然违反正性，郁积膨胀而暴泄，导致不利局面出现。

今天的我们已经知道，气象灾难的起因，是自然规律和因素变化引发的现象。从 1815 年秋到 1816 年，中国出现的气象异常，更是因为坦博拉爆发导致全球降温和季风紊乱。但是，生活在两百多年前的龚自珍，显然不可能知道这一点。他的教育履历和知识背景，不容许他联想到印尼的火山爆发，联想到飘浮在地球上空十几公里处的气溶胶膜。

他只能去阴阳五行理论中寻找天灾的根源。

按照中国传统的宇宙观和世界观，以阴阳之道为核心的天地，由木、火、土、金、水五种基本物质构成。无论是人体，还是世间万物直至大气和星辰，所有微观和宏观事物，都遵循一套相互关联的运行逻辑。阴和阳不断相互拒斥和转化，五行持续相生相克。正如人体阴阳失调、五行紊乱会导致疾病一样，地动山摇，淫雨干旱，所有违反正常运行逻辑的地质或气象灾变，都可以被看作天地五行系统运动之中，出现了不协调状况。

从某种意义上讲，阴阳五行的说法也有一定道理。

它把宇宙万物、自然和人看作一个相互关联的能动体系，各种因素互为因果，一种变化必然引发连锁反应，导致系统中其他因素的相应变化。用西方话语来说，这是一种全息性（holistic）结构主义认知。在这样的宇宙观里，无论是物理现象，还是经济社会变异，抑或是全球气候变化和人体生理运行，只要它是一个能动结构系统，就都可以如此看待。

在气象学领域，不同空间和时间的天气现象，往往可以通过遥联形成互动，这种互动甚至可以夸张到形成所谓“蝴蝶效应”。根据当代物理学混沌理论（chaos）一项著名的思想实验，如果一只蝴蝶在美国的得克萨斯州扇动翅膀，它所引发的气流扰动，最终能通过初始条件依赖、变量无限叠加的系统效应，导致或增强海地的一场风暴。

印尼的坦博拉火山爆发会在一年之后让地球另一边的瑞士在夏天出现低温和冷雨，也是如此。

当然，从现代科学的角度看，五行理论也有明显缺陷：它设定宇宙间万物都来自五种基本物质，并规定木、火、土、金、水之间相生相克的因果关系，既没有仪器观测的数据支撑，也没有数学、物理和化学等定理的逻辑梳理。作为一种认识论，它的主体想象投射大过了客体现象观察和实验，带有浪漫色彩的主观设定取代了纷繁严谨的客观分析。

它是一种关于自然和宇宙的玄学阐释，无法被观测数据重复，被监测手段证实，因而无法形成具体的描述和运用法则。

正因为此，当龚自珍试图解释自己眼前的气象灾难时，他可以宣布一场影响巨大的淫雨和洪涝是因为天地间金过于亏损、水过于充盈，却无法说明，这金到底是什么东西。金是指所有金属吗？还是特指某些金属？还有，他是依照什么样的刻度，可以知道金已经处于亏损状态？又凭借什么证据，证明金亏损就必然导致水膨胀？

8

漫长的前仪器时代

其实，早在明末清初，中国的皇帝和士大夫就已经开始接触一套全新的天象与气象的理论和阐释。

明朝崇祯年间，来自德国的耶稣会传教士汤若望（Johann Adam Schall von Bell）通过努力，得到了徐光启等人的鼎力支持和举荐。汤若望运用仪器测定说服皇帝，让他主持编撰了新的历法，也就是著名的《崇祯历书》。这是中国历史上第一次将天文认知与西式仪器观测结合起来制定历法的成功尝试。四季更迭，天气的冷暖变化，终于有了实验的依据。被许多人认为承载着中国传统智慧的所谓农历，其实是当时欧洲的知识和仪器与中国的现实和经验结合的产物。

1643 年，大明皇帝下令将《崇祯历书》在全国推行。只不过，第二年明朝就灭亡了。

清朝入关后，汤若望在顺治皇宫里继续得到重用，明朝没有来得及推行的历书，被摄政的多尔衮下令沿用，并在汤若望主持下，最终形成清朝官方历法《时宪历》。清廷制定了相当严苛的条例，在全国推行，以保证民间使用这个官方日历。凡不遵循官方历法而私自使用传统民间历法的人，治重罪。

来自比利时的耶稣会传教士南怀仁，在1660年代加入了汤若望的队伍。他不仅成为幼年康熙的老师，向皇家宫廷传播各种天文、地理、数学和机械知识，也利用自己掌握的资源，设计制造了一系列仪器，如地平日晷仪、里程仪、湿度仪和温度仪，并著述阐释了这些仪器的原理和使用方法，驳斥了依据阴阳五行理论猜测天象和气象的路径。

从某种程度上讲，汤若望和南怀仁能够得到皇室的青睐，他们负责建造的仪器发挥了不可替代的重要作用。

一些研究者指出，新近入关的顺治皇朝倚重汤若望，让他负责钦天监，给他正一品官衔，有利用西洋人的知识和技术来打压本土汉人知识分子群体的意图。而秉持中原传统的汉人士大夫阶层，对满人统治政权经历了一个从抵触到顺从的过程，这种抵触，也表现在对皇帝倚重的外来传教士的怀疑和攻击上。他们是借批驳西洋知识，试图将皇帝拉入汉语文化的正统。他们抨击说，西洋仪器是奇技淫巧，设计制造它们的洋人，因为“非我族类，其心必异”，几乎等于伺机谋反推翻天朝的黑手，必须提防。

1661年，康熙以七岁幼龄继位，这种攻击甚至一度演变成朝廷内部火爆的“历法之争”。在辅政大臣鳌拜操持下，徽州人杨光先对汤若望、南怀仁等一干外国人的理论和仪器发动弹劾，这些弹劾最终起了作用。汤若望险些被处以极刑，南怀仁等传教士差点被流放。

1666年，汤若望在北京去世。两年后，年仅14岁的康熙亲政。在一些大臣的鼓动下，他决意给汤若望和南怀仁平反。皇帝让负责钦天监的杨光先和南怀仁比赛，结果，南怀仁通过西式仪器，准确推算出天象出现时间，杨光先落败。康熙罢免了杨光先，让南怀仁接了汤若望的班，成为钦天监总管。

1673年，南怀仁设计并主持建造的黄道经纬仪、赤道经纬仪、地平经仪、地平纬仪、纪限仪和天体仪终于完成。这些划时代的铸铜仪器，至今仍矗立在北京城内的古观象台上，见证欧洲启蒙时代的知识及技术与东方古国之间的交流。

南怀仁不仅成功地为康熙推算了天象和节气，还通过改造汤若望设计的火炮，帮助皇帝在一场关键战役中击败了吴三桂的叛军。

可惜的是，汤若望和南怀仁带进皇宫的这些仪器及其相关知识，并没有从宫廷扩散到民间——除了皇室强令推行的农历这个例外。对皇帝而言，这些仪器可以拿来供自己了解天象，但让其进入士大夫圈子和普罗大众中则万万不可。

同样可惜的是，康熙时代曾经一度繁荣的中西知识交汇，随着皇帝后来的一道命令寿终正寝。1717年，康熙下旨终止了耶稣会传教士在中国的传教活动，他的禁令在雍正和乾隆时代被重复，在嘉庆时代同样被继承。根据《仁宗实录》所记，1811年，嘉庆下令禁止西洋传教士进入中国内地，只有北京除外。在帝都，皇帝仍然需要洋人“在钦天监推步天文，无他技艺足供差使。其不谙天文者，何容任其闲住滋事……传习邪教”。

差不多就在这个时候，龚自珍在一篇短文里提到一个仪器。

《说月晷》一文，大致写作于1812年至1815年，也就是龚自珍随父亲住在徽州的时候：

徽州人造月晷，系以诗，鬏而书之，予读之弗善也。为之图三十，合朔至晦，备矣。又为之子目，各十有二，时加子至加亥，备矣。总为图三百有六十，以楮皮为之仪，我坐北面南，左东右西，以定月之所在，其魄墨之，其明粉之，加金以肖其曜，自以为贤于徽州市之所为。扬州罗士琳过而大笑之曰：子未知里差。天下一千三百五县，宜每县为三百六十图，当有三十七万九千八百图。子又未知岁差。夫日与月合朔时，所加不同，一千三百五县之三百六十图，月月不同，每月为三十七万九千八百图者十有二，每岁又十二月之，其图无算数。假子神龟之年，不足以役图，与子千里之封以为宫，不足以度之。予乃畫然于不艺不学，忝为士大夫老，与夫市估髹师，同为惘知识之民而已矣，乃再拜求罗子教我以浑天之术，两仪之形，求七政之行之所在。

龚自珍说，他看见一个徽州人做的月晷，装潢精美。从农历的第一天到最后一天，从子时到亥时，图像非常完备。如果坐北朝南，左东右西，就可以确定月亮的位置，阴晴分辨不仅十分清楚，而且粉墨加持，流金溢彩。扬州一个叫罗士琳的人来徽州，看到这个东西，大笑说，先生不知道距离之差，以天下一千三百零五县计算，每个县有三百六十张图，加起来总共有三十七万九千八百张图；先生也不知道年份之差，日月合朔的时候，数值不一样，因此全国一千三百零五县的三百六十张图，每个月都不一样……如此一来，不知道要画多少张图才能标明月亮的准确状态。这么多图，就算你像神龟一样长命百岁，也看不完；就算给你广阔千里的房子，也装不下。龚自珍惭愧道，我真是不学无术，还算什么士大夫啊，跟街市上那些手艺人一样，成了没有知识的普通老百姓。拜求罗先生教我认识天体，了解两种仪器，以懂得天上七星的运行轨迹。

罗士琳是清中数学家，在那个时代做出过数学方面的贡献。

从龚自珍在文中描述的对话来看，两人显然相互熟知。不然，罗士琳不会一边大笑，一边以嬉笑的口吻来给他算一笔让人头晕目眩的账；龚自珍也不会检讨自己学识浅薄如市井小民，说自己必须求教于罗士琳。

龚自珍打算向罗士琳求教的“浑天之术”，是那时的天文认知方法；“两仪”，则可能是日晷和月晷；“七政”是古人所说的七颗至为重要的星星。不过，基于龚自珍在文本里的描述，我们很难想象这个月晷的具体形状。

不仅我们很难确认月晷，就连中国古代科学仪器专家，也无法确认。

北京天文馆古观象台的研究员王玉民，在他 2010 年发表于《自然科学史研究》的论文《明清月晷星晷结构考》中也报告说，因为月晷流传不广，“记载也罕见和粗略”，人们对它的研究“常有语焉不详或不妥之处”。

按照王玉民的说法，月晷在明代以前不见于典籍记载，因此可以推测，月晷或月晷的概念“极有可能”是明末耶稣会传教士带入中国的。在这个节点上，他提到了那个把望远镜首次带到中国的汤若望。论文指出，北京故宫博物院现存的一件日晷、月晷和星晷合体仪器，制造于德国科隆，很可能是原籍科隆的汤若望带进紫禁城的。王玉民认为：

> 各种月晷的结构大体近似，由上、下两片同心同轴的圆盘组成，按规范称呼，较小的上盘称“天盘”，较大的下盘称“地盘”，再上面是一条尺状照准件。两片圆盘中的一片，刻有一天的 12 时辰，称“时盘”，另一片刻有一朔望月的 30 日，可称“日期盘”。

根据王玉民的研究，这种月晷的晚期（乾隆时代）形制曾经零星流传到民间。我可以由此猜测，龚自珍在《说月晷》中谈及徽州人制作的仪器，大概就属于这一类。

1816年，龚自珍在《乙丙之际著议第十七》中，又触及“浑天之术”这一话题。不过，他再也没有提及月晷，我也无法知道，他是否真的就两仪和七政求教了罗士琳。

在这篇文章里，龚自珍阐发了自己对天象观察活动的理解。他追述从中国远古时代开始的观天术历史，认为古人的占卜，是依据太阳、月亮和星辰的运行轨迹来编制年、月、日的顺序，从而帮助史官“立说”。但是，后来的人们过分渲染了观天象以预测天灾的能力，甚至把“取虚象，无准的，无程期”的天气预报“借言”至游说和蒙蔽君主。龚自珍认为，如果君主自己能掌握观察天文、预测天灾的技巧，那么这些混淆视听的“借言”游说者就无立足之地了。

龚自珍在这篇文章的“自记”里说，古人对于通过日月星辰的变化去预测“凶吉”多有描述。这些天体的异常状态，大致就是:“日抱珥，月晕成环玦，星移徙，彗孛，日五色，日月无精光，日月不交而食谓之薄之类……”

针对这些天象而写作的史书和“占譣之书”，今天大多找不到了，倒是归纳天象的著作如《系辞》，还留下一些记载。不过龚自珍认为，观天象的行为，可以描述天象以预测凶吉，却不能预测天象本身。比如，看到日食（“日抱珥”）、月食（“月晕成环玦”），或者看到彗星（“彗孛”），史官就看到了凶兆，知道天下会出现“恒阳而旱，恒雨而潦，恒燠恒寒而疵疠”的天灾人祸，但他们却无法计算这些天象的出现和消失。

用龚自珍自己的话来说，“而岂谓日月食之可推步者哉？”

龚自珍大概不知道，1644年，汤若望就通过仪器和计算，为清朝皇帝准确预测（“推步”）了日食，并因此在顺治宫廷里得到重用。他大概也不知道，大约在1790年代，一位祖籍安徽的金陵女子王贞仪，凭借接触和研究过的西洋数学和天文学知识，梳理了“天圆地方”的认知逻辑。这位二十来岁的杰出女性，通过在自己家中进行的粗陋实验，通过《月食说》，准确阐释了月食发生的天文机制。

把《乙丙之际著议第十七》与《说月晷》对照来看，再将之与写于同一年的《乙丙之际著议第一》关联来看，龚自珍似乎无意深究月晷或“两仪”的功能和使用，仍试图以一种传统话语体系来理解天象，理解与天象关联的天气和洪水。

龚自珍遵从的传统话语体系，其实也是当时中国知识界的主流观念。这种主流观念，导致诸如日心说这样的外来理论完全被遮蔽，以及王贞仪的著述和偏僻言说彻底被淹没。比如，与龚自珍同时代的三朝元老、著名学者阮元，就曾经驳斥由汤若望、南怀仁等人带到北京的理论。早在1640年，汤若望就在《历法西传》中，向明朝皇帝介绍了哥白尼和伽利略的发现。但阮元在一百多年后，还撰文批判这种理论，“上下易位，动静倒置，则离经叛道，不可为训”；日心说和地球自转之说，因为有悖于中国传统宇宙观和世界观，难以取信于人。

1823年，阮元六十岁时，龚自珍为他写了一篇祝寿长文，叫《阮尚书年谱第一序》。在这篇文章里，龚自珍竭力称赞这位官场和学术场中声名显赫的阮大人，说他的著述“固已汇汉宋之全，拓天人之韬，泯华实之辨，总才学之归”。

同时，龚自珍还回应了清代早期西学东渐的现实，附和了阮元关于西方知识和技术源于中国的判断：

……公又谓六书九数，先王并重，旁差互乘，商高所传。自儒生薄乎艺事，泰西之客捣其虚，古籍埋之于中秘，智计之士屏弗见。于是测步之器，中西同实而异名，巧捷之用，西人攘中以成法。公仰能窥天步，俯能测海镜，艺能善辊弹，聪能审律吕，为刘秦之嫡髓，非萨利之别传……

把这段话翻译成现代汉语，大致意思是，阮元通过研究得出结论，西方的数学方法中国自古就有，只是后来的文人们不太重视，导致古籍被埋没和屏蔽，西洋人才趁虚而入（“泰西之客捣其虚”）。测量仪器，中国的与西洋的实质相同，只是叫法不一样罢了；各种工具仪器的使用，是西洋人掠走中国人的成果，而汇总成了他们的方法（“巧捷之用，西人攘中以成法”）。

龚自珍说，阮大人仰能观天穹之尺寸，俯能测大海之深奥，既熟知机械运作，又能辨别乐曲旋律，他的成就来自悠久传统，而不是得到艾儒略和利玛窦这些洋人的启发（“非萨利之别传”）。总之，他是乾隆、嘉庆、道光时代通晓古今、归总才学的巨匠，是中国智慧的化身。

清中期独具尖锐批判眼光的龚自珍，终究没有看到，在阮元辉煌学术成就的阴影里，还有无知的另一面。

到了 1839 年，第一次鸦片战争爆发前夕，林则徐奉道光皇帝之命前往广东禁烟。龚自珍在写给他的著名信函《送钦差大臣侯官林公序》里，表露出了对西式仪器的排斥。龚自珍认为，舶来的鸦片是一种“食妖”，必须彻底铲除，吸食者和贩卖者都应该获重刑。同时，还要杜绝来自英夷的毛纺品“呢羽毛”，才能保证“桑蚕之利重，木棉之利重，桑蚕、木棉之利重，则中国实”：只有维持本土丝织品和棉织品的价格，中国的实体经济才能发挥维持国力的功能。以同样的逻辑看，也属于舶来品的“钟表、玻璃、燕窝之属，悦上都之少年，而夺其所重者，皆至不急之物也，宜皆杜之”。

进口燕窝是奢侈品，取悦于都市里的纨绔子弟，而夺桑蚕、木棉之重，“杜之”还可以理解。至于进口的钟表，虽然在那时也属于奢侈品，但毕竟还有更实用的计时功能，而且比日晷或月晷更准确。

从呼吁杜绝钟表，回看龚自珍对月晷的理解欲望，再联想他用以阐释气候灾难的阴阳五行逻辑，我们大致能够理解，那时的中国知识分子在面对外来仪器时，总是抱有一种极为复杂的心态。我们也就能明白，龚自珍和林则徐的共同好友魏源，即那位撰写了《海国图志》、号称清朝睁眼看世界第一人的士大夫，为什么在强调“师夷长技以制夷”的同时，还要坚持“中国智慧无所不有”了。

在这样一种文化语境里，气象观测和研究的仪器时代姗姗来迟，毫不让人意外。

9

天灾与人祸的关联逻辑

用今天的科学方法论来批判龚自珍的气象阐释，对他也不太公平。

那时的中国文人，囿于主流权力话语体系，在阐释天气现象时，大多遵循类似的玄学理论，他们由此获得的认知，与现代科学的认知肯定不相兼容。这当然怪不得他们。更进一步看，龚自珍在文中谈论气象，其目的是要通过探求紊乱天气的真实起因，去讨论与气象相关的社会运行机制。

他是在天人合一的隐晦语境里，借气象叙事来诊断社会弊病。

所以在《乙丙之际著议第一》中，龚自珍才会这样说，“今百姓日不足，以累圣天子愸然之忧，非金乎？币之金与刃之金同，不十年其惧或烦兵事，赖圣天子维持元气，建本甚厚，亦弗瘵也。越六年癸酉，兖、豫役并起，四越月平。”百姓日子过得困窘，让天子心累，他所忧虑的，难道不是金吗？钱币的金与刀剑的金相同，不出十年，恐怕就会出现兵祸烦恼。幸亏皇帝能维持天地元气，有足够丰厚的底蕴，才没有出问题。但六年之后的癸酉年，山东、河南还是出现了武装暴乱。

这里的“兖、豫役并起”，是指1813年的一场重大危机。

这一年，山东、河南和直隶的一些天理教徒，在林清和李文成的领导下，策划了一次武装起义。暴动很快被镇压，但在这一年秋天，大约两百名叛乱分子组成业余突击队，潜入北京城。在紫禁城内，同样信仰天理教的太监接应了这股武装，让一半多人顺利入宫。这些人混入皇宫后，与禁卫军发生冲突。据说，这次战斗在故宫隆宗门匾额上留下的箭镞，至今仍然可见。虽然天理教这一百多人最终被歼灭，他们试图实施的“斩首行动”，却让身在外地的嘉庆震惊不已。皇帝在后来的自我检讨诏书中，将其称为“汉、唐、宋、明未有之事”。

关于这一奇异事件，我后面还将提及。

龚自珍在其他一些文字中，暗指和讨论过这一惊天动地的危机。在这篇文章里，他也把这件事拿出来，与曾经发生的水灾进行关联阐释。因为铸钱币的金和打造兵器的金相同，金气弱，除了会导致水气旺而引发大雨洪灾，还会在近期内引发兵祸，所以六年之后的山东、河南就出现了天理教暴乱。

洪水和暴动，天灾与人祸，都源于金的虚弱。

龚自珍接着总结道：“其溃者，其纵之者咎也；其郁者，其钥之者咎也。是以古之大人，谨持其源而善导之气。”溃泄现象的出现，是那些纵容者的错误；郁积现象的出现，是那些封锁者的失误。所以，古代的能人一定会非常谨慎地保持元本，并善于引导气的运行。天子固然是维持平衡的关键，但官吏们如果无法贯彻阴阳调和与五行平顺的治理原则，就必然给天下带来动荡。

对今天的我们来说，这种将气象学、物理学、化学、社会学和政治学硬拉到一起进行的“跨学科”讨论，无疑存在主观想象的谬误，是带有巫术色彩的猜测。再进一步看，这套形而上学的阐释论证，如何运用到实际场景之中，也有点路径模糊。从社会治理层面看，让官吏们学会疏通，保持中庸，对各种社会现象既不堵绝也不纵容，防止物极必反，似乎还有些道理。不过，这套行政操作，如何能调节天地间水与金的关系，让它们达到平衡？又如何能顺理成章地影响天气，从而不至于引发严重的洪涝？

大约也是在 1816 年，龚自珍还写了一篇时政议论文，即著名的《平均篇》。在这篇被后来的研究者广为引用和阐释的文字里，这位年轻的思想者讨论了政治经济学话题，以及财富分配不公可能导致的社会危机。文章里同样引入了五行理论：

> ……小不相齐，渐至大不相齐；大不相齐，即至丧天下。呜呼！此贵乎操其本源，与随其时而剂调之。上有五气，下有五行，民有五丑，物有五才，消焉息焉，渟焉决焉，王心而已矣。……故积财粟之气滞，滞多雾，民声苦，苦伤惠；积民之气淫，淫多雨，民声嚣，嚣伤礼义……

龚自珍说，社会中小的不平等，会逐渐导致大的不平等，大的不平等则会导致丧失天下。所以啊，最要紧的是固守本源，随时调节。天地的“五气”（丹、黔、苍、素、玄）和“五行”（木、火、土、金、水），民众的“五丑”（士、农、商、工、贾）与物质的“五才”（木材、火材、土材、金材、水材），全都相互关连。它们的此消彼长、郁积暴决，都是皇帝（“王心”）最关注的事情。

如果谁的财富和粮食累积太多，就会因气阻塞而产生浓雾，百姓就会叫苦不迭；如果民间的怨气太多，就会导致淫雨和洪涝，更让百姓抱怨连天；抱怨多了，又会伤害礼义……天灾人祸叠加，直至皇朝崩溃。

龚自珍提出的解决之道，是取天地之有余，来补民之不足；取民之多，来补天地之不足；然后，再取地补天，取天补地，即所谓“四挹四注”。在文章的最后，他总结说，如果能理顺天地之间的这些关连关系，皇帝的天下，“不十年几于平矣”。

龚自珍是这样想的，负责守护“王心”的天子也是这样想的。

1817年6月，因为入夏以来中国许多地方降雨稀少，旱情显现，嘉庆为此斋戒一天。除了命令皇阿哥们分别去寺庙祈雨，他也亲自率众到天坛举行祈祷仪式。皇帝在给群臣的谕旨里说，他在点燃香烛之后，发现“阴云四合”，但过了午后，天居然又放晴了。他仰视苍穹，发现天之气虽然已经下降，但地之气不能上升去迎接，帝国所期盼的甘霖，无法出现。

最后，天子明确指示官员们，大家都必须分别检讨自己的行为，思考自己的过错，努力修缮“人事”。在皇帝看来，只有把社会事务改善了，让地气能够上升，跟天气形成对接，才可能解除干旱的威胁。

宫廷里的迷信皇帝与江南的落第书生，在这点上惊人一致。

10

应对天气，有无解决方案？

龚自珍用天人合一的阴阳五行理论，来解释洪灾的起因，其结论只可能玄虚缥缈。正如皇帝为了避免旱灾要向上天祈雨一样，面对淫雨，龚自珍所能想到的解决方案，大致也不会脱离这个知识框架。

然而反过来说，直到今天，人类面对天气，在诸种先进仪器包括气象卫星和超级计算机的辅助下，在各种巨型机械和超常手段加持下，仍然束手无策。

在今天的地球上，无论是欠发达地区的人们，还是发达国家的人们，针对各种突发气象，所能做的也只停留在努力形成精准预报而已。甚至，有时连精准预报都无法做到。至于人工影响天气，除了发射炮弹进入云层，用碘化银粉末消解冰雹外，还真没有更多技术性突破。影响一个地区的所谓气象战，还停留在科幻叙事阶段；科学家们通过计算描绘的地球核冬天场景，从来没有发生。哪怕签署“巴黎协定”，全球协同实现二氧化碳减排，防止气候变暖，都还是一个几十年后才能得到最终证实的科学假设。

今天的人们虽然放弃了巫术式的祈祷，但应对气象灾害的操作，跟数千年来人类文明所采取的方案没什么大不同。针对豪雨、风暴、洪涝、干旱……我们所能做的无非还是修理地球。几乎所有国家和文明在躲避洪水时，只能依靠水利：拓河道、筑高堤、建水库、通沟渠、留湿地……即便如此，每当台风、飓风、龙卷风来袭，暴雨如注，广袤的乡村田野依然会变成泽国；高度发达、拥有庞大地下排水管网的都市，依然会出现“看海”奇观。

当我们种植的庄稼在霜冻和大风、干旱或洪水里毁于一旦，除了希冀明年风调雨顺外，我们并无阻止这样的气象重现的方法；当我们的轿车淹没在地下停车场或熄火于通衢大街时，我们所能做的也只是大声诅咒这无休止的降雨，或者暗自期盼台风早一点过去。

这种内心期盼，跟嘉庆皇帝在天坛摆开架势焚香祈祷，没有本质区别。

大约也在1816年秋，龚自珍写作了另一篇时政评论：《乙丙之际著议第二十》。在这篇文章里，龚自珍再次触及了洪灾和治水话题，与《乙丙之际著议第一》形成呼应。

这篇文章让人有些惊艳。

龚自珍在父亲统领的道府帮忙，肯定能接触到一些官方文件，对苏松太兵备道辖区内的诸多事务，或亲眼目睹，或有所耳闻，不足为奇。让人感到奇异的是，龚自珍写下这些文字时才25岁。以今天的眼光看，25岁的读书人，大致相当于刚刚毕业的硕士研究生。虽然那时中国男性的平均预期寿命比我们短得多，但以25岁的年龄，要做到龚自珍在文本中对时局和水利的了解，对历史的判断和政治正确尺度的拿捏，于今天的人而言依然有些突兀。

文中说，龚丽正负责掌管的苏、松、太一道，大概有一千七百万亩农田。此外，常州、镇江一道，大概有一千二百万亩；杭州、嘉兴、湖州一道，大概有一千六百万亩。这一大片地方，直至东海海岸，“千里无旷土”，都变成了农田。

开荒辟地、农耕种植，在常人看来做这些的人似乎是“功臣”，实际上按孟子的说法，却是“民贼”：

> ……汉臣治水，必遗地让水；乃后世言：乌有弃上腴出租税之土，以德鱼鼋者乎？今之言水利者，譬盗贼大至，而始议塞窦阖门也。兴水利莫如杀水势，杀水势莫如复水道。今问水之故道，皆已为田……问徙此田如何？则非具疏请不可。大吏惮其入告，州县恶其少漕，细民益盘踞而不肯见夺……自今江之堧，海之陬，太湖之滨，汐潮之所鼓，茭葑之所烂，凫雁之所息，设有一耦之民，图眉睫之利，不顾冲要，宜勿见勿闻，有诇报及议升科者，罪之。乘无事之年，删无益之漕，徙无漕之众。

龚自珍解释说，汉代官员在治水时，必定把土地留出来，让水通过。以至于后来有人不解：哪有放弃肥沃而能产生租金和税赋的上好良田，拿来给鱼虾和王八生活的道理？当下那些讨论治水的人，就像看到盗贼来了一样，只知道封堵洞穴，关闭闸门。兴修水利，不如扼杀水势，扼杀水势，不如修复水道。

今天你若去问还有哪些水的故道，就会发现都变成了农田。如果你想把这些田搬走，繁文缛节让它变得几乎不可能。高官们忌惮农民告到朝廷，各州各县害怕少收了漕粮，一众小民呢，更想盘踞在这些田地之上，永不离去……从江畔海边的空旷地带，到太湖之滨，潮汐涌动之处，干草芜菁腐烂之地，野鸭大雁栖息之所，有些人为了谋取眼前利益，不顾及地势和水道的合理配搭，无视现实，试图在这些地方提高税赋缴纳水平，这实在是一种罪过。最合理的方案是，在没有发生洪灾的时候，趁机把那些没有好产出的田地废掉，把无法得到粮食丰收的农民迁移至别处。

从今天的生态主义和环保主义角度来看，龚自珍在文中提及的水利思想显然不乏真知灼见。在世界范围内，退耕还林，重新恢复大面积自然湿地，是当下城市和乡村环保规划建设经常采用的方法。甚至有一种理论还认为，这种恢复自然生态、以疏导而不是拦截为主的选项，比在江河上修建大坝水库更为有效。

在两百年前，面对大清帝国的漕粮腹地，反思江南地区在夏天遭遇的洪涝灾害时，龚自珍就看到了这一点。

明朝时，苏、松、常、嘉、湖等地区就已经是国家重要粮食生产基地。有人做过研究，当时这片江南富庶之地承担了全国上缴税粮的五分之一。到了1816年，龚自珍父亲负责掌管苏、松、太地区和江苏时，这个江南粮仓的重要性更加凸显，因为中国人口总量在乾隆时代已经越过了三亿大关。人口增加，就必须有更多的粮食来喂饱他们，基本农作物生产基地也就必须扩大。在龚自珍写作这篇文章的时候，江南各省的广袤大地，几乎都变成了农田。如此一来，也就给治水留下了难题。遭遇极端天气，暴雨如注，洪涝灾害就不可避免。

所以，在1816年江南地区气象异常的背景下，龚自珍才说，“兴水利莫如杀水势，杀水势莫如复水道”。

我们当然也没必要过分强调，龚自珍的见解是多么具有创意。这种顺势而为的治水策略，正如作者在文本里所说，在两千年前就已经诞生。“汉臣治水，必遗地让水”，退耕还河道、还湿地，而不是“塞窦阖门”，是历史证明过的行之有效的办法。这种治水理念，曾经帮助历代帝王度过了无数次水患和国家危机，在中华文明的发展历程里显得特别突出。其中的标志性成果，就是距我所生活的城市几十公里处、由李冰父子首建于秦代的都江堰水利工程。

龚自珍外公段玉裁在两年前，读了他写的《明良论》诸文，赞誉有加，说自己到了暮年，能够看到外孙有这样的知识与才华，死而无憾。段玉裁还留下一句评语，说龚自珍在文本里提出的见解，“皆古方也”。

乍一看，这个评价似乎有些贬损的意思。但仔细一想，却发现话外有音。段玉裁这样讲，一方面是说龚自珍的见解，多来自古人留下的智慧，有承前的脉络；另一方面，恐怕也是保护外孙。为了使龚自珍免受文字之灾，外公才说他只是引用了先人智慧，那些锋利批判之语，并非独创。用段玉裁的这个评语，来观察龚自珍在《乙丙之际著议第二十》里提出的治水见解，也非常合适。

在谈及水灾和治水时，龚自珍必须小心翼翼。

要么不能太直白地讨论当下形势，要么引用古人的说法来获得被普遍认可的合法性，总之，他需要避免触碰那个时代话语系统围墙上的高压线。不太夸张地说，在龚自珍的时代，谈论治水相当于谈论政治，批评当下的水利措施相当于批评现政府的社会治理。稍有不慎，就会撩动当政者的神经，给自己带来厄运。

欧洲的社会学先驱，曾经将中国传统的统治体系，定义为“治水社会”。农耕社会的组织和动员模式，帝王权力结构的运转，似乎都要围绕水利这一核心课题来展开。治水，是社会治理的主轴，也催生了所谓“东方专制主义”（oriental despotism）的基本特征。在祈祷上天不要降下过多雨水、制造过多干旱的同时，中国的历代统治者，都依靠水利灌溉系统来维持正常的农业生产，依靠防洪来进行社会动员，从而保障人口得以生存和繁衍，保证自己的统治得以延续。

借用这个角度来观察，龚自珍在《乙丙之际著议第二十》里谈论江浙地方的治水方略，就可能是在议论嘉庆时代的社会治理课题。阴阳五行的天道与现世皇朝的施政被看作一个有机整体，谈论其中任何一个层面，必然涉及另一个层面。跟《乙丙之际著议第一》谈论洪水一样，龚自珍在这篇文字里，也很可能是通过阐释古人疏而不堵的治水经验，在曲折隐晦地议论帝国政治，研讨“防民如防川”的帝王统治术，寻求解救“衰世”的药方。

所以，令人拍案惊奇的，不仅仅是龚自珍在文中提出了符合当下生态主义或环保主义的水利方略，更是这个25岁年轻人所展示出来的政治敏感，是他在文本里凸显出来的与年龄极不相称的老辣成熟。

这是一个知识分子的悲哀，还是一个时代的悲剧？

11

文艺江湖

龚自珍在 1816 年春天到上海后，发现父亲府上“一时高才硕彦，多集其门”。

龚丽正以道台大人身份统领三地，加上与生俱来的文人底子，自然会让江南一带有名无名的士大夫和读书人纷至沓来，投靠在当代孟尝君门下。作为政府大员，龚丽正位高权重，这些人自然会毕恭毕敬，他豪爽挥霍的性格，恰好又为众人铺排了豪华社交平台。至于龚大人的诗文是否精美，蜂拥而至的人是否真是“高才硕彦”，都无所谓了。

身为龚丽正的公子，龚自珍左右逢源，毫无疑问也会得到这些人的尊重。他进入父亲的社交圈后，与当地以及来访的诸多文人多有交集，留下不少文字。

他本来就兼具知识和才华，当时知识分子所应该具备的一切素质和能力，无论作文、写诗、填词，还是校勘、训诂、金石，在他而言都不欠缺。他所缺的，只是一次科举考试的好成绩。在这个文人江湖上，年轻虽然有时候是个短板，但只要龚自珍能在欢宴聚饮的场合谈吐非凡、倜傥风流，再拿出像样的作品，好评如潮就不可避免，结交者纷纷前来也不可避免。在这样的场景中，年轻，反而可以成为拥有奇异之才的佐证。

比如这一年，龚自珍和钮树玉有过很深交往。

前面曾经提到的一介布衣钮树玉，是江南赫赫有名的藏书家，也是段玉裁和龚丽正的朋友。龚丽正到上海做官，钮树玉便在道府里谋了个“记室”的差位，相当于文秘。随后，他跟龚自珍订下忘年之交。从有关钮树玉的文字记载看，这个苏州人虽然没有考上功名，却“以训诂之学负海内重名”，热爱古书古玩，尤其擅长搜寻古籍。龚自珍曾在《述怀呈姚侍讲》一诗的序中表述，他在上海时，特别喜欢借书研读和抄录。一旦钮树玉发现某个“文渊阁未注录”的珍贵版本，他们就会相约，“必辗转录副归”：一定会费尽波折，去抄录一个副本回来。

可以说，1816 年龚自珍和钮树玉的相识和交游，聚焦于古书。

这种对古籍的爱好，有一个时代的文化大背景。

在主流历史叙事中，所谓康乾盛世的标志之一，是皇帝对宏大文化工程的推动。康熙时代，推出了《古今图书集成》；号称深得中华文化精髓、自己写了四万首诗的乾隆，更下令修撰了完成于 1792 年的《钦定四库全书》。这部约八万卷、八亿字的丛书，编订之后被放置于北京紫禁城的文渊阁，以及帝国南北几大图书馆中，成为官方认定的百科文库。

然而，《钦定四库全书》的修撰，从另一个侧面看，也是清朝政府实施社会思想控制和文本禁锢的一种举措。“钦定”二字，含义深远。

从顺治到乾隆，入关后的清朝统治者一直面临一个巨大的文化挑战：满文典籍所承载的文化信息，根本不足以形成对汉语文化的霸权优势。虽然历任皇帝都竭力推崇贵族子弟研习满文，他们却无奈地发现，这些满族皇室后代和贵族精英们，实际上更倾向于接纳和吸收汉语承载的文化传统，以至于到了嘉庆时代，皇帝都还感叹，“从前满洲尽皆通晓满文，是以尚能将小说古词翻译成编……今满洲非惟不能翻译，甚至清话生疏，不识清字”。

既然无法阻挡汉文汹涌，将汉文典籍合围在皇家认可的领地内，就成了一个选项。

同时，皇朝政府也面临如何规训汉人社会精英的重大课题。把知识分子能接触到的图书统一划界，将离经叛道的典籍排除在阅读范围之外，将文人写作框定在一个明确的话语范围之内，也是运用权力体系来统一思想的强力举措。

编撰一套最高权力认可的百科全书，用以规定整个社会所能吸收的知识领域，是皇帝下令修定《四库全书》的重要目标。根据历史学家的分析，在《四库全书》编撰的时间段，乾隆皇朝实施的文字狱也达到高峰，全国因言获罪的知识分子，在数量上大大超过了此前时代，这显然不是一种巧合。

在搜寻和编辑古代文献的过程中，按照钦定旨意，那些无法吻合主流意识形态的书籍，统统被遗弃甚至销毁。根据一些学者的研究，在《四库全书》收编整理定型的十多年中，被判定无法进入皇家图书馆的书，也就是龚自珍所说“文渊阁未注录”的版本，有差不多八万卷灰飞烟灭。朝廷下令焚书的总数达到了十五万册，下令销毁的印刷版片有一百七十多种、八万多块，销毁的明朝档案有一千多万件。

成书八万，毁书八万，极其惨痛的比例。

乾隆盛世的所谓文化建设工程，实际上也是一个文化毁灭工程。《四库全书》成，而“古书亡矣”。历史学家孟森在讨论乾隆文字狱的《〈字贯〉案》一文中，痛心疾首地写道：“今检清代禁书，不但明清之间著述，几遭尽毁，乃至自宋以来，皆有指摘，史乘而外，并及诗文……始皇当日焚书之厄，决不至离奇若此。盖一面毁前人之信史，一面由己伪撰以补充之，真是万古所无之文字劫也。”

在荒诞“离奇”的程度上，即便是秦始皇的焚书行为，都无法与这文字劫相比了。

在这样一个背景之上，到了1816年前后，搜寻、抄录那些“文渊阁未注录”的图书就成了一代文人的爱好和使命。因为，即便官方机构下了大力气在帝国疆域内毁灭不利于自己的书籍，它的触角还是不能穷尽社会的每一个角落。天网恢恢之下，总有一些漏网之鱼，从思想判官和书籍警察的指间滑落，流散在民间的书屋、市场和废纸堆里。

这些书籍，可能是禁书，也可能是官方走眼不察的离经叛道之作，或者是没有焚掉的残本，遂成了古书爱好者的追寻目标。龚自珍在大约写于1816前后的《尊隐》一文中，就用寓言的方式，影射了清朝政府对古籍的摧残和民间人士对它们的搜寻和收藏：

> ……古先册书，圣智心肝，人功精英，百工魁杰所成，如京师，京师弗受也，非但不受，又烈而磔之……古先册书，圣智心肝，不留京师，蒸尝之宗之（子）孙，见闻媕婀，则京师贱；贱，则山中之民，有自公侯者矣。

龚自珍说，古代典籍，是圣明君主和智者发自肺腑、呕心沥血的作品，这些人造的精华，由各行各业杰出艺人所创。然而，这些宝贝运到帝都，帝都却不要，不但不要，甚至还把它全都焚毁撕裂。如此一来，京城里传宗接代的嫡系子孙们，因为没有古籍的指引，变得学识浅陋，全无定见，京师的地位跟着就低下；京师地位低下，山中之民当然就可以自称公侯了。

换句话讲，如果朝廷之外的人能收藏和阅读这些先辈的古籍，他们就自然而然会比朝中的皇亲国戚更有见识，就自然而然会成为天下的栋梁。

龚自珍大儿子龚橙的一个朋友曾经描述，龚自珍“藏书极富，甲于江浙，多四库中未收之书，士大夫家未见之本”，可惜这些书在龚橙手里尽毁于一场大火。“四库中未收之书”，显然就是指没有被政府收录的旧本。把龚自珍收集漏网图书的努力与他在《尊隐》中的宣示相对照，这个年轻人与钮树玉一起“辗转”追寻古书的行为中所包含的深刻使命感，昭然若揭。

从年龄上看，龚自珍比钮树玉小了整整32岁。他们之间“订交”的细节，典籍里无法提供，只有通过想象来填补。钮树玉在1816年，写了一首诗赠给龚自珍：

> ……
>
> 浙西挺奇人，独立绝俯仰。
>
> 万卷罗心胸，下笔空依仗。
>
> 余生实鄙陋，每获亲俶傥。
>
> 遍览所抒写，如君竟无两。
>
> 君今方盛年，负志多慨慷。
>
> 大器需晚成，良田足培养。
>
> ……

也许是真的佩服这个后生的才华，也许因为龚丽正是自己的朋友和上司，比龚自珍大几十岁的钮树玉，居然自我贬损说“余生实鄙陋”。在读了龚自珍的文字后，发现“如君竟无两”：像你一样万卷在胸的读书奇人啊，竟然找不出第二个来！考科举暂时不成功，没有关系，因为“大器需晚成”，你最终是前途光明的。

这些让人多少有点肉麻的当面赞颂，很可能激发了被赞颂者的深切好感。

龚自珍写于1816年秋的那首《摸鱼儿》，题在钮树玉帮忙搜寻的一本旧书上。龚自珍在词的前面，自己标注说“钮布衣话东西两湖洞庭之胜”。钮树玉向他描述、推荐洞庭的景致，显然是因为龚自珍还没有去过。根据这一点，我猜想，也许是钮树玉热情邀请了龚自珍，他们才在1818年冬天一起去洞庭东山，做了一次组团旅游。

由于依靠其他文本，我无法重建龚自珍在1816年跟钮树玉的交往细节，钮树玉记述这次旅行的文字，就成了一个颇有价值的参照：

> 嘉庆丁丑，余在上海道署度岁，相订龚大自珍同游洞庭。戊寅正月二十五日，余同叶小梧至山。二月一日午后，龚君继至，下榻守朴居。是日同游雨花台、翠峰、古雪居及薇香阁，观紫香悟道泉。三日清晨……又观柳公井，由橘社复至古雪居。山僧出纸索书，余正书楹联一，隶书门联二。定庵题名于东壁，余亦续记。饭罢，振衣登莫厘峰顶，俯视环湖群野，定庵以为平生游览得未曾有。归途经三茅峰，少憩啜茗，日夕下山畅饮。四日……游壑舟园，登天桧阁，返至嫩渔家晚膳。二鼓登舟，直至长圻停泊。是夕微雨，抱闷而寝。天明云雾未散，锐意渡湖，往石公登眺。寻忽朗霁，久坐归云洞。龚君兴酣，题名于洞右。更游一线天，余直造其巅。还至舟

中午饭，饭后放舟至镇，下探林屋洞。洞中有水不能入，即游灵佑观，即唐时神景宫……定庵作长短句一首，余亦续题四十字，以志今昔云。返棹由鼋山，叶余山麓，进渡水桥，申昏至守朴居，剧谈而别。六日，邀诸君同来余家小园午饭，出烬余石刻，观玩移时，即送龚君登舟回吴门。是年正月多雨雪，一月只晴六七日，自龚君至，至五日，无一日阴晦，岂宿缘欤……

这段旅游文学叙事，不用翻译成现代汉语，我们也能大致读懂。这里所说的洞庭东山在苏州吴中，是一个被太湖三面环绕的半岛，传统名茶碧螺春的原产地，龚自珍就曾在一篇文章里宣称，“茶以洞庭山之碧螺春为天下第一”。钮树玉是洞庭东山人，他在这里的住处叫“守朴居”，龚自珍从上海如约来到苏州，就下榻在他家里。

龚自珍由钮树玉导游，和朋友三四沿途游览当地著名景点。登高望远，湖山相映，“定庵以为平生游览得未曾有”。隆冬之际，这几个拖着长辫、穿着长袍的文人雅士，恰好赶上了无雨无雪的天气，在湖光山色中品茗，在湖畔酒家畅饮长谈。

云蒸雾罩的山间峰顶，他们感今怀古，用留着长指甲的手指在寒气中拈笔蘸墨赋诗题字，互相交换赞赏之语。夜幕降临之后，餐馆灯火摇曳，光晕中酒酣耳热，妙语连珠。也许，席间还有一两个专门应召而来的娇媚歌妓，跟他们一起弄曲逗笑，用骰子或其他工具，赌上几把……

1819 年，龚自珍写过一首诗，对洞庭东山之旅做了回应。

他的这首诗，是感念一个叫袁廷梼的苏州人，此人是砚台书籍收藏家，与他父亲龚丽正和钮树玉交好。龚自珍在诗序里说，袁廷梼过世后，家道中落。一天，有个衣着寒碜、面目清秀的男子来到上海龚府，拿出一方晋砚，找龚丽正换点钱，不想他居然是赫赫有名的古砚藏家袁廷梼的儿子！龚丽正送了些钱给此人，拒绝了珍贵的晋砚。龚自珍由此想起，钮树玉也曾经是袁廷梼家的座客，颇为感慨。

在这首《题红蕙花诗册尾》中，龚自珍想象袁廷梼和钮树玉等人曾经在苏州欢宴的场景，感叹自己没有赶上那样的欢愉场合（“十年我恨生差晚”）：

香满吟笺酒满卮，枫桥宾客夜灯时。
……
读罢一时才子句，骚香汉艳各精神。
十年我恨生差晚，不见风流种蕙人。
歌板无聊舞袖凉，江南词话断人肠。
人生合种闲花草，莫遣黄金怨国香。
……

在诗的末尾，龚自珍专门作了一个注脚，说钮树玉曾经告诉他，这种漂亮的红蕙花在他所住的洞庭东山很常见，“余固有买宅洞庭之想”。我们可以猜测，也许正是在1818年冬月成行的那次结伴旅游让龚自珍记忆深刻，他才有了去洞庭东山购置房产，在太湖上做个自由自在“泛舟人”的念想。

这首诗更有参照价值的部分，是其中描写的夜宴。我们可以把这个场景，想象成1816年某个时刻，想象成龚自珍与钮树玉一起寻欢作乐的行状。

苏州枫桥，夜灯初上，佳肴铺排，酒杯斟满。饭桌上朗诵的才子佳句，让餐馆房间里弥漫着古代骚人墨客的精神和气息。意气相投的朋友聚在一起，谈天说地，好不快活。诗里的“歌板”和“舞袖”，也许是描述文人们酒后的状态，更可能涉及席间助兴的歌女舞妓。所以，龚自珍才接着写了下一句：“江南词话断人肠”，她们用吴侬软语念唱出来的词，简直让人肝肠寸断。诗人接着感叹道，人生一世，就该追求“闲花草”的情趣，比起家里花大价钱购得的高贵兰花（“国香”）来，她们（这些流散于酒楼的美女们）要迷人得多啊。

正如今天一句口头禅所说，“家花没有野花香”。

当然，针对这个场景，也可以不做现实主义解读。龚自珍在诗中描写的酒宴也好，歌妓助兴也罢，只是中国诗歌传统中常见的象征性意象。

12

女人

1816年春天，龚自珍携新婚的第二任夫人何吉云去上海跟父亲会合，途经苏州，重访了他幼年居住过的段氏旧居枝园。枝园曾是段玉裁的家，母亲和亡妻段美贞的成长之地，在苏州下津桥潮汕墩。龚自珍为此填了一首词，自注里，他还专门说自己小时候曾在枝园居住，现在要去上海父亲那里，所以来怀旧。

这首《百字令》的上阕是这样写的：

> 扬帆十日，正天风，吹绿江南万树。遥望灵岩山下气，识有仙才人住。一代词清，十年心折，闺阁无前古。兰霏玉映，风神消我尘土。

龚自珍描述说，在春风吹绿江南万树的季节，遥望灵岩山下的气场，就知道有飘飘欲仙的才人住在那里，她写得一手清秀好词，在闺阁之中可以说前无古人，让我"心折"佩服已久。这个她，就是归佩珊。因为在诗的题记中，龚自珍明确表示，这是为一个叫归佩珊（懋懿）的女子所写（"苏州晤归夫人佩珊，索题其集"）。

归佩珊是常熟人，嫁给了一个叫李雪璜的士大夫。她幼年受过良好教育，所以能在“刺绣之余，夫妇唱和”，跟丈夫一起填词写诗，在江南一带文人圈子里颇有名气。根据樊克政的《龚自珍年谱考略》，她创作的诗集有《绣余小草》《绣余续草》和《听雪词》等。所以，在龚自珍这首《百字令》下阕的结尾，才写了“逢人夸说亲睹”的句子——我以后见到文艺江湖上的人们，就会夸耀说，自己亲眼见到了美貌如“风神”一般的归夫人，见证了她的才华。

归佩珊根据龚自珍的题诗，和了一首同韵的《百字令》。

在她的诗里，也出现了赞美龚自珍夫妇的句子：“更羡国士无双，名姝绝世，仙侣刘樊数，一面三生有幸……”定庵先生是世间无双的国家名士，他的夫人何吉云，也是绝世名姝，跟这对神仙伴侣相会，我真是三生有幸啊！

根据这两首相互唱和的词，可以猜想，两对夫妇是在“风吹绿江南万树”的时候，在归佩珊“兰霏玉映”的家中见面的。也许，因为天气寒冷，他们只好坐在室内，一壶清茶，成为他们谈诗论文的铺垫。也许，归佩珊把自己的诗集拿出来，诵读给龚自珍夫妇听，并请求名扬江南的年轻诗人给自己提意见。龚自珍赞赏女主人的诗才和美貌（“一代词清……风神消我尘土”），马上填了这首词。何吉云在座，也许会夫唱妇随，跟着赞美女主人几句；归佩珊即席回应，在写下的词中，投桃报李地称龚夫人为“名姝绝世”。

被誉为“名姝绝世”的何吉云，到底有多美貌，又到底有多知书识礼，其实是不清楚的。我没有找到更多关于龚自珍这位新夫人的文字。哪怕在龚自珍自己留下的作品里，他这位续弦的身影，都相当模糊。

龚自珍没有着墨于自己的第二任太太，却花费了不少词句去描写其他的女人。

在这一年跟归佩珊订交后，龚自珍还跟她保持着相互通信、诗词唱和的联系。1820 年，他写了一首《和归佩珊诗》，回赠归佩珊寄来的诗作。正是在这件作品中，龚自珍暗指了自己经历的一段婚外恋。

在诗里，龚自珍提到一个无名女子，用了两个典故，来暗指那位“魔女”，并说自己“风情减后闭闲门，襟尚余香袖尚温”：跟那个女子断绝情爱后，我的衣服上都还留有她的余香和余温。龚自珍在诗的题记里说，自己在寒夜里读到归佩珊寄来的诗中两句，“删除荩箧闲诗料，湔洗春衫旧泪痕”，十分伤感，所以才写了诗来应和。女诗人劝他将“春衫旧泪痕”洗刷干净，暗示了龚自珍用情颇深，所以他才在和诗里回应说，“襟尚余香袖尚温”。

同时，龚自珍让归佩珊不要再提起这段往事，“多谢诗仙频问讯，中年百事畏重论”。归佩珊的多次询问，既证明她和龚自珍多有笔墨往来，也证明那个“魔女”对龚自珍颇为重要。

复旦大学古籍研究所的黄毅和章培恒在 2008 年发表了一篇论文《龚自珍“和归佩珊诗”本事考》。论文认为，除了这首诗外，龚自珍自己后来收辑的《影事词选》中，有六首词都是描写他与这位女子之间的情感纠葛。他们根据诗人的文本推断，这位风尘女子是苏州人，龚自珍跟她首次相遇后，要么是在 1815 年，要么是在 1817 年又见面了。1816 年，因为他是跟新婚妻子何吉云一同去的苏州，还一起见了归佩珊夫妇，相互写了和诗，所以不太可能跟这个妓女交往。论文作者推测，他们第一次见面和随后的往来缠绵，极有可能发生在 1815 年、1817 年和 1818 年，而肯定不会晚于归佩珊给他寄诗的 1820 年。

不过，参照龚自珍的性格以及在此前后的一贯行状，我不能完全同意这种判断。在苏州和夫人一起暂住，并不能成为龚自珍无法与“魔女”相见或再见的理由。正如前面所述，即便在跟第一任妻子段美贞结婚后不久，龚自珍依然结识并写诗怀念了一个苏州妓女。此外，这六首词中的第一首和第二首之间有明确的时间线，这意味着，如果他是在 1815 年见了这个女子，次年（1816）二月他依然保持了与她的紧密关系。

依据现有的零星史料，要想彻底破案，看来是不太可能了。

在发明了纸张和活字印刷的国度，时间推进到 19 世纪初期，龚自珍留下的文献和其后编刻的文卷，在这一点上让考证者颇费心思，实在是一个有趣的现象。龚自珍自己曾经宣布为科考和学术而“戒诗”，自毁文稿。他的长子龚橙，在汇集父亲遗作时甚至还做了许多删除工作。这令后来的研究者劳神伤体，连许多文字的时间轴都只能依靠推测，确实有点奇异。如果要刻意考据龚自珍许多文本的确切生产时间，考据他诸多生活细节的前后逻辑，那将是另一项艰苦卓绝的工作，显然不是这本书能完成的。

在这个背景之上，我们不妨大胆猜测，也许就在 1816 年，甚至就在他与夫人一起跟归佩珊夫妇见面、作词唱和时，龚自珍认识了那个“魔女”。换句话说，即便何吉云这样的“国香”就在身边，龚自珍都还可能出门放浪，沾惹了“闲花草”，卷入了“风情”。唯一能反证这个猜测的，是词中写到的“吴宫秋柳”，秋天的柳树意指秋天。但仅凭这一个字来做判断，其实也不保险。“秋”字是实时概念，还是象征意象，甚至是掩人耳目的偷换，也很难说。

《影事词选》中六首词的第一首《暗香》，词牌后有一个诗人自注的小序，说“姑苏小泊作也。红烛寻春，乌篷梦雨，一时情事，是相见之始矣”。龚自珍说，我在苏州小住的时候，去风月场中寻欢（“红烛寻春”），第一次见到了这个女子，从而引发“一时情事”：

一帆夜雨，有吴宫秋柳，留客小住。笛里逢人，仙样风神画中语。我是瑶华公子，从未识露花风絮。但深情一往如潮，愁绝不能赋。

花雾。障眉妩。更明烛画桥，催打官鼓。琐窗朱户，一夜乌篷梦飞去。何日量珠愿了，月底共商量箫谱？持半臂亲来也，忍寒对汝。

也许是因为坦博拉火山爆发导致的全球降温（“忍寒对汝”），在那个夜晚，淅沥冷雨（也有版本的第一句录为“一帆冷雨”）淋湿了江南雅舍外的柳树，让龚自珍无法离去，“留客小住”。认识这位如画中风神一般（“仙样风神画中语”）的美貌女子，诗人对她一往情深（“深情一往如潮”），无以言表。在跟她共度良宵后，分手之时，甚至还有了将她娶回家做妾的打算（“何日量珠愿了，月底共商量箫谱”）。

第二年二月，龚自珍又写了一首《摸鱼儿》，再次提及“量珠”。所谓量珠，就是娶这个女子所需要的聘金。女子用吴侬软语告诉他，我不要你的聘金，只要你在今后的日子里，不论冷暖，好好待我就行（“凭听取，未要量珠……年华娇长，寒暖仗郎护”）。龚自珍也信誓旦旦，表示自己决不会放手，“便千万商量，千万依吩咐”：不管你说什么，“郎”都依你。

研究者猜测，龚自珍的这个娶妾行动最后还是泡汤了，因为他从别人那里听说，这个女子并不只是跟他交往。在龚自珍为她安排一个单独住处（“新居颇好”）之后，她可能还和其他男人有染。这单独的住处，论文作者认为，可能意味着“魔女”已经被纳入偏房。因为听信传言，龚自珍将她驱逐，却又在后面的词里表露了无尽悔恨。甚至，他们还猜测，这个女子最终因此事而遁入空门（“底怨西窗，佛灯叹夜冷”）。

不过，我在其他龚自珍研究者和传记作者的文字中都没有找到证据，来证明他在1816年前后纳过小妾。在此期间，何吉云是他家中的唯一女人。但可以肯定的是，这唯一的女人，只是作为法定妻子存在，龚自珍的感情生活，始终在别处。

大约在1817—1818年，龚自珍还填过另一首词《台城路》。

1817年秋天，何吉云为龚自珍生下长子龚橙。妻子在家中生儿育女，是她应尽的义务，龚自珍在步入“中年”之后终于得了儿子，自然也应该额手称庆。至少，以今天的婚姻制度和情感标准来看，龚自珍在这种时候是不应该寻花问柳的。但恰好就在这期间，龚自珍继续跟家庭之外的女人保持着亲密接触。那个拥有新居的无名无姓的苏州“魔女”，依然在雅致的房间里接待龚自珍，诗人也依然为她写下了“替侬好好上帘钩，湖水湖风凉不管，看汝梳头”的温情句子。

在《台城路》里，龚自珍又写到了他认识的另一个女子。词牌有小序，说“女郎有字翠生者，酒座中有摧抑不得志之色，赋此宠之”。在一家酒馆里，有个艺名叫“翠生”的美女有点郁郁寡欢的样子，所以诗人填了这首词来宠爱她：

城西一角临官柳，阴阴画楼低护。冶叶倡条，年年惯见，露里风中无数。谁家怨女，有一种工愁，天然眉妩。红烛欢场，惺忪敛袖正无语。

相逢纵教迟暮，者春潮别馆，牢记迎汝。我亦频年，弹琴说剑，憔悴江东风雨。烦卿低诉，怕女伴回眸，晓人心绪。归去啼痕，夜灯瞧见否？

城西角落，柳树掩映，那陪酒的女子长着一对天然美丽的眉毛，愁容满面。在这红烛闪烁的欢乐场内，她醉眼惺忪，舞袖收敛而默默无语。美人啊，我们此次相逢，也不算太晚，将来肯定还会再见。我这个人多年也是如此，在江东风雨里弹琴说剑，忧愁相伴，所以能理解你的情绪低落。爱卿啊，你可以跟我悄悄述说心绪，这样你的女伴就不会知道了。只有等你回家的时候，夜灯才能照见你的泪痕。

根据当时的一些文人笔记和民谣描述，上海城西一带，是生意火爆的“红灯区”，有妓女陪坐的酒馆和卖春的妓院，如南京城著名的“秦淮水榭”一般，鳞次栉比，前来寻春的客人，从贵族到平民，比过江的鲫鱼还多。与龚自珍同时代的画家改琦，生活于上海，曾经创作过大量仕女图，其中就包括周旋于青楼的众多女子。他的作品，可以让我们瞥见嘉庆道光年间的女性形象，也可以帮助我们想象，龚自珍游玩的粉黛乐园大致是何模样。

《台城路》中，确实也写到了“城西”的酒座（“红烛欢场”）。醉眼憔悴的美人意象，也确实被题记里的陪酒“女郎有字翠生者”彻底坐实，证明龚自珍在诗中所写，不是虚拟想象的夜饮，而是放纵声色的现实经历。不管这首词是写于 1817 年还是 1818 年，按照上面有关《影事词选》的时间考据，我们还可以假设，龚自珍在卷入与苏州“魔女”的浪漫情事不能自拔时，也跟上海的“翠生”一起醉酒了。

13

狂徒

1816年年底，龚自珍接待了他的另一个忘年之交。

根据史料记载，一个叫王昙的浙江人十二月初来到上海，在龚丽正家住了一个月。王昙和钮树玉一样，也生于1760年，比龚自珍大32岁。跟钮树玉一样，王昙也是一个科考失败者，布衣终生。只不过，龚自珍与王昙的订交，还要追溯到七年前，龚自珍18岁的时候。

1809年春天，北京门楼胡同西头一处寓所外，大风呼啸，黄沙漫天。

王昙找到了在这里跟随父母生活的龚自珍。王昙告诉他，自己曾在京城李铁拐斜街见过一个江湖上赫赫有名的矮道人。此君据说活了三百多岁，面如婴孩，手臂能承受千钧之重。王昙拜访他时，不敢坐下，道人也不说话。沉默许久，王昙再次请教，矮道人才说，北京城里有一个奇士，不过不是你那类奇士。夜晚有六等星发出光亮时，可以看见青霞环绕，青霞之下，就是这个奇士的住所，你可以前去。王昙并不当真，笑了笑说，真有师父说的这等事？

等到与龚自珍见面，寒暄谈话之后，王昙突然起身，自言自语叹道，大师啊大师，难道这就是你要将我托付的人吗？于是，王昙当场跟这个年轻人订下忘年之交。

这段奇幻的结交经历，不是出于我想象，而是来自龚自珍写下的回忆。

在《王仲瞿墓表铭》里，龚自珍还描述说，在乾隆时代快要结束时，曾担任左都御史的吴省钦，因为跟大贪官和珅有一些交往，受到连累。四川和湖北出现白莲教暴动，吴省钦把自己的门生王昙推荐出来平叛，说他有“掌中雷”神功，可以让万人丧胆，结果被登基不久的嘉庆皇帝以“诞妄”之名剥夺官职，逐出京城归田养老。

龚自珍说，所谓掌中雷，是传说中的一种道家功力，本来不足为虑。但是，王昙少年时，曾经跟一个叫章佳胡图克图的大喇嘛修炼，学习了些“游戏”手法，时常表演给人看，不料却因此而倒霉。官场中的知识分子们议论纷纷，以至于到科举考试的时候，凡是来自江浙的王姓考生，必然不会被举荐录取。

从此，官场中少了一个文人，江湖上多了一个狂人。

王昙之狂，狂到每每跟人聊天，“大声叫呼，如百千鬼神，奇禽怪兽，挟风雨、水火、雷电而下上”，弄得在座的人都纷纷退席而去，只留下一两个在场，而他“犹手足舞不止”。从江南到华北，从福建到广东，从山海关到热河，狂士“王举人”的名声，连贩夫走卒都如雷贯耳，说起他就像说起龙蛇虎豹，牙齿打战。

龚自珍在这篇文章里表示，正是这个狂人，因为老一些的人都死掉了，因为他的同辈都尽绝了，无聊之至，才来跟自己这样的年轻人交往。从这一点看，我龚自珍也得感谢那个北京李铁拐斜街的矮道人，是他把王昙引到自己面前，让自己得到了一个挚友。

王昙在 1816 年到上海时，是不是依旧以癫狂面目示人？不得而知。

在王昙当年写给友人的一封信里，简略提及了他在龚丽正府中的事情。他说，龚自珍把自己创作的文字拿出来，诵读给王昙听，只是我们无法知道，这些文字里是否包括了《乙丙之际著议》。王昙感叹龚自珍"惊才绝世，一空前宿"，简直超越了前辈文人太多。他填的词，写的诗，也才华横溢，"新奇"有致，只可惜结集不多。

龚自珍能够与年龄比自己大几十岁的王昙成为挚友，既是因为王昙愿意跟他交往，更是因为他也属于那个狂徒的同类。

从龚自珍深情追忆王昙的文字，从他对这个浪子诸种怪诞品行的夸张修辞和赞美渲染来看，此时的龚自珍，显然对同是天涯落第人的王昙心怀共情。在缅怀王昙的狂放生命时，这个情绪低落的年轻人，自觉或不自觉地认同了那个年长先辈。1813 年，龚自珍就在那首著名的《金缕曲》中宣称，自己的人生梦想，是在江湖上以黄金三百万，"交尽美人名士，更结燕邯侠子"。由此我们可以推测，王昙的性格和事迹，正是龚自珍赞赏和效仿的模板。

后来的文人追述龚自珍一生行状，以缪荃孙和魏季子编撰的《羽琌山民逸事》最为生动。在这篇生平简介里，有几句话专门描写了龚自珍（羽琌山民）的社交圈子和交游状态：

> ……定庵交游最杂，宗室、贵人、名士、缁流、伧侩、博徒，无不往来。出门则日夜不归，到寓则宾朋满座。

翻译成现代汉语，这意思是说，龚自珍的社交圈相当复杂，贵族名流、文人雅士、宗教信徒、市井小民乃至赌博高手，他都来者不拒。出门去玩耍交游，日夜不归家；在家聚会享乐，总是宾朋满座。他还因此得了一个绰号，叫“无事忙”。

这些描述，跟大多数后人对龚自珍的描述一样，没有具体的时空定位，即龚自珍的放浪形骸，到底是在他考取仕途之前还是之后，是在北方还是南方。但从其他相关说法以及龚自珍自己留下的文字来看，这种不拘一格的生活方式，倒是贯穿了他的一生——无论是在天子脚下的北京，还是在富庶风流的江南。

比如，龚自珍曾经多次写道，自己一直就喜欢跟人赌博，但逢赌必输。他曾在蚊帐中，写下一堆堆数字用以研究、猜测押宝的规律，就像今天彩票铺子里的场景一样。《羽琌山民逸事》中也说，有人问龚自珍，看你精通赌术，却又总是输钱，到底为什么？龚自珍的回答是，自己手艺高超，十猜八九中，但“财神不照应”，奈何？

也许，龚丽正上海做官的九年之中，从钱袋里掏出的许多金银，有一部分就是用来帮儿子偿还赌资嫖资的？

1816年前后，龚自珍还是布衣一名，即便在父亲府上帮忙，估计也不会有太多薪水，娱乐开销，只能从别处获得。《羽琌山民逸事》中描述，龚自珍“交游多山僧、畸士，下逮闺秀、优倡，挥金如土。囊罄，辄又告贷”。意思是说，龚自珍喜欢在江湖上跟怪人一起混，狎妓寻欢，挥金如土，钱花光了，只好经常借贷。龚自珍在后来的一首诗中也承认，自己在江淮温柔乡浪荡时，囊中羞涩，全靠在朋友那儿“猖狂乞食”。

根据后人对龚自珍的描述，他与朋友聚会，衣冠不整边幅不修，大呼小叫，和歌而舞是常态，由此，他还得了另一个绰号，叫“龚呆子”。叶德辉在《龚定庵年谱外纪序》中说，龚自珍有一次跟朋友一起喝酒寻欢，在座的众人都在调戏身边的妓女，他却大谈特谈帝国西北的状况，“舌若翻澜，坐客茫然”。见众哥们不理会自己，龚呆子就干脆拉着妓女的手，跟她们一阵絮絮叨叨，让朋友奸笑不已。

根据《羽琌山民逸事》，有一次，龚自珍到魏源在扬州的家里做客：

> 山民至扬，多寓予园之秋实轩。秋实轩者，有古桐树数株。相传为李唐旧植。山民暇辄低咏其下。一夕，与客谈甚欢，遂坐桌上。迨送客，靴不知所在。越数日，山民行，仆辈于帐顶得之。盖谈笑极惬，手舞足蹈，无意之际，不知靴之飞去耳。

龚自珍（“山民”）住在魏家的“秋实轩”。晚上，他和几个朋友相谈甚欢，直接坐上桌子，等到送客离开时，却找不到自己的靴子了。几天之后，魏家的仆人才在房间的蚊帐顶上找到了它们。原来，他与朋友高谈阔论期间，“手舞足蹈”，居然无意之中把靴子甩到了帐子上面，自己还不知道。

“龚呆子”的这般行状，跟“王举人”异曲同工。

龚自珍和王昙在上海聚在一起，不论是在龚家府邸，还是在酒肆青楼，“大声叫呼，如百千鬼神，奇禽怪兽，挟风雨、水火、雷电而下上”，放浪至“坐客茫然”，或者让众人侧目避之不及，显然非常可能。

那时的龚自珍，正因为秋天的考试失败而心怀愤懑，才通过《乙丙之际著议》里的文字发泄块垒，抨击社会。遇到王昙这样终生不仕、浪迹天涯的白衣狂徒，两人在情绪上肯定能找到许多共鸣。至于他们如何在醉酒时喷出有关时政的尖锐言论，又如何在红烛闪烁的温柔乡跟美女们一起度过漫漫长夜而不归家，是不能从文本中找到确凿证据了。

王昙离开上海后，于1817年在苏州去世。龚自珍得知消息，去到苏州，帮忙料理了后事，写了上面那篇充满细节和怀念的墓志铭。当然，他同时也可能跟那个苏州“魔女”一起，讨论了有关量珠的事情。

14

九州与世界

在清代思想史和文学史里，龚自珍是一个显著的存在。

他离世之后，有关他思想、诗文、履历、人品、性格乃至八卦花絮的文字描述洋洋洒洒，几乎不可穷尽。龚自珍的写作成就，更因为晚清革新派诸人物和新文化运动诸大师的阐释评介，在一段时间内，达到了其他清代文人无法企及的巅峰地位，哪怕是在所谓“封资修”被彻底“扫进历史垃圾堆”的极端年代。

然而，在浏览阅读众多研究文字之后，我却有些茫然。

大多数有关龚自珍的著述，似乎都遵循相似的套路，把他的人生和写作，定型于同一种模范。因此，这些词句段落浇铸出来的龚自珍形象，他的面容和性格、思想与行动，都具有惊人的同一性。当然我可以把这归结于龚自珍本人的固有特点，归结于历史素材的框定。龚自珍留下的文本，他的亲人、友人以及后人留下的记述和评价，不容许今天的研究者跳出这个模范之外，去寻找另外的侧写。

比如，近十多年出版的几部龚自珍研究专著和传记，都不约而同地把“剑”和“箫”作为核心意象，放进了书名。一本是 2004 年中华书局出版的《剑气箫心》，王镇远所作；一本是陈铭的《剑气箫心——龚自珍传》，2005年浙江人民出版社出版；还有一本是2016年作家出版社出版，陈歆耕所著《剑魂箫韵——龚自珍传》。更不用提，在这几本书之前和之后的诸多研究评介文章，都纷纷用“剑”与“箫”作为解读龚自珍人品和作品的切入口了。

剑与箫，并非这些研究者凭空生造，而是来源于龚自珍自己写下的诗文。天才而敏感、幼年喜欢吹箫的龚自珍，在自己作品中曾经反复使用这两个意象，来抒发人生抱负与感慨。比如“怨去吹箫，狂来说剑，两样销魂味”“气寒西北何人剑，声满东南几处箫？”又比如“一箫一剑平生意，负尽狂名十五年”，等等。

在龚自珍的研究者看来，剑和箫，“剑气箫心”、“剑魂箫韵”，一刚一柔，尽可以描画出这个知识分子的心灵图景：济天下，就必然是仗剑为国，安邦拓土，为天下众生博得安居乐业的幸福社稷；挫折失意，无法实现治国宏图，那就只好借助呜咽箫声，抒发郁闷心结和低沉情绪，以期引发同辈朋友的共鸣。

事实上，如果以这两个意象为视点，我们几乎可以概括中国历史上许多知名文人的心境，概括他们描述这两种情绪的文字。“穷则独善其身，达则兼济天下”，孟子的这一说法，随着时间的延绵、历史叙事的堆积，早已成了中国人文传统里的元话语（meta discourse）。两千多年里，依据这一核心价值生产出的文本浩若烟海，知识分子价值选择的二元并列，导致相似的意象和情绪俯拾即是。龚自珍作品中的剑与箫，只不过是这个宏大叙事传统中，二元并列的另一种意象演绎而已。

用这两个核心意象来概括龚自珍，虽然可以突显他的品行与心态，却也可能遮蔽他生命存在的其他侧面。

梁启超写于1920年代的《清代学术概论》，描述了清末民初中国知识界对龚自珍的接受境况，将这个叛逆文人比拟为中国的“卢骚”（卢梭），说“晚清思想之解放，自珍确与有功焉。光绪间所谓新学家者，大率人人皆经过崇拜龚氏之一时期”。在这些崇拜者中，当然也包括了梁启超自己：“初读《定庵全集》，若受电然。”

梁启超的这段话，常常被后来的龚自珍研究者拿出来说事，以证明这位写出了“我劝天公重抖擞，不拘一格降人才”的清中才子，是中国知识分子在黑暗年代的思想解放先锋，激发了晚清一代文人的观念革命。但是，引用梁启超这个说法的人们，往往忽略或省略了同一段文字里的另一段话。这段话对龚自珍的评价，其实有个重要转折：“综自珍所学，病在不深入，所有思想，皆引其绪而止，又为瑰丽之辞所掩，意不豁达”“稍进乃厌其浅薄”。

梁启超之后的研究和阐释，在逐渐堆积叠加的过程中，筛滤掉了这个判断，把一个多面复杂的龚自珍，简化成只有剑气和箫心的传统知识分子楷模，简化成一个挑战幽暗时局的单面英雄，这不得不让人警惕。

1816 年的时空，不仅锁定了龚自珍的生活和写作，也锁定了他的视野和思想。

尽管人们从遗留下来的文字中，解读出这个读书人非同寻常的敏锐和才华，但他的教育背景，他所拥有的宇宙观和世界观，他认定的历史规律，他生活其间的社会，依然会从总体上限制他的想象。在那个年代，龚自珍看到了清廷官场的怪现状，感觉到了清皇朝因为思想禁锢和体制僵化已经进入衰世，却看不到他所开出的药方不可能扭转这一路下坡的动能。

1816 年秋天，英国政府派出的使者再次登陆神州。阿美士德勋爵（William P. Amherst）在这一年从伦敦到了北京，却因为匪夷所思的原因，连嘉庆皇帝的面都没见到。历史学家们普遍认为，阿美士德使团的这次访问，算是大英帝国试图跟大清帝国扩大双边贸易的最后一次外交努力。从此之后，英国人便逐渐放弃了对文雅会谈的期待，转而寻求炮舰火力。

关于这次奇异的外交事件，后面还将详细讨论。

龚自珍知道这次英国使团进入北京的事情吗？从现有文献资料中，我没找到相关信息。

随着时光推移，后来的龚自珍、林则徐和魏源等人，开始听说这个远在重洋之外的外来势力，但他们依然不知道，那时的大英帝国已经是世界上最强大的国家，其殖民地、其商业和军事触角已经遍布世界。

第一次鸦片战争爆发三年前，1837 年，龚自珍在道光皇帝的朝中担任礼部的主客司主事，也就是从事“外交”的官员。他曾写有一篇《主客司述略》，简要概括了这个部门的职责。在这篇文字里，龚自珍说：

> 我朝藩服分二类：其朝贡之事，有隶理藩院者，有隶主客司者。其隶理藩院者，蒙古五十一旗，喀尔喀八十二旗，以及西藏、青海，西藏所属之廓尔喀是也。隶主客司者，曰朝鲜，曰越南（即安南），曰南掌，曰缅甸，曰苏禄，曰暹罗，曰荷兰，曰琉球，曰西洋诸国。西洋诸国，一曰博尔都嘉利亚，一曰意达里亚，一曰博尔都噶尔，一曰英吉利。自朝鲜以至琉球，贡有额有期，朝有期。西洋诸国，贡无定额，无定期……

龚自珍把中国的外邦分为两类，但都向“我朝藩服”和进贡。一类是隶属于“理藩院”的蒙古、西藏、青海等藩属，离帝国最近。另一类是隶属于“主客司”的缅甸、暹罗、荷兰、琉球等西洋诸国，以及另一批西洋诸国博尔都嘉利亚、意达里亚、英吉利等，离天朝更远。

身为主客司的官员，龚自珍却弄不清楚，荷兰是一个在东南亚有殖民地的西欧国家，所以他把它跟暹罗和琉球放在了一起。他把在澳门殖民的葡萄牙王国（“博尔都嘉利亚”和“博尔都噶尔”）分成了两个国家，也不知道意大利（“意达里亚”）境内除了梵蒂冈还有其他公国。龚自珍的这种国别划分，依据来自嘉庆时代的《大清会典》，也就是皇家官方文件对外邦事务的相关规定。在龚自珍的认知里，这一类来自西洋、向天子称臣的国家，“进贡”既无定额，也无定期。

“西洋诸国”中，当然还包括英国。英吉利这个国家的名号，在这篇文章的原有文字书写上，专门加了口字旁，“嘆咭唎”，符合当时清廷的规矩。清朝政府在官方文件里这样做，是为了强调英国作为化外蛮夷之邦的性质，就像当时英国人又被称为“嘆夷”一样。

两年以后的1839年，林则徐奉命前往广州禁烟。龚自珍在写给他的那封著名信函里，都还把这个强大对手称作“夷”。

林则徐是龚自珍的好友，他的世界观与龚自珍相呼应，也同样含混。林则徐到广州后，为了弄清土耳其鸦片的来龙去脉，询问了几个外国水手。他以为奥斯曼是美国的一个地方，当水手们告诉他，美国和奥斯曼帝国是两个国家，相距航程约六个月时，他震惊不已。

在广州主持禁烟的同时，林则徐专门给英国的维多利亚女王写过一封信，讨伐鸦片贸易。在这篇檄文中，林则徐写道：

> ……况如茶叶、大黄，外国所不可一日无也。中国若靳其利而不恤其害，则夷人何以为生？又外国之呢羽哔叽，非得中国丝斤不能成织。若中国亦靳其利，夷人何利可图？

林则徐之所以用禁止茶叶和大黄出口来威胁女王，是因为当时朝野上下，很多人都相信，西洋人的主食是干肉，如果没有了中国的茶叶和大黄，他们就会因解不出大便而胀死，“外国所不可一日无也”。林则徐还说，英国人生产的毛呢（“呢羽哔叽”），也就是龚自珍那封信里指称的“呢羽毛”，没有中国的蚕丝就无法纺成，如果中国取消了生丝出口，英国人又怎么赚钱呢？

林则徐找到一个美国人，把信翻译成英文，委托一个英国船长带走。这封信最终没有交到维多利亚手上，却被伦敦的《泰晤士报》发表，一时哗然。

从 1840 年回望 1816 年，我们可以相信，在那时的龚自珍眼里，被天子统治的九州依然是天下的中心，是万国来朝的文明礼乐之邦。在他所理解的世界格局里，紫禁城里的嘉庆皇帝负责“守正”，以“王心”把控天地之轴，世界围绕天朝运行。虽然，这个帝国的肌体已经出现病态，天子的官僚机构已经腐朽衰败，蠢蠢欲动的朝外山民好像要颠覆京师的秩序，但它依然有恢复生气的希望，天下依然有重归正轨的可能。

在他看来，只要大清皇朝痛意“改革”，只要来一场波及整个中国的风雷激荡，就可以唤醒上下，让社稷重新回到阴阳和谐的中庸轨道。天子的天下，就还可以继续昌盛延绵。所有的郁闷和愤怒，所有的预判和希望，都维系在天公重新抖擞起来的那一刻。

可惜的是，天公似乎并不存在。即便有这样一个天公，他也依然在闭眼沉睡。龚自珍想象和呼唤的风雷，等了差不多一个世纪，才在 1911 年将九州彻底震醒。

第三章　雪莱　寒冷的隐喻

1

英国情人

1816 年 5 月，当雪莱和玛丽在日内瓦市中心的英伦酒店（Hôtel d’Angleterre）住下时，他们以为自己交了好运。

在写给朋友的一封信里，雪莱愉悦地宣称：“这趟旅行就像人生之旅，变幻莫测，晴雨更替。不过您知道，这些数不清的阵雨在我看来就像忽下忽停的春雨，预报着阳光明媚的夏季的到来。”玛丽在一封 5 月 17 日写给朋友的信中，也高兴地证实，“我们刚刚逃脱了伦敦令人沮丧的冬天；在美好天气中到达这个可爱的地点，我觉得自己变成了一只羽翼丰满的小鸟……”

此时的雪莱和玛丽还没有结婚，是一对私奔的情人，玛丽的家姓还是葛德文。

在英国，雪莱的法定妻子是哈丽特（Harriet Westbrook），一个他曾经疯狂爱上的伦敦旅店老板女儿。这对年轻人在 1811 年私奔到苏格兰，并在那里结婚，那时雪莱 19 岁，哈丽特 16 岁。两人的婚事，让雪莱家族大为震惊。有传记作家认为，雪莱跟哈丽特擅自结婚，在很大程度上是为了激怒他祖父和父亲。不管怎样，他肯定达到了目的：父亲震怒于儿子娶了一个没有贵族名号的女子，遂决定断绝雪莱的经济来源。从此开始很长一段时间内，雪莱都靠借贷过日子，在朋友和放贷人那里欠下一屁股债务。

1813 年，哈丽特生下一个女儿。1814 年，雪莱和哈丽特的感情出现裂纹。根据牛津大学教授约翰逊（Paul Johnson）在《知识分子》一书中的说法，在这段时间里，雪莱的密友霍格曾经在他家居住。雪莱试图实践一种超越婚姻的“自由之爱”，让哈丽特跟霍格上床，遭到了妻子拒绝。与此同时，雪莱把一个比自己大好几岁的赫奇森女士称作“灵魂的姐妹”和“自己的另一半”，与这个未婚女教师卷入了一场柏拉图式精神恋爱，并从她那儿借到了永远也没有归还的英镑。

到了 1814 年 5 月，雪莱又疯狂爱上了 16 岁的玛丽，哪怕妻子哈丽特此时还怀上了他们的第二个孩子。

玛丽的父亲，大致可以算作雪莱的精神导师。葛德文（William Godwin）在那时是英国颇有名气的哲学家和作家，一个宣扬无神论、天赋人权和社会平等的空想社会主义甚至无政府主义分子。他认为人类亟须解决的问题之一，就是摧毁婚姻制度。他的第一任妻子，玛丽的母亲沃斯通克拉夫特（Mary Wollstonecraft），是英国最早的女权主义者之一，曾在 1792 年发表《妇女权利的证明》。她怀上玛丽后，才与葛德文结婚，并在生下女儿两周后去世。

思想激进的葛德文在女儿的爱情问题上，并没有实践自己的理念。因为雪莱是有妇之夫，他禁止玛丽与诗人来往。这让雪莱相当恼火，以至于情绪抑郁，一度考虑约上玛丽一起自杀。终于，两人没有用手枪结束自己的生命，而是在这一年 7 月又一次重演了雪莱和哈丽特早些年的爱情喜剧：一起私奔去了欧洲大陆。在游历法国、瑞士等地方后，这对情人于 1814 年 9 月回到伦敦，玛丽发现自己已经怀孕。可惜的是，早产婴儿生下来只活了 11 天。

1816 年 5 月，雪莱和玛丽再次乘船渡过英吉利海峡，踏上法国土地。与他们同行的，有他们于本年 1 月出生的私生子威廉，以及玛丽的同父异母妹妹克莱尔（Claire Clairmont）。比玛丽小一岁的克莱尔，是诗人拜伦的崇拜者，通过精心设计的圈套，成功勾引了他跟自己私通。正是她强烈建议他们一起去瑞士日内瓦，跟那个不见容于伦敦上流社会、宣布永远不回祖国的贵族青年会合，三人才坐上了从巴黎前往瑞士的马车……

即便以现在的眼光看，1816年的这个英国文学小圈子也有点乱。

雪莱 19 岁时跟 16 岁的哈丽特结婚，这倒不算什么，那时的男女在这个年龄段结婚属于正常。雪莱还没离婚，就跟玛丽同母异父的姐姐范妮私通，之后又跟 16 岁的玛丽私奔；玛丽的妹妹克莱尔据说曾经一度跟雪莱有情感瓜葛，但最终又做了拜伦的露水情人，并在 1816 年去瑞士时，怀上他的私生子……这几个年轻人，都不约而同地卷入了混乱关系，今天的人们恐怕都有些看不懂。

难道，就没有什么规矩来约束他们吗？

根据社会学家的研究，在 19 世纪初期的英国，一夫一妻制受到法律保护，是因为家庭构成了社会经济体系的最小单元。这个最小单元的组建，与爱情没有多大关系，社会地位门当户对、经济实力相互匹配等要素才是成立家庭的根本指针。爱，或者不爱，涉及人性中复杂的情感，在法律上属于纠缠不清的混沌地带，没有具体指标可以依赖。所以，因为情感而结合，或者因为情感而离异，并不是婚姻过程的必要条件，结婚或离婚导致的家庭经济权利变化，才是法律和制度应该划定红线的地方。

从传统来看，英国或欧洲的上流社会，在此之前也几乎不把结婚看作爱情的结合。甚至，在中世纪时，人们还普遍认为，结婚的根本目的，是为上帝源源不断地生产基督教信仰接班人，婚姻中的爱情和性，反而会导致这行为染上不纯洁的动机，应该遭到谴责和摈弃。在那时，男女结合组成家庭，被当作了宗教传承机制、政治斗争工具、经济合作渠道甚至国家外交手段。从王室到爵爷，从贵族到商人，大多遵循这一价值体系。

既然婚姻中找不到爱情和“性趣”交流，天主教又不允许离婚，那么总该有个东西来进行补偿。于是，情人粉墨登场了。

欧洲中世纪的骑士传奇中，大量的爱情故事都发生在骑士和名花有主的贵妇之间，反映的是一种现实状况。从那时开始，情人在伦理上获得了正面肯定。一千多年来，无论是在欧洲大陆，还是在英伦三岛，国王和王后可以在身边的美女帅哥中随意抛送爱情，贵族可以在别人家的妻子（丈夫）和女性（男性）中寻找情感和身体慰藉。只要王权体系不致崩溃，家族财产不致缩水，这一切都可以被容许，甚至被提倡。

到了雪莱生活的时代，这种婚姻观念和传统并没有完全消失。英国的上流社会，同样不缺各种匪夷所思的情人绯闻。

1783 年，身为威尔士亲王和新教教徒的乔治，也就是后来的摄政王和国王乔治四世，疯狂地爱上了一个比他大五岁的天主教寡妇，并举行了不合法的秘密婚礼。1795 年，为偿还自己挥霍欠下的巨额债务，在父王乔治三世和政府的威逼利诱下，乔治被迫跟一个来自欧洲大陆王室的女性（也是他的远房堂妹）卡罗琳（Caroline Amelia Elizabeth）结婚。

这两个此前从未见面的男女，在订婚仪式上就立刻发现自己根本不喜欢对方。结婚一年后，乔治便与卡罗琳分居。在接下来的岁月里，直到 1820 年他从摄政王变为正式国王，乔治四世都私下宣称，他的真正妻子是那个天主教寡妇。他也一直跟多个情人保持关系，可以说“鞠躬尽瘁”，到死都没有停止。他的法定妻子卡罗琳，也理所当然地跟数个男性情人保持着关系。关于这一点，我在后面还会详细谈及。

英国王子的婚外情，与其说引领了一个时代的情感潮流，毋宁说是那时社会风尚的一个超级标杆。

在这样一种文化语境里，雪莱和玛丽之间的私情及由此引发的所谓“丑闻”，其实并不算严重。至少，没有严重到这对年轻恋人不得不离开伦敦和英国的地步。所以，当雪莱向一些朋友宣布，自己将再次离开祖国，甚至可能永远都不回来时，我们只能去另外的地方寻找原因。

正如一些研究者指出的那样，雪莱的自我放逐动机，有可能来自他的一部作品所遭受的冷遇。1816 年 3 月，雪莱的诗集《阿拉斯托》在伦敦出版。雪莱对这部诗集里的长诗和另外几首短诗寄予厚望，得到的反馈，却只是文学圈的零星差评。

比如，4 月在伦敦出版的《评论月刊》有一篇匿名短评调侃说，“我们必须坦白，这些诗完全超出了理解范围，在它们的超级晦涩中没有一点儿线索可寻，雪莱先生……以后再出版诗集，最好加上名词解释和丰富注脚”，这才能给他“根本不存在的读者”提供点儿帮助。《英国评论家》5 月发表的另一篇匿名评论则干脆判定：“如果这位绅士没有灵感保佑，他至少可以用诗心的疯狂来安慰一下自己。”

从雪莱曾经将自己的一部作品寄给拜伦的行为，我们可以猜想，雪莱心目中的成功标杆，是那个在英国文学界红得发紫的勋爵。但是，《阿拉斯托》的失败，让他失望了。出版的作品既没有给他带来声名，也没有带来版税收入，以至于他到了瑞士之后，在给朋友的信中都还念念不忘地询问，我那部作品的接受“情况如何了”？

跟玛丽父亲葛德文的矛盾，是雪莱出走的另一个原因。

葛德文对雪莱和玛丽之间的情人关系感到十分不爽，在他们第一次私奔欧洲回来后，就对雪莱关上了大门。据说，在第二次私奔前，雪莱多次来到伦敦斯金纳街拉响葛德文家的门铃，却都遭到仆人驱逐。所以，就在他踏上旅途的5月初，雪莱都还从多佛给葛德文写信，表明自己对这位哲学家的尊崇，承认对葛德文"有欠公允"。

在信中，雪莱解释自己虽然继承了祖父的产业，但因债务缠身，从父亲那儿得到的年金所剩无几。不过，雪莱还是明确保证，将在1816年夏天付给葛德文300英镑。很显然，雪莱把这300英镑，看作对勾走葛德文女儿的一种经济补偿："……我对您的感情永远像是深情的朋友那样热烈。"

1815年雪莱的祖父去世后，他成了从男爵位的法定后嗣，并从父亲那里分到每年1000英镑的年金。这笔款项中的一部分，立即被判给了哈丽特，因为哈丽特在抚养她和雪莱所生的两个孩子。雪莱答应从剩下的钱里拿出300镑付给葛德文，无非是希望这笔款子，能暂时抚平后者的"名声"和"荣誉"损失。葛德文显然对这种金钱补偿并不排斥，在此后两人的通信中，我们还看到葛德文向雪莱"借钱"、索要支票的事情发生。

在同一封信里，雪莱申明自己也许永远不会回来，是因为他不断陷于困境，"似乎是一种偏见使我和我的同类不能平等相处"。在葛德文对雪莱关上大门后，他周边的文人朋友也几乎随之断绝了跟年轻诗人的交往。雪莱的社交生活，更多是与债主周旋，因为那些债主们都认为，既然他继承了遗产，现在就是连本带息还款的最佳时机了。雪莱的敏感神经遭受不起这样的打击，为了躲避那些不断上门催债的放贷人，选择自我流放也就顺理成章。

根据一些传记作家的说法，在 1815 年，雪莱时常受到莫名身体疼痛的袭击。他的医生认为他得了肺结核，在那时，这是一种凶恶的不治之症。雪莱从此一直都有幻想，认为自己可能活不了几年。那何不离开冷雨淋漓的英国，去温暖的瑞士度过阳光夏天呢？疾病增强了诗人此时所抱有的一种逃避心态。直到 1818 年，有关雪莱肺部疾病的警报才彻底解除。

最后，期待与拜伦在瑞士见面，也可能是雪莱决定和玛丽再次私奔的一个原因。

克莱尔引诱了拜伦后，曾设法让玛丽与拜伦见过一面。但是，这两人之间并没有擦出火花。拜伦告诉克莱尔自己准备去日内瓦度夏，但没有带上她的意思。失望的克莱尔只好转而游说雪莱和玛丽，说他们可以在那里跟拜伦交游。这个提议，显然对雪莱颇有吸引力。毕竟，拜伦是那时的英国甚至整个西欧炙手可热的文学明星。尽管他那时的名声已经败坏，尽管有关于他与同父异母姐姐奥古斯塔乱伦之恋的传说在沙龙中飘散、在八卦里讲述，但贵族诗人的才华和作品依然散发着巨大魔力。

终于，1816 年夏天，在日内瓦的那家酒店，雪莱跟拜伦见了面。

2

交游日内瓦

在此之前，雪莱没有见过拜伦。

1816 年的雪莱，是英国文学界的无名之辈。雪莱曾经把自己 1813 年出版的诗集《麦布女王》寄给拜伦，并附上一封信，以求得到这个比自己大四岁的著名人物的关注。但那封热情洋溢的信因为寄送过程出现问题，永远没有到达后者手里。据说，拜伦倒是收到了诗集，还跟自己身边的人表扬了作品的开头几句。对于那时伦敦的上流社会读者来说，雪莱几乎就是一个闻所未闻的名字。

拜伦不同。

这个从剑桥大学毕业的贵族诗人，长相英俊，风度翩翩。他在游历欧洲大陆后写出的《恰尔德·哈洛尔德游记》于 1812 年出版，立即在英国和欧洲引发轰动。用他自己的话说，他一夜醒来，发现自己成了“诗歌界的拿破仑”。根据一位传记作者的说法，拜伦的诗集热销一时，给他带来巨大名声的同时，也带来数千英镑的版税收入。要知道，1800 年代，年收入超过 200 英镑的英国家庭，只占到总人口的 3.75%。拜伦凭借诗集一夜暴富，以至于他做一双羔羊皮手套，都要找不同的店铺来分别制作手掌和手指部分——因为伦敦城里不同的工匠，精于不同的工艺。

拜伦的出现和诗朗诵，被那时的上流社会一度视作彰显文艺身份的隆重场合。太太小姐们精心穿戴打扮后，等待面容俊美的诗人登场，甚至他那只跛脚，都被视作绝代风华不可或缺的配料。在伦敦的豪华沙龙里，拜伦成了神一般的存在。一位美女承认，当她第一次看见拜伦时，"那副苍白美丽的面孔勾去了我的灵魂"，为了等待"男神"出现，她独自坐在客厅里激动得指尖发抖。拜伦也告诉朋友，他婚后不久，有一次回到自家客厅，看见三个已婚妇女坐在那儿等他，他一眼就看出她们"全是一路货色"，都想勾引他上床。

不过，上流社会的圈子总是波谲云诡，大众情人拜伦很快又成了众矢之的、社交毒药。所以，他这次逃到遥远的瑞士，下决心永远不再回去。

雪莱与拜伦见面时，刚刚 25 岁。

从家族渊源和教育背景看，雪莱完全有可能循规蹈矩地成为一名贵族成功人士。从伊顿公学毕业后，跟大多数贵族子弟一样，雪莱在 1810 年进入牛津大学。不过，他显然不是一个规矩的合格学生。根据一些传记的说法，雪莱一度热衷于化学和炼金术，在自己房间里摆弄瓶瓶罐罐。他对文学写作及其可能带来的名声和金钱，更是十分看重。在进入牛津时，他就已经跟妹妹合作出版了哥特式传奇《扎斯特罗奇》。小说出版后，伦敦的《绅士》杂志发表了唯一一篇短评，宣称这个"叙述优秀的恐怖故事，显然不是来自寻常之笔"。不过，杂志编辑却暗示，这个评论很可能是雪莱自己制造出来的。

也在 1810 年，雪莱还跟妹妹一起出版了一本诗集《维克多和卡采耳的原创诗歌》，其中，"维克多"是他的笔名，"卡采耳"

是他妹妹伊丽莎白。诗集印刷制作完成，雪莱却没钱支付相关费用，于是要求出版商先尝试将书卖出。出版商在开始销售时才发现，其中一首诗是抄袭的。雪莱对此的回应是，这可能是他的“合作者”（妹妹）所为。卖出的诗集没几本，自然也就没有引起评论界的关注。最终，只有一个评论者对其做出了反应，发表了短评。这篇短评虽然没有注意到抄袭行为，却将诗集称作“直截了当的胡乱涂鸦”。对于十分关注文学圈反响的雪莱而言，这简直等于给他的写作判了死刑。

1811 年，因为跟同学加密友霍格合作的一本攻击宗教的小册子《论无神论的必然性》，雪莱被牛津大学开除学籍。

失去学籍的雪莱，在同一年跟哈丽特私奔至苏格兰结婚。后来，他开始接触到葛德文的理念，和这位知名思想者通信，并积极介入爱尔兰的政治抗议活动。研究者们指出，雪莱曾经是葛德文的崇拜者，从他创作的一些时政文字中可以明显看到葛德文的影响。正是在葛德文家的沙龙里，雪莱接触到当时一些英国重量级文人的作品和想法。

英国诗歌界“湖畔派”的知名诗人柯勒律治（Samuel Taylor Coleridge）、华兹华斯（William Wordsworth）、骚塞（Robert Southey），以及其他一些人物，都曾经出现在这里。只不过，没有确切的史料证明，雪莱曾经见过柯勒律治这些人，参加过他们的夜谈。倒是年轻的文艺少女玛丽，常常成为他们聊天的听众，并把她听来的一些东西，转述给雪莱。雪莱只见过湖畔派“三人帮”中的骚塞，有一种说法猜测，是骚塞把另外两人的诗作介绍给了雪莱，从而影响了他的写作。

在葛德文家，雪莱算是勉强进入了伦敦的文人江湖，但他没有给人留下什么好印象。

葛德文家的座上宾中，有一个叫罗宾逊（Henry C. Robinson）的知名文人。这位绅士在德国居住多年，曾与歌德（Goethe）和席勒（Schiller）交好，也和柯勒律治、华兹华斯是朋友。跟柯勒律治和华兹华斯一样，他努力把德国人的思想理念介绍进英国文学圈子，为英国浪漫主义思潮的兴起，提供了资源。

罗宾逊在1817年的一篇日记中回忆说，年轻雪莱在葛德文家的聚会上，经常针对诗歌界同仁，发表"激烈、傲慢、违和"的言论，让其他人不得不想法捍卫被攻击的对象。罗宾逊认为，雪莱的这种"早期狂热和新近恶毒"，是他"可怕堕落的见证"。雪莱在此期间写给赫奇森女士的信，也证明他的抨击对象，确实包括了湖畔派诸君。

拜伦曾经向一位女性朋友表达过他对雪莱的看法，与罗宾逊在葛德文客厅里的观察，形成有趣对照。

虽然拜伦的说法，出现在雪莱去世之后，但可以相信，他们在日内瓦的相识和交往，足以让他对同是天涯沦落人的雪莱形成深刻好感：

> ……他是我见过最温柔、最亲切、最不为俗世所困的人；满怀细腻，比任何人都疏离，拥有一定的天才，与率真结合在一起，既罕见又值得称赞……他有着最杰出的想象力，却完全没有世俗智慧。我从未见过他这样的人，而且肯定再也无法遇见了。（**着重号为原文所有——引者注**）

罗宾逊描画的雪莱，会在葛德文家的文人聚会上"彻底毁掉谈话"，用现在的流行语言说，就是聊天把话题聊死，这倒呼应了拜伦对雪莱“比任何人都疏离”“完全没有世俗智慧”的评价。雪莱的狂放，他的恶毒和傲慢，也许在葛德文家的客厅里会给其他人带来不适，却在拜伦的眼中幻化成了“最温柔、最亲切”的细腻，成了“不为世俗所困”的天才率真。

雪莱和拜伦在酒店一见如故。但是，他们的订交却遭遇了尴尬。

根据戈敦（Charlotte Gordon）在《浪漫的不法之徒：玛丽·沃斯通克拉夫特和她女儿玛丽·雪莱的杰出人生》一书中的说法，他们住宿的这家酒店，是富有的英国人来日内瓦旅游度假的首选下榻之地。当时的英国游客们，在酒店公共空间里看见拜伦的身影，大为兴奋，立即写信向伦敦的朋友们汇报。他们把跟在拜伦身边的克莱尔，误认为是一名“女演员”，在那时，这是高级妓女的一种隐晦说法。

这些英国同胞并不认识雪莱和玛丽以及他们的私生子威廉，所以就把他们描述为“外表可疑的一家人”。这家人跟拜伦和“女演员”的交集，自然而然地增强了他们的可疑之处，让看客们浮想联翩：“每当玛丽和克莱尔进入酒店公共房间，人们就会用沉默而生硬的眼神盯着她们，等她们逃离时，还可以听见身后的议论如风相随。”

因为这种遭遇，雪莱和玛丽决定搬离酒店，去租下日内瓦湖畔的一栋叫查普伊斯的别墅。随后，拜伦也搬到了附近的一座叫迪奥多第的别墅。这里离日内瓦市较远，更接近另一个著名旅游胜地洛桑。

3

抱团取暖

被英国游客八卦眼光包围，拜伦当然会感到不舒服。尽管这些同胞中间也有崇拜他才华和诗名的人，但大多却对他持负面看法。这种负面看法，还近墨者黑地波及雪莱和玛丽，让他们在被拜伦光环笼罩的同时，也体会到这些惊奇注目引发的刺痛。

丹麦学者勃兰兑斯（George Brandes）的《十九世纪文学主流·英国的自然主义》一书，对雪莱和拜伦在日内瓦的遭遇，曾做过如下叙述：

> 这些人（**英国游客——引者注**）出于好奇，一直尾随着他们的足迹，不断窥探这两位诗人的行动。英国的游客们往往会以令人难以置信的无礼态度强行闯入拜伦的住所。当这种行动遭到阻拦的时候，他们便拿着望远镜站在岸边或者大道上守候，或者越过院墙向室内偷看；旅馆的侍者往往被收买，就像后来威尼斯游船的船夫一样，向外面传播两位诗人的一切生活情况。第一项传播开的谣言便是：拜伦和雪莱同他们的两个姐妹“互相淫乱”；这样的谣言愈传愈骇人听闻，以致最终把两位诗人

描绘成了恶魔的化身。

可以肯定，日内瓦的英国游客们将雪莱和拜伦放在一起妖魔化，在增加雪莱社会知名度的同时，也无形中将他与拜伦挤压进了一个情感认同角落。从某种意义上讲，只有与雪莱等人在一起时，拜伦才不会感受到“地狱”一般的英国海外社交圈的氛围；反过来说，作为拜伦的崇拜者，雪莱只能从备感孤独的“前辈”那里，得到他迫切需要的认可和友情。

根据一些研究者的意见，雪莱与拜伦在日内瓦的交游，给拜伦留下了深刻印记——不仅体现在人格层面，也体现在文本层面。雪莱对宗教的无视和对泛神论的鼓吹，对人道主义的认知，对泛爱的信念，给曾经一度迷失于伦敦社交界放荡生活的拜伦带来警醒；从拜伦在这段时间写就的《恰尔德·哈洛尔德游记》第三章里，可以看到这种影响留下的痕迹。还有一种说法认为，拜伦此时写作的诗剧《曼弗雷德》，直接参照了雪莱的想法，尽管雪莱后来证实，自己从未实际参与写作。

玛丽在1831年再版的《弗兰肯斯坦》序言里，也曾经有过如下证词：

> ……我们一连好多天都被关在屋里……（拜伦）勋爵和雪莱谈过许多话，时间很长，我听得很专心，几乎从不插嘴。在一次谈话里，他们涉及了不同的哲学学说，其中有关于生命本质和原理的学说。他们就那些理论是否可能实现交流了意见。他们还谈到达尔文博士的一些实验（我说的并非博士确实做过或提起过的实验，而是人们传说中他做过的某些实验）。据说博士在一个玻璃容

器里保存了一点意大利面条，由于某种特殊的措施，那面条竟自己动弹起来。生命毕竟不可能像这样获得，否则死尸也许就可以复活了。只有电击显示过类似的可能性。说不定可以分别制造出某种生物的组成部分，然后拼合到一起，再赋予它生命所需的温度……夜随着谈话而逐渐深沉，我们回房休息时已过午夜……

雪莱在日内瓦湖边租的别墅，肯定不像我们今天想象的那样豪华。但无论如何，它可以为四人提供遮风挡雨和逃离游客的空间。出手阔绰的拜伦租下的别墅要大得多、好得多，也就顺理成章地变为他们的聚会之地。

在这里，他们读书、聊天、写作，试图把英吉利海峡那边的各种烦恼，统统置诸脑后。

雪莱和拜伦的友谊迅速升温，以至于后来一些研究者，甚至怀疑这两个诗人之间发展出了一种同性间的感情。证据之一来自玛丽：这个跟雪莱私奔的少女，在一封写给朋友的信中，表示有时候自己受到了雪莱的忽视。证据之二来自与拜伦一起居住在迪奥多第别墅的另一个男人，年轻的医生波利多里（John W. Polidori）。波利多里把拜伦视作偶像，并试图成为文学圈的一员。但他也悄悄接受了一笔出版商的订金，来记录拜伦的欧洲之旅，给伦敦的社交圈提供八卦素材。在日内瓦湖边，他觉得雪莱独占了拜伦的注意力，这让他相当嫉妒。与之相关的传说，是拜伦从中学时代开始，就有双性恋倾向。

证据之三，来自备受拜伦冷落的克莱尔。雪莱和玛丽在日内瓦湖畔与拜伦成为友好邻居，克莱尔却没有得到拜伦的热情拥抱，而成了一个帮勋爵誊写手稿的志愿者。拜伦在一封信里告诉自己的姐姐奥古斯塔，“不管我说什么或做什么，这位愚蠢的姑娘还是跟着我或索性在我之前先到这里……我不厌其烦地劝她回去……我没有在恋爱，而且也不再恋爱着任何人”。据说，拜伦拒绝跟她单独见面，除非雪莱和玛丽在场。同时，拜伦也不相信克莱尔怀上的孩子属于自己。雪莱为了让拜伦接受这个尚未诞生的生命，还帮克莱尔做了不少说服交涉工作。

克莱尔跟随雪莱和玛丽回到英国后生下女儿，拜伦在意大利终于承认了自己的父亲身份，这已是后话。

1816 年 8 月底，因为要处理财务和法律问题，雪莱不得不回国。他、玛丽和克莱尔告别拜伦，一起离开瑞士。拜伦全权委托雪莱，把写好的《恰尔德 · 哈洛尔德游记》第三章手稿带回英国，并与出版商交涉包括版税在内的诸多事宜。

这一年的 11 月，雪莱的法定妻子哈丽特终于失去继续生活的意愿，在海德公园以溺水自杀结束了生命。12 月，雪莱与玛丽在伦敦结婚，并得到了葛德文的首肯和祝福。玛丽不再是葛德文小姐，改用了雪莱作为自己的姓，成了雪莱夫人。据说，葛德文因此窃喜，他兴奋地告诉一个朋友，女儿现在已经获得了贵族爵位的庇护。事实上，他也从此把这个贵族女婿当作了自己的提款机，使雪莱的余生不断受到岳父借钱催款信件的骚扰。

4

蒸汽文化时代

19 世纪上半叶的英国文学圈子，留下许多有关雪莱夫妇的文字，有的公开发表，有的在多年以后陆续浮出水面。这些文本，再加上雪莱和玛丽自己出版的日记和其他文字，形成了一个丰富的史料矿脉。如果要描述雪莱在 1816 年前后的诸多私生活场景与行状，了解他的生命和创作轨迹，我们有足够多的资源可以挖掘。

在正统学院派思想史或文学史中，这些八卦故事和生活细节一般会被省略，因为在许多人看来，它们与雪莱的思想和诗艺无关，与英国浪漫主义运动的起源和发展无关。不过，如果我们试图理解雪莱生活与写作的文化语境，试图探究他在这一时期的情绪和情感状态，这些琐屑的历史叙事，不管其可信程度高低，却可以发挥极有价值的功能。

正如英国的浪漫主义思潮不是在真空中发生一样，雪莱的写作也不可能不与他实际的生活境遇产生关联。他的激烈、愤怒、忧郁、孤独，他对真善美的呼唤和讴歌，不可能仅是形而上思考的结果，或者来自某个古代神秘精灵的感召和启发。从某种意义上讲，有关雪莱私生活的闲言碎语，构成了他存在其中的话语空间，混合成了他随时都在吐纳的文化气溶胶。

从另一个侧面看，这些有关雪莱私生活的诸多文本能够出现，本身就是19世纪初期英国文化现实的一个表征。

1726年，伏尔泰因为得罪了法国国王路易十五，流亡到英国。在这个与祖国隔海相望的国度，32岁的伏尔泰待了两年，如沐春风。在努力学习英语、研读英国文学和科学著作的同时，伏尔泰对英国的开明政体表示了极大的欣赏。跟欧洲大陆上的那些君主绝对专制国家不一样，在英国，国王虽然还是一国之君，但根据宪法，他已经不能亲自指挥议会和政府的运转。在重商主义政府的推动下，商人和商业自由得到尊重和保护，经济繁荣导致富裕人口大量涌现。

“我多么热爱英国！”伏尔泰在写给朋友的信中宣布。正是因为伏尔泰和他一干同辈的推崇，在启蒙时代，英国成了欧洲现代资本主义的一盏指路明灯，成了欧洲政治经济和社会现代化的标杆。根据杜兰特（Will Durant）在《世界文明史 · 伏尔泰时代》中的引用，伏尔泰曾经这样写道：

> 看看英国在法律上的成就吧：每一个人都已恢复了几乎被所有专制政权剥夺的天赋人权。这些权利是：人身与财产的完全自由；公开写作的自由；由自由人组成的陪审团来裁决犯罪案件；任何案件的判决均只以公正的法律为依归；撇开那些只限于英国国教徒的就业机会不谈，每个人都可以心平气和地表白他所选择的信仰。

在18世纪上半叶，英国就已经确立“公开写作的自由”。与之相对应，当伏尔泰到达伦敦的时候，这座城市里已经有十几家每周出版的报纸。到了 1776 年，这个数目增加到了 53 家，而且每家都差不多有广告刊登，依靠销售和广告收益可以生存。

这些日刊、周刊和月刊，依托于伦敦的 150 家、全英国的 300 家印刷厂，日复一日地发表各类文字，其中就包括博人眼球的上流社会八卦。英国的作家和诗人们，可以自由地写作自己的作品，将它们交给负责出版的商人，在报刊上连载或印刷成册后在市场上销售。一部受欢迎的作品，一般可以给作者带来 100 英镑至 200 英镑的版税收入。

时间进入 19 世纪，英国的出版业与作家文人的合作更加有效，报刊和书籍市场也更加繁荣。爆款作品如拜伦的《恰尔德·哈洛尔德游记》，甚至可以在几年时间内，给作者持续带来数千英镑的进账。

1814 年 11 月 29 日，由蒸汽机推动的双滚筒印刷机，在伦敦制作出了新的一期《泰晤士报》。这个里程碑式的事件，预示了崭新的大众传媒时代的到来。蒸汽印刷机每小时可以印刷一千多份报纸，相较原有的古登堡式手动印刷机，效率提高了五倍。不久之后，书籍、杂志和广告刊录也开始采用蒸汽印刷技术。从文化意义上看，蒸汽印刷给英国社会带来的震动和改变，完全不亚于蒸汽纺织，以及后来出现的蒸汽火车和轮船。

当然，英国知识分子和写作者所享受的出版自由，也不是完全没有边界。一个作者有时也会因为观点过于偏激而尝到苦涩的后果。在那本与朋友合作的小册子里过度冒犯英国国教的雪莱，就曾经被牛津大学扫地出门。但总的说来，伏尔泰在 18 世纪所观察到的言论和出版自由，在雪莱时代更加巩固。

报刊业和书籍出版业的兴盛，除了言论自由的制度保障，还有一个重要原因，即社会财富的增加。

率先富裕起来的一部分英国国民，有经济能力消费各种文字信息，也有经济能力构成一个足以催肥写作者钱包的市场。拥有土地的传统贵族自不待言，那些从事制造业和金融业的商人，在政府里做事的官僚，以及帮人打官司的律师和公证人等，也成了先富起来的群体。富裕阶层现在有了足够多的闲钱，来购买各种报刊和书籍，来追捧他们认为值得追捧的作品，不管这些作品是属于哪个时髦的写作流派，还是属于坊间热传的低端八卦。

正如伏尔泰所预见的那样，到了19世纪初期，英国中上层社会的普遍富裕程度，已经超过欧洲大陆上的其他任何国家。尽管在科学技术领域，英国并不是绝对领先者，但凭借“光荣革命”以来确立的君主立宪制度，凭借主要基于纺织行业的工业革命爆发，凭借从海外殖民地获得的商业利益，凭借金融业的发展，这个岛国已经尝到了资本主义繁荣和帝国主义利润的甜头，以至于与英国交战的拿破仑，都曾经醋意满满地把它叫作“店小二之国”。

从整体上看，1800年代的大英帝国，成了地球上最先进的国家。带动它走向巅峰的，是工业革命。

按照英国历史学家霍布斯鲍姆（Eric Hobsbawm）在《革命的年代：1789—1848》中的说法，从18世纪下半叶开始，牵引这个国家工业革命向前的，是曼彻斯特和其他地方由蒸汽机推动的纺织工厂。烟囱林立的各个国内工业基地，将殖民地运来的原料加工成产品，再销往殖民地和欧洲市场，由此获得巨大利润。1815年，英国在全球五大洲的殖民地达到了43个，其中就包括坦博拉火山所在的印尼。换句话说，英国的崛起，依靠的是工业兴旺，依靠的是国际贸易和外向型经济。从某种意义上说，那时的英国，是“世界的工厂”。

根据霍布斯鲍姆的叙述，从1750年到1769年，英国的纺织品出口增长了10倍以上。到了1814年，“英国生产的棉布出口和内销之比约为4 ∶ 3”。所以他认为，英国经济的“起飞时期”，应该精确地定位为“从1780年—1800年这20年中的某个时候，与法国大革命同时代，而又稍稍早于法国大革命”：

> ……无论怎么估计，工业革命无论如何都可能是自农业和城市发明以来，世界历史上最重要的事件。而且，它由英国发端，这显然不是偶然的。倘若18世纪有一场发动工业革命的竞赛，那么，真正参加赛跑的国家只有一个……即使是在革命发生以前，英国在每人平均的生产量和贸易额方面已经远远地走在它主要的潜在竞争对手之前。

1816年前后，在整个西欧地区，只有两个城市可以真正称为大都市，那就是伦敦和巴黎。然而，巴黎的人口大约是50多万，伦敦的人口却差不多到了100万上下。以这个雾都为核心，钱包鼓胀的英国绅士和淑女们，疯狂追逐各种本国制造和舶来的货品，创造一波又一波席卷上流社会的时尚风潮。他们自信地游走于伦敦新建的大街和公园，穿着考究地进入沙龙和剧院，用精致的进口中国瓷器一边品着下午茶，一边讨论自己刚刚读到的蒸汽印刷文字。

雪莱的好友皮科克（T. L. Peacock）在1816年曾经这样写道：

> 总会有一种时髦的兴趣：对驾驶邮车的兴趣——对扮演哈姆雷特的兴趣——对哲学演讲的兴趣——对奇

迹的兴趣——对淳朴的兴趣——对辉煌的兴趣——对阴郁的兴趣——对温柔的兴趣——对残忍的兴趣——对盗匪的兴趣——对幽灵的兴趣——对魔鬼的兴趣——对法国舞蹈演员和意大利歌手以及德国络腮胡和悲剧的兴趣——对在11月份享受乡下生活和在伦敦过冬的兴趣——对做鞋的兴趣——对游览风景名胜的兴趣……

在这份林林总总的上流社会兴趣清单中，“游览风景名胜”算是一个历史悠久而又持续诱人的兴趣点。在旅行文学篇章和小册子的激励下，英国人把他们先辈在文艺复兴时期开创的成人礼“壮游”传统发扬光大，在19世纪初期扩展成了去欧洲大陆“旅游”的日常行为。

从伊丽莎白时代开始，英国贵族的养成，必须包含去意大利等先进国家的游学。只有那些参观过佛罗伦萨和罗马的恢宏教堂与古建遗迹，领略过乌尔比诺和威尼斯宫廷风范的人，才能在伦敦上流社交圈内谋得崭露头角的机会。哪怕没有这样的经历的人，也必定要翻阅几本介绍这些地方的文化书籍，才找得到与人对话的可能。

到了雪莱的时代，这种贵族成人礼式的欧洲壮游队伍中，开始加入更多的人。

富有贵族阶层的成员自不待言，那些凭借财富而刚刚打入上流社会的人们，也开始把游历的足迹，留在英吉利海峡对岸。有一种概括性说法是，拜伦在游历意大利等地后写成的《恰尔德·哈洛尔德游记》成为畅销书，对英国上流社会这种大陆旅游的时髦风潮，起了推波助澜的作用。这也就解释了，当雪莱和拜伦在日内瓦订交，并在湖畔组成自己的社交小圈子时，那座城市，那些城中的旅店和湖边的别墅里，为什么会有那么多喜欢八卦他们的英国人。

根据历史学家的研究，在 1816 年夏天，游客们已经将“日内瓦变成了英国人的疗养地”。有人估计，这一年去瑞士度假的英国人，达到了一万之多。这些有大把金钱挥霍的英国游客，挤满了日内瓦的大小住处，把这里变成了伦敦上流社会的海外翻版，也顺便把这里变成了围观拜伦和雪莱的社交动物园。

在抵达日内瓦的这些富裕的英国游客中，拜伦无疑是杰出代表。

拜伦通过出版诗集获得的巨大财富，从他的马车就可以看得十分清楚。这辆四轮马车，是拜伦花费巨资，专门请人按照拿破仑的战车样式打造。蓝色轿箱上，装饰着耀眼的红色和金色条带，马车四角有铁制的高耸烛台，车门上甚至精心绘出了法国皇帝的徽章。据说，跟拜伦一同乘车、呼啸着穿越日内瓦街道而来的，还有“八只巨大的狗，三只猴子，五只猫，一只鹰，一只乌鸦和一只隼”。

当拜伦在夜间抵达英伦酒店时，酒店的掌柜和客人都被惊醒。这个傲慢的英国佬在柜台登记时，率性地把自己年龄写成 100 岁，让瑞士店员目瞪口呆。

5

“老下雨，很潮湿”

雪莱与拜伦在日内瓦订交时，这个山地国家的夏天已经正式到来。雪莱和玛丽随后发现，天气并不像他们预想的那样令人愉悦。

玛丽在一封信中告诉朋友，无穷无尽的冷雨，将她和雪莱封锁在屋子里，“接连不断袭来的暴风雨超出了我所有的经历和想象”。“天气确实极度寒冷，我们一路上山，在山谷里还下着雨，突然间就下起了鹅毛大雪……这些地方的树大得难以置信，成片成片地散布在白茫茫的荒原上；广阔的雪野，唯有一棵棵巨松点缀其间，成了为我们指明道路的标杆。”

雪莱这一年 7 月写给自己朋友的一封信里，也描述了瑞士糟糕的天气：

> ……自然环境瞬息万变，我记得以前还未曾经历过。早上阴冷潮湿；接着刮起东风，云层很高很厚；接着是雷阵雨，风从四面八方吹来；接着南方突如其来一阵猛烈的狂风，夏日的云彩悬在山峰上空，中间是亮丽的蓝天。我们到达伊维安大约半小时后，头顶上的乌云里放出几道闪电，乌云散去了，闪电还在继续。

他们在这里经历了席卷欧洲的异常低温，碰上了瑞士的无夏之年。

我在前面引用过的论文《聚焦1816“无夏之年”》，已经通过各种历史数据确认，这一年7月，全球气温平均值比正常年份低了大约3摄氏度。从6月到8月，也就是雪莱和玛丽在日内瓦逗留的期间内，平均气温达到16世纪以来的最低点。他们在瑞士目睹的大雪、体验的寒冷，与这篇论文的结论相互印证，让我们得以认定，涉及当时的天气，两人的文本中都没有诗性想象和夸张。

2012年，奥赫曼和他的另一帮同仁，在《气候历史》杂志还发表了一篇论文，叫《极端气候，而不是极端天气：瑞士日内瓦的1816年》，专门讨论1816年夏天日内瓦的低温气象。根据论文的说法，他们收集整理了日内瓦一家气象观测站在1799年和1821年之间的记录，将其数码化，然后利用计算机模型进行统计运算。

这座气象站，位于日内瓦市区东南方向的植物园内，由一位叫皮克德（Marc-Auguste Pictet）的先生负责，每天两次进行观测和记录，留存的数据内容包括气温、气压、降水、云层和风向。根据奥赫曼等人获得的资料，在20年的期限内，皮克德的观测时间和观测工具都没有发生变化。因此，论文作者们认为，他记录的数据相当可信。

经过数据分析，论文作者们发现，在1816年夏天，日内瓦的气温、气压和降雨的确出现了异常，尤其是在下午。与整个记录时期（1799—1821）的数据相对比，1816年夏天，日内瓦下午两点测得的气温，比平均值要低3—4摄氏度，气压几乎是这些年里最不正常的低压状态。此外，日内瓦的降水量和降水频率，也都比平均值多了80%。

这些科学家们认为，1816年夏天日内瓦的低温和降水，来源于异常的大气循环和云量，与当地天气（weather）无关，与区域气候（climate）相关。无论是日内瓦或整个瑞士在1816年夏天的降雨大幅增加，还是气温极度偏低，都是“本地—区域大气循环”导致的结果。他们在论文结论中指出，从瑞士的气候历史记录来看，但凡“热带地区火山爆发”之后，都会出现类似的“无夏之年”气候异常，只是剧烈程度不同。1816年夏天日内瓦超常的冷雨天气，同样“提示了本地云量和大气循环与热带火山爆发的相关机制及其对西欧地区的影响”。

换句话说，1815年4月印尼坦博拉火山爆发，是次年夏天日内瓦天气异常的终极原因。

与科学家的研究结果相对应，在《无夏之年：1816，一部冰封之年的历史》中，该书作者引用了一位在日内瓦度假的英国夫人卡罗琳·卡博尔对当年7月下旬的恶劣天气的记录：

> ……电闪雷鸣、狂风暴雨……我从未经历过这样的情景：韦威镇荒凉得可怕，镇上稍低一点的地方完全被淹没了，日内瓦湖的水位以罕见的速度涨到了前所未有的高度。许多房屋倒塌，树木被连根拔起，穷人慌乱逃跑，紧握双拳哭喊连天。

在此之前，雪莱和玛丽曾经去勃朗峰游玩。他们发现，在这个著名的西欧最高峰附近，持续降雨导致了洪水泛滥。玛丽在日记中描述说，阿沃尔河水暴涨，“河两岸的玉米地都被洪水淹没了”。等到7月底，他们跟卡博尔夫人一样，也目睹了日内瓦湖周边地区的灾情。玛丽在7月31号的日记中写道：“水灾造成的后果非常严重。靠近湖边的所有花园完全被水淹没了。女人们在费力地抢救蔬菜，男人们划着船只往家里搬运草料。”

历史学家指出，这一年夏天，日内瓦乃至整个瑞士由于持续低温和超常降水，导致农业基础作物如小麦、玉米和土豆遭到严重破坏。阿尔卑斯山麓的高山牧民们发现，直到春天结束时，他们饲养的牲畜，都还面临迟迟不退的雪线的威胁。本来在春天融雪时才会大量出现的雪崩，一直持续到 8 月都时有发生。所有这一切异常，给瑞士的农业经济带来破坏性影响。到了 1817 年，瑞士境内饥民遍地，粮食价格飞涨了三倍以上。而伯尔尼州的政府，在 1816 年就已经正式通过了一项紧急法案，禁止出口面包、面粉和其他谷物。

在《坦博拉：改变世界的火山爆发》中，伍德也对 1816 年夏天瑞士寒冷天气对冰川扩大的影响，做了详细归纳和描述。他研究了种种历史记载之后，发现从 1816 年到 1818 年，瑞士山区的冰川面积出现异常扩大趋势，许多地方雪线下移，雪崩频发。在有的区域，冰川堰塞湖最后的突然决堤，甚至给当地居民带来海啸一般的地质灾难。

我们当然没有必要进入更具体的气候和地质科学领域一探究竟，这超出了我的专业范围。相关历史记载，已经确认那一年的寒冷夏天，给瑞士的农业和人口带来巨大冲击，不需要我在这里做更多重复。

我更感兴趣的，是奥赫曼等人那篇论文中提到的日内瓦老植物园。

通过论文提供的示意图，以及对照查阅的今天的日内瓦地图，我发现那家植物园，其实就在日内瓦老城边上，离英伦酒店也不算远。二十年里，皮克德先生利用仪器，每天两次兢兢业业记录着当地的天气变化。早上日出时分，他便会在晨光里去读取仪器的数据，做好笔记；下午两点，他会按照同样的流程再做一次。

可以想象，雪莱和玛丽住在酒店的时候，也许会散步到日内瓦城边的这片地方。提倡素食的雪莱，也许还会拉着玛丽，跟他一起造访面积达1800平方米的植物园。他们也许会在某个冷雨淅沥的下午，看见皮克德先生正从气象站的温度计和气压仪上读取数据。也许，对化学和自然哲学感兴趣的雪莱，知道这个瑞士人的行为是一种科学主义的举措，从仪器读数的层面或许能够解释这个让他们备受煎熬的夏天到底有多冷？

但是，无论是雪莱还是皮克德，都无法知道，日内瓦湖畔这令人沮丧的天气，跟遥远的印尼火山爆发有什么关联。他们更无法知道，植物园里那座简陋气象站留下的观测数据，在两百年后，为科学家们重建瑞士无夏之年的天气状况，留下了珍贵原始素材。

在这年8月底，雪莱和玛丽离开瑞士回到英国。哈丽特的溺水自杀，从法律层面让雪莱获得了婚姻自由，也让他从老丈人葛德文那里获得了冰释前嫌的机会。根据一些研究者的意见，雪莱作于1816年11月的《无题》，是一首为哈丽特悼亡的诗。为了掩人耳目，这首诗在公开发表时，雪莱故意将其创作日期标注为1815年11月。

不管这种说法是否属实，我都愿意把诗中呈现的冰雪意象，既看作雪莱对亡妻生命消散的感怀，更看作他在瑞士经历寒冷夏天的深刻记忆，甚至看作他对这一年英国各地出现的低温和异常天气的一种隐喻：

1

阴冷的大地在低处安眠，
　阴冷的天空在高处发光。
夜的气息，像死亡，在沉落的月亮下
　发出的音响令人寒战，
　从冰窟到雪原，
　　到处流浪。

2

冬季的篱垣是黑色的，
　碧绿的青草不见痕迹，
鸟儿栖息在枝干裸露的荆棘的怀抱，
　路边的树根纠缠交接，
　连接着它们之间的那些
　　严寒冻成的龟裂。

……

4

月亮照得你的双唇惨白，
　野风吹得你的胸脯冰凉，
夜把凝冻的露水倾泻在你秀美的头上，
　你躺着的地方，亲爱的，
　赤裸苍天的辛酸气息
　　随时可以来访。

6

火山爆发的文学回响

我查阅的有关无夏之年的西方文献，包括一些纯自然科学领域的文本，都将雪莱、玛丽、拜伦在 1816 年的写作活动以及他们的作品，跟这一年夏天瑞士多雨而寒冷的天气形成关联。更不用说许多人文领域研究者，把这个小圈子在此期间生产的作品，当作了无夏之年的文学呈现。2017 年，英国利兹大学的一位学者希金斯（David Higgins）出版了一部研究著作，直接就把书名取为《英国的浪漫主义，气候变化，人类世——书写坦博拉》。

在日内瓦，雪莱和拜伦等人的写作，构建了一个具有坦博拉爆发互文效应的整体。

比如拜伦的《恰尔德 · 哈洛尔德游记》第三章、《曼弗雷德》与《黑暗》，比如玛丽的小说《弗兰肯斯坦》以及雪莱的诗作《勃朗峰》，都在不同程度上以文学的方式，回应了瑞士遭遇的天气灾难。尽管这些诗人和作家，并不能将他们眼前的低温冷雨跟坦博拉火山爆发、跟平流层里长久不散的气溶胶联系起来，但从他们的作品中，我们依然能看到这一全球事件留下的深刻痕迹。至于他们的作品中是否呈现了对普遍人类境遇的关心，雪莱的泛神论思想甚至素食主义原则是否跟生态主义理念发生牵连，气候变异是否导致了他们诗性想象和个人情绪的激凸和嬗变，仁者见仁、智者见智的阐释莫衷一是。

面对瑞士的天灾人祸，雪莱的写作，触及当地民众的生存境遇了吗？

在中国研究者的叙述和阐释里，雪莱在1816年之前的革命理想话语制造和政治活动的参与往往被放大，突显成这个年轻人的整体形象。毕竟，马克思和恩格斯在不同地方，都对这位激进诗人做出过非常正面的评价。马克思就曾经把雪莱描述成社会主义思想的先锋，体察民间疾苦，呼吁社会平等，“本质上是一个革命家”。在狂飙突进的中国新文化运动初期，鲁迅在《摩罗诗力说》中，还给他下过一个影响巨大的定论，说他“抗伪俗弊习以成诗”。

从某种程度上讲，雪莱似乎也当得起这样的称号，他可能是那个时代英国诗人中最热衷于政治参与和政治话语制造的人之一。他在1812年曾经花了几个月时间，跟哈丽特去爱尔兰参加政治抗议活动，撰写和散发小册子，参加游行，在街头对着普罗大众发表演讲。在这些文字里，雪莱谴责英格兰对爱尔兰的吞并和殖民，鼓吹应给予爱尔兰的“贫苦人民”平等和自治，呼吁尊重天主教徒的信仰自由以及思想自由的权利。

雪莱曾热情歌颂法国大革命，尽管他对在革命中迅速崛起的“小小下士”、喜欢卢梭作品的统帅拿破仑不甚感冒。雪莱认为，英国和欧洲的希望存在于消灭了人类邪恶体制的未来，法国大革命所代表的“理想之美”（beauideal），只能在摧毁现有一切之后的废墟上重建。这一点，倒是与整个欧洲年轻知识界的态度十分合拍。

1815年，雪莱写过一首名为《一个共和主义者有感于波拿巴的倾覆》的诗。在诗里，他先描述了自己对法国皇帝拿破仑（“波拿巴”）的失望。但是，当这个试图解放欧洲的人在 1815 年 6 月的滑铁卢战役中落败后，雪莱又幡然“省悟”，发现“陈腐的陋习”“残酷而血腥的宗教”等，比拿破仑的“强暴和虚伪”更让人恶心。

在 1816 年前往瑞士途中，他还跟玛丽一起，去到靠近布鲁塞尔的滑铁卢，缅怀了那个被流放的法国前皇帝，一如拜伦。

不过我们也应该看到，如果说雪莱是那个时代的激进分子、革命分子，那么他的激进是全方位的，他呼吁的革命或改革不仅仅针对社会政治制度和宗教体制，或针对阶级分层和阶级矛盾。比如，在 1813 年正式发表并寄送给拜伦的长诗《麦布女王》里，雪莱就猛烈抨击了在他眼里过去和现在的几乎一切邪恶文明：商业、财富、战争、王权、教会、婚姻、肉食。

所以，当我们观察雪莱的文字写作和政治活动时，不能将社会“革命家”的单维面孔过度阐释成他的全部形象。这个叛逆年轻贵族的家庭背景，他所接受的教育，以及他最终选择的人生道路，决定了他不可能真正成为底层社会的代言者和解放者。他的确有过帮普罗大众发声的文字，甚至也有过试图建立慈善机构来救助穷困人口的努力，但所有这一切，恐怕更多是一位空想社会主义者的情绪使然。

只有在这样的语境里，我们才能更有效地解读雪莱在 1816 年写下的两部重要作品。

1816 年 7 月 12 日，在写给好友皮科克的一封信里，雪莱描述了自己在一个叫伊维安的小镇看到的情形。这是在 6 月下旬，他和拜伦等人一起环日内瓦湖游船之旅的记录：“伊维安的居民们那副穷困潦倒、苍白病态的模样，是我前所未见的。撒丁王臣民和瑞士独立共和国的市民之间的鲜明对照，有力地说明了方圆几英里之内，专制制度造成的祸害。”雪莱把当地居民的苦难归咎于邪恶的专制，而不是天气的反常。

更有意思的是，在同一封信里，雪莱还向皮科克报告了他在另一个村庄看到的景象。他们一行人乘船到达一个叫赫尼的村子：

> 我们看了看阴暗肮脏的住处，便漫步来到湖边……在返回村庄的路上，我们坐在湖边的垣壁上，看几个孩子玩一种类似九柱戏的游戏。这些孩子模样怪异，病态而畸形。他们大多弓腰驼背，喉结粗大，但其中一个小男孩的举止风度却格外优雅，是我从未在别的孩子身上看到过的。他丰富的表情使面容美丽耐看。他的眼睛和嘴唇交织着傲气和温和，表示他内心的敏感，但他所受的教育恐怕会使这种敏感沦为不幸或者罪恶……我的旅伴给了他一点儿零钱，他一声不吭地接过，脸上露出表示感谢的甜甜一笑……

跟此时其他文字中的隐晦说法一样，雪莱在这里所说的“我的旅伴”，是指拜伦。大概也只有比雪莱和玛丽富裕得多的拜伦勋爵，才可能随手拿出钱来，施舍那个“美丽耐看”的农民小孩。另外几个“病态而畸形”“弓腰驼背，喉结粗大”的孩子，显然都属于营养不良，有发育缺陷。只不过，可能因为长相不讨喜，他们没有得到英国游客的救济。

但是雪莱的这些观察，最终没有进入后来正式出版的诗作。

面对瑞士山区的淫雨和洪水，面对气候灾难中的普通瑞士民众，关心底层命运和人类解放的雪莱，并没有在他的诗歌里做出任何反映。他没有去描述咏叹他们在无夏之年遭受的厄运，反倒是用充满激情的语言，去歌颂一种形而上的“智力美”，去赞美自然的奇观和不可抗力。

换句话说，坦博拉火山爆发引发的天灾，在他的正式作品里，被转换成了一种特殊的真和美。

1816年7月21日，雪莱和玛丽开始他们的夏蒙尼之行，他们邀请拜伦同往，后者拒绝了。23日，雪莱在途中开始写作《勃朗峰》。这次为期一周的跋涉，不仅成就了雪莱最重要的诗作之一，也成为玛丽开始动笔写作《弗兰肯斯坦》的重要时间节点，因为玛丽在24日的日记里说，她也开始了那部小说的创作。

曾经一度有人认为，作为世界科幻小说先驱的《弗兰肯斯坦》，应该是雪莱和玛丽合作的产物。但经过多年的考证研究，尤其是经过女性主义阐释的洗礼，现在的主流意见已经趋于一致，这就是玛丽的作品。虽然在1818年第一版面世时，是雪莱落笔写了它的匿名序言。

7

《勃朗峰》

让我们来看看《勃朗峰》。

这首自由诗，一共有五个诗章，是典型的雪莱式作品。诗作的高韬立意，诗作与世俗烟火的疏离，符合那个时代英国一部分诗歌的情趣和风尚。浪漫主义诗歌写作，无论是“湖畔派”所代表的叙事民谣式讲述，还是拜伦所代表的激情澎湃式古迹和风光述怀，在后来的阐释者眼中都被视为英国一代诗人对传统的颠覆和改造。在这些诗作中，自然风景作为一种意象元素，与抒情和形而上学思辨结合在一起构成诗的文体，异于此前的风格。

雪莱的《勃朗峰》也是如此：

……来自远方源头的冰川，
像盯着猎物悄悄爬行的蛇，缓缓
流动；那里，许许多多险峻的山峰，
是那严寒和太阳嘲弄人类力量的
堆砌品：金字塔、小尖塔、圆屋顶，
一座死亡之城，以塔楼之多出奇，
坚不可摧的墙壁，由冰晶建筑而成。

从天边到天边，永远翻滚着奔腾着
滔滔不绝的大水；巨大的苍松被遗弃
在它流经的沿途，或是支离破碎
残留在被蹂躏过的泥土上；从远处
冲来的岩石根除了生与死的疆界，
永远不可能再恢复。昆虫、野兽
和鸟类的居住场所，横遭摧残掠夺，
他们的食物、他们的巢穴荡然无存，
生命和欢乐丧失了多少。而人类
在恐惧中奔走远方；作物和房舍，
像暴风雨锋前的烟雾，踪影全无，
他们何在已无人知晓。而在下边，
巨大的洞窟映射着滚滚激流的闪光，
激流从众多隐秘的沟壑汹涌奔腾，
在山谷里汇合成一条宏伟的大河，
那些远方国土的呼吸，和血液，
永远喧闹着翻卷着向着海洋流去，
不断把轻捷的雾汽喷吐给苍穹。

这段译文，来自《勃朗峰》的第四章，是江枫先生的翻译。从美文的角度看，译作实属优美雅致。不过，雪莱原诗中那种略带口语气息的用词和句式，在儒雅的译文中，也部分丧失。这不怪译者，因为将诗歌从一种语言转换为另一种语言，必然会损失巨大。

比如“从天边到天边”开始至“他们何在已无人知晓”这一段，在《勃朗峰》的英文原作里，是这样的：

...that from the boundaries of the sky
Rolls its perpetual stream; vast pines are strewing
Its destin'd path, or in the mangled soil
Branchless and shatter'd stand; the rocks, drawn down
From yon remotest waste, have overthrown
The limits of the dead and living world,
Never to be reclaim'd. The dwelling-place
Of insects, beasts, and birds, becomes its spoil;
Their food and their retreat for ever gone,
So much of life and joy is lost. The race
Of man flies far in dread; his work and dwelling
Vanish, like smoke before the tempest's stream...

原作中的“boundaries of the sky”，被翻译成了“从天边到天边”，“vast pines”被翻译成“巨大的苍松”。其实，雪莱原诗的用词相当朴素，无非“天空的边界”“巨大的松树”而已。一旦被替换成“从天边到天边”，被替换成“苍松”，这些词句就有了朝高雅风格升级的可能。比如，“松”的前面加上“苍”，对中文读者而言，那松树的形象，就已经不再是植物界的一类物种，而成了诗性意境里折射诗人主观情绪的镜像，或者说，成了诗作赖以“起兴”的物象，并跟中国传统诗歌里曾经有的苍松意象形成互文。

如果将译文中的“苍松”改为“松树”，我相信，中文读者的阅读体验就会发生微妙变化。

后面接着出现的“昆虫、野兽和鸟类的居住场所”的景况，雪莱在描写时，是用的一个简单的“spoil”（损毁），但在译文中，“损毁”却变成了“横遭摧残掠夺”。当雪莱描述到人类时，他使用的词和句是“The race/Of man flies far in dread; his work and dwelling/Vanish, like smoke before the tempest's stream”，而中文翻译同样呈现出雅化迹象：“而人类 / 在恐惧中奔走远方；作物和房舍，/ 像暴风雨锋前的烟雾，踪影全无。”与雪莱的原词“vanish”（消失）相对应，译者使用了“踪影全无”，明显强化了这个词的修辞意蕴。

我之所以要分析译文和原文的差异，是因为这涉及这首诗的一个重要特征。相较于古典主义时代和此前英国的一些所谓桂冠诗作，雪莱在这首诗里的选词造句，显然有意采取了更平民化、更赤裸的样式。面对风景，以及风景中的各种意象细节，他没有在描写时加入更多修辞佐料，更没有使用雅化的“美颜透镜”。他用这种方法来描绘它们，恐怕真正的用意，是要让它们以生硬姿态，入侵读者的接受视野。

在 1816 年 7 月 24 日写给皮科克的信中，雪莱描述了自己在洪水暴发的阿沃尔河旁看到的景象：“阿弗河（**即阿沃尔河的另一种译法——引者注**）本身因为下雨而水位高涨……道路两边的小麦田都被水淹没。”

来到勃朗峰下，参观过阿沃尔河源头的布松冰川之后，雪莱在 25 日的信中向朋友报告说：

> ……冰川降临之处，最顽强的植物也不能生长；即使它在磅礴袭来之后又悄然退去，正如在某些罕见的情况下那样，被它肆虐过的地方仍是寸草不生。……水从部分冻结的永恒冰雪中涌出，冻结成冰，形成冰川。它

们从发源地开始，一路裹挟着大山的废物残渣，巨大的岩石，和由沙砾和石子混杂而成的庞然大物……每个冰川的边缘地带都呈现极为荒芜的景象，肃杀悲凉。没有人敢接近它；因为庞大的冰岩每时每刻都在形成，都在跌落。处于冰川一端边缘森林里的那些松树，被连根拔起，抛撒到冰川脚下很大一片区域内。一些光秃秃的树干的形象里有一种说不出的恐怖，它们在最靠近冰岩裂缝的地方，依然挺立在被掀翻的泥土中。草坪荒废了，淹没在沙砾和石子之下。就在去年一年里，这些冰川向河谷推进了300英尺……

细读雪莱信中文字，我们可以感觉到，巨大松树被冰川运动摧残，抛撒到寸草不生的泥土里的情景，给他带来了相当大的震撼。作为阐释者，我们甚至可以把这些描写，与火山爆发的景象做一个联想，将缓慢移动的冰川，置换成缓慢移动的炽热岩浆：（岩浆）“从发源地开始，一路裹挟着大山的废物残渣，巨大的岩石，和由沙砾和石子混杂而成的庞然大物”，一如凝滞的岩浆的“冰川的边缘地带都呈现极为荒芜的景象，肃杀悲凉”。

大自然拥有的冰与火的巨大能量，可以摧毁阻挡在它们面前的一切。

我们可以猜测，正因为这样，雪莱在构思《勃朗峰》时才选择了最直截了当的方式：以生硬赤裸的词句，来构成粗粝硌人的文本肌理。正如他自己所说，“这首诗是在所写景物激起的强烈感受直接影响下写成的……是不拘格式的内心流露……为了再现引发这些感受的那种难以驯服的荒野和不可企及的庄严……”

至于他的这种强烈感受和内心流露，是否顺畅地转换成了

《勃朗峰》里的意象和情绪，读者又是否真能从阅读过程中体认到，我没有必要去做更多阐释。涉及读者接受，几乎永远不可能有单一的结论。英语原作或汉语译作的读者，在阅读过程中甚至可能产生完全对立的观感。

比如，经过翻译雅化的“把轻捷的雾汽喷吐给苍穹”，原文“Breathes its swift vapours to the circling air”直译是“将它急速的雾吐向回旋的空气”。在汉语读者的阅读过程中，“把轻捷的雾汽喷吐给苍穹”所唤起的情绪，也许会更接近中国山水的诗性“美感”，而不是英语读者在原诗中感受到的“不可企及的庄严”。

从另一个角度看，不论雪莱采取哪一种方式来呈现这些自然景观，无论出现在《勃朗峰》里的意象是否真能震撼读者，他都在诗里触及了一个寒冷的话题——关于勃朗峰下的冰川移动和扩张，关于从冰川奔腾而下的“滔滔不绝的大水”，关于自然原力的超强破坏性。从他信件中的文字叙述，到诗作的最终形态，这一点显然已得到了互文确认，尽管在细节和情绪上有一些微妙变化。

正是这个寒冷话题，让很多21世纪的研究者顺理成章地把这件作品，看作诗人对瑞士无夏之年的诗性回应。

8

冰冷的自然哲学

在上面引出的诗节中，雪莱写下这样几个句子："许许多多险峻的山峰，/是那严寒和太阳嘲弄人类力量的/堆砌品：金字塔、小尖塔、圆屋顶，/一座死亡之城"。在这里，诗人把冰川的形象转换成人类文明的意象，把那些奇形怪状的冰雪、巨石、松树和沙砾堆积体，形容成"金字塔、小尖塔、圆屋顶"，把冰川想象为"死亡之城"。

这显然不是随意之举。

雪莱通过这些诗句表明，因为"严寒和太阳"的交替作用，人类文明最终将变成如冰川一般的"死亡之城"。那些漂移而来的巨石，东倒西歪的松树，就是死亡之城的遗构。由此联想开去，"……人类/在恐惧中奔走远方；作物和房舍，/像暴风雨锋前的烟雾，踪影全无"——因为冰川的存在和侵袭，在这片荒芜而凄凉的大地上，人类终将消失，只留下没有温度的废墟构造，就像古埃及的金字塔（原作英文为 pyramid），古东方的尖塔（原作英文为 pinnacle），以及古罗马的圆形穹顶（原作英文为 dome）一样。

在《勃朗峰》里，雪莱似乎在预告冰雪笼罩的人类未来。

雪莱并不知道远在地球另一边的坦博拉火山爆发，给瑞士带来了异常夏天，也不知道升腾到平流层的巨量火山物质和由此形成的气溶胶，导致了日内瓦湖畔的冷雨和勃朗峰下冰川的扩大。在那个被低温与洪水包裹的时间段，他在诗中描绘和发挥寒冷母题，悲观展望人类的未来，是因为他接受了一种自然哲学的说法。有一种理论认为，地球的热量将消耗殆尽，地球表面将进入一个整体转冷的时期，南北极将逐渐扩张，高山冰川将不可避免地侵入人类居住地。

在那个时代，所谓“自然哲学”，是自然科学的别称，而提出这一地球渐冻理论的自然哲学家，就是前面曾经提到的法国贵族布丰，那个在1749—1786年撰写了《自然史》，并引发美国人杰斐逊与之争论的法兰西院士。

布丰认为，太阳系的出现，是因为一颗彗星和太阳火爆相撞。撞击导致行星地球诞生于75000年前，远早于天主教会所宣称的6000年前。从此之后，地球就处在一个不断冷却的过程中。当它冷却到合适的温度时，产生了万物和人类。但这个过程不会停止，地球还将持续冷下去，直到温度降低至比冰点还低。

到了那时，地球上的所有生命，从菌类到植物，从动物到人类，都将因为温度过低而退化，直至彻底消失。布丰通过对北美动物和原住民的观察和想象，认定那个寒带大陆的低温气候已经造成了物种退化。后来有人将他的观点转借到人种身上，认为移民去那里生活的盎格鲁-撒克逊人和法兰西人，也逃不掉如此命运。正是这一观点，让英国移民后代、后来的美利坚合众国第三任总统杰斐逊十分不爽。

在7月25日的写给皮科克的信里，雪莱提到了布丰：

我不想再探讨布封（**原译文如此——引者注**）那庄严而灰暗的理论——将来的某个时候，随着极地的冰川和地球最高峰上形成的冰岩的不断蚕食，我们居住的地球将变成满目冰霜。您一向坚信阿里曼的至高无上，是否想象得出他的御座周围是苍茫凄清的白雪，是死亡和冰霜筑就的宫殿，自然坚如磐石的手刻出了它们那骇人的宏伟壮观，布封做了最后的抵抗，向周围掷出雪崩、洪流、岩石、雷霆，还有这些致命的冰川，立竿见影地证明和象征了他的统治权威——此外，还要加上整个人类退化——在这些地区，人类变得畸形和痴傻，大多数人都丧失了让人产生兴趣和羡慕的东西。这部分话题灰暗有余，庄严不足，但无论诗人还是哲学家都不应轻视。

根据史料，雪莱在1811年就首次在牛津接触到布丰的学说，并在1813年发表的《麦布女王》中，直接援用了这位法国人的说法。1816年7月28日，他写信告诉皮科克，自己在夏蒙尼还看见一整套《自然史》，摆在一个瑞士人的房间里。

在日内瓦湖畔，在夏蒙尼河谷，在勃朗峰周边地区，雪莱对寒冷天气以及洪水和冰川的观察，似乎证实了布丰的理论。湖边身体发育不良的农村小孩，似乎是寒冷气候条件下人类退化的结果，他们的“畸形和痴傻”，来自气温的降低；泛滥于阿沃尔河冰冷彻骨的洪水，布松冰川向下移动爆发出的惊人破坏力，则似乎应验了那位法国伯爵对地球未来的预测。所以，雪莱才在信中告诉朋友，虽然这个话题“灰暗有余，庄严不足，但无论诗人还是哲学家都不应轻视”。

文艺复兴之后，一直到19世纪初期，关于自然界的观察和解释，从基督教神学话语中逐渐脱离出来，在欧洲开始独立成一类专门学问。

从波兰人哥白尼日心说的提出，到德国人开普勒对行星绕太阳运转定律的发现；从意大利人伽利略用望远镜对哥白尼学说的认定，到英国人牛顿对万有引力的思考和计算；从爱尔兰人波义尔发现气体压力定律，到法国人布丰对世界范围内动植物样本的研究……所有这些努力，都试图从总体上给人们理解世界和宇宙提供一个理论框架，而不是依赖传统的经院哲学阐释。

到了启蒙主义高峰时期，根据法国《大百科全书》编撰者们的定义，关于世界的所有理性认知，都被归属于"哲学"（philosophie），哲学下面有两个分类，自然科学（Science de la Nature）和人文科学（Science de l'Homme）。从事自然科学研究的学者们，理所当然地被称作自然哲学家。

布丰就是这样一个自然哲学家。尽管迫于压力，他不敢在公开发表的文字里否定上帝，但他的著述，却隐晦地宣告了天主教神学宇宙观的荒谬。根据 17 世纪下半叶至 18 世纪初欧洲曾经出现的寒冷天气记录，以及从世界各地收集的动植物样本，布丰推导出了地球将变得越来越冷，物种退化，最终所有生命体彻底消亡的结论。他的方法论，符合那时欧洲自然哲学界的主流，从假设到实证，从分析到归纳，都依循了相应的逻辑路线。

从仪器的角度看，伽利略在 1593 年发明第一款温度计，开了温度测量的先例。从这之后，1659 年，法国人布里奥制造出第一只水银温度计；1709 年，荷兰人华伦海特发明仪器对"华氏"水温和气温进行了基准设定，欧洲各地的知识分子们，从此有了进行温度测量的工具和标准。随着各地气象站的建立，以及每天进行的气温气压分时测定和记录，年复一年，这些人也累积了不少素材。这些素材虽然不能给当时的思考者们，解释天气变化的终极原因，但起码能给他们描述气温变化，提供实证数据。

站在今天的自然科学立场，来审视布丰的地球生成和变冷理论，我们显然很难认同。两百多年后，当下地球人最关心的话题之一，是人类活动带来的全球变暖；文明面临的最大危机之一，是南北极和高山之巅的冰雪融化带来的海平面上升。

布丰毕竟生活在仪器手段并不发达的 18 世纪中后期，他手里所掌握的气象和气温记录，他所面对的来自世界各地的动植物标本，包括他所能使用的标本检测和研究手段，都不可能跟今天的科学家们相比。何况，在启蒙时代的欧洲，人们根本无法预见，全球工业化进程会制造出如此巨大体量的二氧化碳并将之排放到大气之中，形成温室效应。所以他得出地球将逐渐冷却的结论，也属正常。

事实上，也还有科学家使用相同的仪器，依据另外一些观测数据和理论推演，来质疑和反驳全球变暖，认为它是一个不可能被验证的假设。

无论怎样，相对于曾经的神秘主义解释和宗教话语叙事，布丰的气候理论至少跨上了一个意义重大的台阶：针对影响地球和人类的气候，现在可以通过仪器的方法，通过物候实证的方法，去做出相关结论，而不是从《圣经》及其相关阐释里寻找答案。

从某种程度上讲，正是不断进步的仪器和手段，推动了现代科学的奠基。

研究者们利用观测结果和收集汇总的各类物证，来证实自己的假说，将其升华为关于世界的总体性认知。不管结论是否真的反映了全球气候变化的实质，起码在方法论上，布丰已经不可辩驳。与他同时代的杰斐逊，虽然在北美气候变化趋势上得出相反的结论，但那个美国人所依赖的方法，与布丰的方法也别无二致。这种依赖仪器监测的自然哲学（科学）方法，直到今天，也还被世界各地的气象和气候研究者所使用。

9

不可抗力

我们一定不能高估布丰和杰斐逊这样的人，在1800年代欧洲和北美大众中的话语影响力。就像诸多研究者一再强调的那样，在早期仪器时代，气温气压测量并不普遍，气象站也相对稀少。那些掌握了仪器，并掌握了相应方法论的人，只是社会精英，他们的说法，只在上层社会流转。

1816年7月下旬的一天，比利时的根特阴云密布，电闪雷鸣。坦博拉火山爆发造成的降温效应在席卷欧洲的同时，也没有放过这个离巴黎不算太远的地域。

这天晚上，到达市中心的骑兵团吹响撤退号声。当地民众误以为这是《圣经·新约》中所说的世界末日“第七号角”，纷纷从房屋中冲逃出来，在广场和街道上哭嚎叫喊，绝望不已。他们认定，世界末日马上就要降临，自己的生命尽头已经到来。

在这一年初夏，意大利博洛尼亚的一位自然哲学家通过望远镜，观测到了数量众多且面积巨大的太阳黑子。他据此宣布，太阳即将失去热能，地球将在7月18日寿终正寝。入夏之后，由平流层火山气溶胶导致的持续低温和淫雨，雷电和风暴，横扫欧洲，似乎证实了这个人的预言，于是引发普遍焦虑，以至于7月份在伦敦出版的《泰晤士报》评论说，在英国、法国和整个欧洲，意大利预言家的言论给无数人带来恐惧，“他们什么都不干，完全陷入了绝望之中”。

同年的7月下旬，当雪莱和玛丽准备启程去勃朗峰旅游时，巴黎的市民们在冷雨中挤进大小教堂，祈求救世主让这寒冷的夏天尽快消失，别让自己的家门被洪水侵犯，因为他们已经看到，塞纳河河水在过去几天内就暴涨了差不多两米。

布丰的假说，不会像那位意大利人的末世预言那样，在欧洲引发大众恐慌。毕竟，按照他的说法，地球变冷是一个漫长的过程。同时，他的理论也只对欧洲的精英人群发挥作用。比如在法国做大使的杰斐逊受到激励，主动拜访，要求与他辩论；1816年徒步到达勃朗峰下的雪莱在信函中感叹，在诗作里发挥和渲染，写下“人类/在恐惧中奔走远方”的句子。不管反对还是同意，布丰的说法确实在他们的脑海里唤起了关于人类未来的思考波澜，但他们只是欧美人口的少数。

那么，在地球寒冷未来的悲观主义预测笼罩下，人类能做些什么来改变这一进程吗？

至少在《勃朗峰》的诗句里，人类什么也做不了。大气温度的降低，高山冰川的扩大，是一个充满巨大动能的不可逆过程。自然以不可接近、无法阻挡的蛮力，摧城拔寨，主导了人类文明的起伏和生死，那些曾代表辉煌的金字塔、小尖塔和圆屋顶，都将成为冰冷的遗迹。

对于根特、巴黎或伦敦的宗教信仰者来说，面对自然灾害，最终的拯救只能依靠上帝，依靠弥撒亚的到来，依靠基督的再次降临。但雪莱不是一个信教的人。跟布丰和诸多启蒙知识分子一样，他早就通过自己冒犯教义的各种文字，宣布基督教的宗教阐释和仪式是一种蛊惑人心的谎言和迷信。这些知识分子站在理性、仪器和方法论的平台上，嘲笑地俯瞰那些去教堂寻求最终答案的普罗大众，把他们的行为，看作一种非理性的愚蠢和疯狂。

因此在《勃朗峰》的第三章，雪莱才这样写道：

> 没有人能回答：现在一切都像从来
> 如此。这方荒原有一种神秘的语言，
> 传授可敬畏的疑问，或是温和、庄严、
> 安恬的信念：人与自然，正是由于
> 这样的信念，而有可能和谐相处；
> 你有一种，伟大的高峰，要求废除
> 欺诈与灾难法典的呼声；却不是人人
> 都懂，只有明智、伟大、善良的人才能
> 加以解释，使能理解或是深刻理解。

勃朗峰的伟大存在，发出了一种“要求废除 / 欺诈与灾难法典的呼声”。原文中的“large codes of fraud and woe”（欺诈和痛苦的庞大规则）是指称规训人类的社会准则，它们是雪莱在现实生活中认定的真正敌人，是他认定的人类痛苦根源。在这里，雪莱所说的“规则”（code），用的是复数而非单数，显然想意指人类社会的多种复杂规训体系。

然而，勃朗峰象征的这种“废除”规则的呼声，只有“明智、伟大、善良”的人才能听到，才能解释和深刻体认。只有少数的人，才能听懂荒原的神秘话语，才能理解人与自然和谐相处的信念。这少数的人，既包括了自然哲学家布丰，也包括了雪莱自己，也许还要加上他的情人玛丽，以及跟他一起讨论人类前景的拜伦。

那些被庞大规则欺诈的人们，永远都无法听到勃朗峰的叫喊。

诗人在《勃朗峰》的最后一章说：

勃朗峰仍然在高处发光：——力，
就在那里，那多种景象多种音响、
许多生和死的力，宁静而庄严。
在没有月亮的夜晚安详的黑暗中，
在苍凉的日照下，白雪降落在
山峰上……
……万物隐秘的力量，支配着
人类思想、对于广阔无限的苍穹
也像是法律，就寄寓在你身上！
然而你、大地、星辰和海洋都算
什么，如果，对于人类的想象，
安静和孤寂都只意味着空虚？

伟大的山峰，证明了自然“宁静而庄严”的力量存在，支配着勃朗峰，支配着“大地、星辰和海洋”。在这伟力面前，人类所能做的只剩下“想象”。以中国传统的天人合一认知原则来理解，人类文明和自然世界，都被一种神秘力量（道）所控制，它像“法律”一样，寄寓在大地、星辰和海洋之中，“支配着人类思想”和“人类的想象”。然而，道可道，非常道：诉说、阐释这一神秘力量的“神秘的语言”，只有少数人能听懂。

即便听懂了，这些人也只有赞叹的份儿。即便此刻地球变成了一颗冰冻星球；即便人类只能在寒冷里奔逃远方，直至消失，他们也无能为力。

10

被启蒙的浪漫分子

对自然保持敬畏，是成为一个浪漫主义者的重要指标。

把 1816 年夏天雪莱在瑞士写作的诗歌，拿来与此前的作品比较，我们可以看到，这个年轻人在对自然的敬畏和歌颂上，保持了相当的一致性。摒弃基督教一神论，拥抱自然神论，勾画了雪莱从少年到青年的信仰成长历程，构成了他的理性启蒙图景的一隅。

对自然之力和自然之美的认知，也恰好是启蒙时代一批欧洲与英国知识分子的思想标识，是浪漫主义分子区别于他们同辈的身份特征。破除了宗教对宇宙和世界来源的说教，抛弃了关于自然和人类文明进程被神控制的传统话语，这群社会精英达成一种自然哲学共识：我们周遭的世界，按照它自有的特性和规律运转，洪水和风暴，严寒和酷热，万物生长和死亡都跟上帝意志无关，也不以人类愿望为转移。在理性指引下，人类可以认识它，却无力改变它。

在这个基座之上，这些思考者还引申出其他关于自然界的理论和想象。这些理论和想象，直到今天，都还隐约闪烁在我们对自然和文明的思索之中。

人类和动植物，都诞生于地球漫长演化进程中的某一时刻。伴随着脱离自然的脚步，人类逐渐造就了区别于动物类的特性；地球上不同地区的气候条件，既决定了不同人种的生存策略和演化路线，也决定了不同社会和文化的形态；这些组织形态，按照自由、平等和博爱的原则去判读，会呈现由低至高、从野蛮到文明的不同阶段。

欧洲的启蒙时代之所以被后来的研究者看作现代自然科学和现代社会科学的奠基时代，正是因为那时的知识分子，依据更新过的观测工具和知识框架，依据对地球各地的观测和考察，创造了一套跟传统决裂的话语体系，创造了所谓启蒙理性的宏大叙事。

在日内瓦湖畔，雪莱曾跟拜伦一起去过一个叫克拉仑斯的地方。

在一封写于 7 月 12 日的信中，雪莱告诉朋友，他在日内瓦湖畔旅游时，看见了“朱莉的丛林”：“这些树都上了年纪，但依然生气勃勃；其间还点缀着一些小树，它们注定要在我们死后的将来继承老树的事业，为未来崇拜自然、喜欢回味那份静谧和温馨的游客提供一片绿荫——这里便是那虚幻的世外桃源。”

雪莱所说的朱莉，包括“朱莉的丛林”，都是虚构，来自瑞士人卢梭（Jean-Jacques Rousseau）于 1761 年出版的书信体小说《新爱洛伊丝》。

《新爱洛伊丝》描写了贵族小姐朱莉与她的家庭教师圣普卢克斯之间无望的爱情。因为门第区隔，朱莉无法跟平民圣普卢克斯结婚，只好嫁给父亲指定的一个俄罗斯世袭贵族。接下来的情节，是圣普卢克斯做了朱莉的精神情人，朱莉的丈夫对此也坦然接受。最终，朱莉为了救落水的孩子，生病去世，临终前将自己的家人托付给恋人。

小说情节展开的地方，就在克拉仑斯。雪莱在那封信中还专门提到，拜伦（“我的旅伴”）告诉他，他们有一次乘船遇险的湖面，恰好也是小说的两个主人公乘船出游差点淹死的地点。由于《新爱洛伊丝》从诞生之日起在欧洲就影响巨大，当地精于旅游生意的居民，顺势把半个世纪前小说人物生活的环境当作史实来向游客推介，包括那个让雪莱想洒泪痛哭的“朱莉的丛林”。这种办法，直到今天在世界各地都还非常生效，比如许多旅游景点其实就是小说或电影故事发生的场景，当地人和公司往往用此吸引游客前去“打卡”。

把雪莱此时的情感状态，与《新爱洛伊丝》的故事挂钩，当然是有趣的事情。这个贵族青年和玛丽之间的爱情，正因为玛丽父亲的激烈反对而备受煎熬。所以当他身临其境，看到“朱莉的丛林”时，禁不住要“咽下极度感伤的泪水”。玛丽也在一段文字中专门提及，雪莱此时正好阅读了卢梭的这部作品。

不过，我更想探讨的，是卢梭的自然理想主义观念，与雪莱及雪莱这一代浪漫主义分子之间的关联。

除了猛烈抨击人类社会不平等体制，鼓吹平民革命等观念，卢梭还有一个影响巨大的理论，涉及对自然状态、对生活于自然之中的野蛮人的判断。在卢梭看来，人类社会不断从低级阶段向高级阶段进化的说法，人类变得越来越文明越来越高级的理论，是一种谎言。正是这个谎言，遮蔽了人类社会的诸多罪恶。在脱离自然之后，财富的分配，等级的划分，由此带来的纷乱和战争，使得人类社会的存在变成一个巨大的悲剧。

反观那些生活在自然之中的“高贵的野蛮人”，因为没有阶级，没有财富分割，更没有复杂武断的社会规训系统，他们得以彻底自由平等地生活，就像自然界的各种动物和植物一样，优雅和谐地存在于自主运转的世界之中。在卢梭的价值标尺上，越远离自然，人类就越痛苦；越靠近文明，人类就越低级。人类如果要彻底解放自己，唯一选择就是屈从于“人民”的意志，摧毁现有秩序，跟自然融为一体。

因此，卢梭出版于1762年的《社会契约论》，被一些研究者认为是“西方文明的产物中最危险的书之一”。

正是在和拜伦一起泛舟于日内瓦湖上、拜访卢梭小说取材之地时，雪莱构思了《赞智力美》一诗。在这首被后人不断阐释的作品的第三章，年轻的思想者写下这样的句子：

从不曾有谁从某个崇高处所用话语
　回答过贤哲或诗人这些提问；
　于是妖魔鬼怪和天庭的名称
就成了始终是他们徒劳努力的记录，
脆弱的符咒被虚夸的神通却无助于
　　把那些偶然、变化和疑问
　　排除出我们的所见和所闻；
唯有你的光辉能像漫过山岭的薄雾，
　　像夜晚的清风从宁静的
　　琴弦间吹送出来的音乐，
　　像深夜溪流上空的明月，
把美和真带给人生之梦不安的境域。

一如卢梭鼓吹的那样，雪莱也认定，人类的“希望和沮丧”“爱和恨”的问题无法解决，都是因为有了体制以及维护体制的谎言存在。以前的所谓哲人圣贤关于这些根本问题的回答，不过是一些扯上“妖魔鬼怪和天庭”的“徒劳努力”。

那么，人类“智力”的最终出路在哪里呢？

雪莱认为，只有自然中“美”和“真”的光辉，“像漫过山岭的薄雾，/ 像夜晚的清风从宁静的 / 琴弦间吹送出来的音乐，/ 像深夜溪流上空的明月”，才是拯救的良方所在。换句话说，只有亲近地与自然结合在一起，体会到自然之美和自然之真，人类才能冲破坟墓般的黑暗现实，“使这个世界摆脱蒙昧的奴役，/ 给人类带来这些言辞难以描绘的美景”。

在《赞智力美》的第五章，雪莱写道：

当我还在童年，我曾经为了寻找鬼魂，
　奔走着穿过多少静室、洞穴、废墟
　和星光下的丛林……
　　当生机蓬勃的万物从梦中苏醒，
和清风调情，带来花放鸟鸣的音讯，
　……
　　突然，你的身影落到我的身上，
我尖声高呼，在狂喜中把双手抱得紧紧。

诗人在字里行间描绘了一个醍醐灌顶般的开悟场景：万物苏醒、清风吹拂的时刻，自然的身影突然降落在诗人身上，他“尖声高呼，在狂喜中把双手抱得紧紧”。承接这一开悟，诗人在接下来的文字中表示，他曾经宣誓要为自然（“你”）奉献一切力量，而现在的他，更是一个坚定的自然“崇拜者”，“崇拜包含有你的一切形体”。

细心阅读这些诗行，我们可以感觉到，所谓对“智力美”的赞颂，在诗人的想象中，实际上是对自然崇拜的赞颂。“智力美”，最终是理解自然的能力之美。自然神秘而伟大，取代了人类社会制造出来的各种妖怪和鬼魅，坐在由“一切形体”构筑的祭坛上，接受诗人的顶礼。当然，这祭拜还包括了另一层意思：透过理性认知到自然之真和自然之美的诗人，现在是人类的总祭司，他已然接受了“自然的真谛”，现在可以将这福音传递给全人类。

雪莱曾经表示，人类进步的三股根本推动力，分别是诗、想象和自然界的纯粹自由。按照《赞智力美》的渲染，这三股力量现在正透过春风中苏醒的万物，聚焦在他身上，让他能够运用这“异样的光辉”，“使这个世界摆脱蒙昧的奴役”。人类社会之恶，无论是组织化的宗教、阶级分层，还是婚姻和物质财富，还是吃肉，都会在他面前如融化的冰川一般轰然崩塌。

正如稍后创作的《勃朗峰》所描述的那样，寒冷灾难在前，没有神灵能够帮忙，没有上帝能够拯救，只有诗性的想象和理智的拥抱才是最终的解决方案。低温气候导致日内瓦湖畔的小孩退化，冰川下移导致阿沃尔河洪水滔天，任何人类努力都无法抵挡这一切。剩下的唯一选项，是从理智上去畏惧、崇拜、赞美自然的力量。

一个能拯救人类的新宗教诞生了。

雪莱把自己想象成了自然的代言者，想象成了一个泛神教的新教宗。唯有诗和想象，唯有诗人，才是人类社会所有体制化邪恶最后的终结者。当他在自然中彻底开悟之后，当他决定成为自然之真和自然之美的“智力”（intelligence）代言人后，诗人实际上就被赋予了人类的最终领导权，他能够让自己与自然结合的智性，变成统治世界的权柄。在后来写的散文残稿《为诗辩护》里，雪莱就毫不避讳地宣称，“诗人是未经正式承认的世界立法者”。

这个年轻人高高举起卢梭的衣钵，把自己看成了救世主。

11

冷雨之夜与恶之花

如前所述，玛丽写于 1831 年的《弗兰肯斯坦》再版序言，描述了雪莱和拜伦等人在无法出门的冷雨夜晚，围坐于壁炉旁聊天度日的场景。他们聊到了不同的哲学观念，聊到了“生命本质和原理的学说”，也聊到了一位达尔文博士（Erasmus Darwin），即那个提出“进化论”的达尔文先生的祖父。据说，这位自然哲学家，曾经在实验中用电击让意大利面条在玻璃器皿里“弹动起来”。

除此之外，为了打发因为风暴和冻雨而不能出门的日子，他们还开始了一场写作游戏：

> “我们每个人都来写个鬼怪故事吧。”拜伦勋爵说。我们接受了他的建议。我们一共是四个人。勋爵写了一个故事，其中的片段被他纳入了他的诗《玛吉帕》里发表了。更善于以辉煌的形象和优美的曲调表达思想感情、装饰语言，却不擅长发明故事的雪莱，开始了一个在他早年的经历里出现过的情节。可怜的波利多里有一个恐怖的念头：一个长着骷髅脑袋的女人。那女人因为在锁

孔里偷看（偷看什么我忘了，当然是不该看的、非常可怕的东西），受到了惩罚……

按照玛丽的说法，雪莱和拜伦最终放弃了这场游戏，只有她和波利多里坚持了下来。被两个诗人认为没什么写作才能的波利多里，写出了《吸血鬼》，并成为后来的著名志怪小说《德拉古拉》的样本前作；而玛丽创作的恐怖故事《弗兰肯斯坦》，凭借在德国大学读书的日内瓦科学家利用死尸成功组装机器人的奇幻情节，成了世界科幻文学的鼻祖。

有研究者指出，关于《弗兰肯斯坦》写作的具体情境，玛丽自己的说辞不可尽信。她在小说再版时，面临诸多经济和名声上的困境，她需要用一个更光彩的序言，来为雪莱和自己正名，来给再版小说提供营销动力。同样，波利多里日记中的记述也值得怀疑，因为按照他自己的说法，他对玛丽有爱慕之情，但屡遭后者拒绝。何况，还有研究者指出，波利多里也有用他的日记来掩盖自己同性恋倾向的企图。

不管怎样，正是这个无夏之年，正是日内瓦地区的冻雨和风暴，导致了不能出门的尴尬，才成就了这两部作品——坦博拉火山爆发引起的全球气候变异，成为这两个年轻人小说写作的终极原因。

在这些月黑风高的冻雨之夜，恐怖的鬼故事成了雪莱和拜伦小圈子的共同消遣。不过，惊悚的叙事，暗黑的文本，也有让人受不了的时候。波利多里在他的文字里，记述了一个匪夷所思的事件。七月的一个晚上，他们四人又聚在迪奥多第别墅聊天。窗外风暴肆虐，客厅的光线显得更加昏暗，几个人的话题，逐渐进入阴森领域。他们谈到了精灵、鬼魂，谈到了死人复活，谈到了亡灵在梦中浮现。然后，大家安静下来，拜伦开始朗诵柯勒律治的《克莉斯塔贝尔》。

在这首出版于1816年的哥特风格叙事诗里，柯勒律治描述了一个叫克莉斯塔贝尔的女主人公，从夜晚的花园中带回一个神秘美女。结果，在赞叹美女的容貌时，克莉斯塔贝尔逐渐发现，她其实是一个乔装的邪恶女巫。按照诗中描写，在昏暗的房间里，美女当着克莉斯塔贝尔的面，开始一层层褪去身上的衣物，逐渐露出胸脯和躯干……

拜伦的朗诵还没有结束，雪莱却突然尖叫起来，用双手抱住了自己的脑袋。作为医生，波利多里对雪莱状态的描绘，带有某种专业色彩：

> （雪莱）手持蜡烛从房间冲了出去。（我）朝他脸上淋了一些水，给了他一点乙醚。他（醒过来后）看着S夫人（玛丽），突然想起他听说过的一位女士，那女子的乳房上没有乳头，而是长了一对眼睛，这个形象始终挥之不去，让他感到恐惧……

《克莉斯塔贝尔》描写的女巫吉拉尔黛，乳房上并没有长一对眼睛。这个意象，显然是雪莱被诗中描写的场景刺激，自己想象出来的。也有研究者指出，柯勒律治在葛德文家客厅里聊天时，玛丽是忠实的听众之一，玛丽曾经跟雪莱讲过，柯勒律治本来打算在诗中写出这个意象，但最终因为太恐怖而放弃了。不想，玛丽转述的意象，却长久留在雪莱的脑海里，并最终在这个寒冷夜晚被触发，让他惊惧地奔出房间，晕死过去。

我之所以猜测雪莱出现昏厥状态，是因为波利多里在这段文字里明确提到，他给雪莱使用了乙醚。

从少年时代开始，雪莱就有神经质症状，会突如其来倒地挣扎，狂呼乱叫，因此还在伊顿公学获得了“疯子雪莱”的绰号。正如他在《赞智力美》中所渲染的那样，“当我还在童年，我曾经为了寻找鬼魂，/ 奔走着穿过多少静室、洞穴、废墟 / 和星光下的丛林”——伊顿公学的“疯子雪莱”，加上牛津大学的“不信教的雪莱”，再加上迷恋超现实存在的雪莱，似乎也证明了他一以贯之的某种气质。在这种气质的基础之上，再拥有超级敏感和超强想象，一场恐怖诗朗诵最终把他惊吓得失去知觉，好像也在情理之中。

事实上，许多后来的批评家和研究者针对此次事件的解读，也大多遵循了这样一条路线，将 1816 年夏天这个昏暗的哥特式夜晚，塑造成浪漫主义神话一个迷人的细节。

面对这一奇妙场景，我们应该还有另外的解释途径。

从日常逻辑看，雪莱对《克莉斯塔贝尔》的这种身体反应，似乎有些过于极端——哪怕在一般人的印象里，浪漫诗人就该如此癫狂。当然，我们也可以质疑波利多里描述的真实性，因为他的八卦说法时有添油加醋的痕迹。但万一这位医生的描述，真实反映了当时的情景呢？万一他给雪莱脸上淋水，给他使用乙醚以促使他苏醒，就是对诗人身体状况的如实记录呢？

这就给另一种阐释提供了空间。

早就有研究者指出，陪伴雪莱和拜伦这个小圈子在日内瓦湖畔度过寒冷夏夜的，除了诗歌、书籍、深入各种领域的聊天以及鬼故事外，还有鸦片。雪莱是鸦片酊的服用者，拜伦也是，玛丽和克莱尔，以及拜伦的医生波利多里大概也不会拒绝喝上几滴。玛丽此时写作的《弗兰肯斯坦》中都还专门提及，小说主人公在晚上无法入眠时，只好借助鸦片酊催眠。

在同一时期，写作了《克莉斯塔贝尔》的柯勒律治，他的湖畔派同仁华兹华斯，还加上当时的另一个著名青年诗人济慈（John Keats），以及出版过《一个英国鸦片吸食者的忏悔》的德·昆西（De Quincy），精于长篇历史小说写作的司各特（Walter Scott）等，都是鸦片制剂的服用者。按照布思（Martin Booth）在《鸦片史》中的研究，在1800年代的英国，尝试过和长期服用过鸦片的英国文人，可以开出一串长长的名单：

> ……大多数作家接触鸦片都是作为镇痛剂来使用的，随后才逐渐沦于鸦片的摆布，鸦片所产生的美梦和恶梦都交织在他们的作品中，成为他们作品中不可或缺的组成部分。

在那个时代，鸦片制剂有各种各样的配方和名称。柯勒律治、雪莱和拜伦经常服用的是安乐定（Anodyne）、劳丹拿姆（Laudanum）和黑滴（Black Drop）。在药铺里公开出售的还有镇定药巴特雷镇静液（Bartley's Sedative Solution），治疗腹泻的哥罗丁（Chlorodyne），甚至给婴儿使用的戈弗雷镇静糖浆（Gorfrey's Cordial）。这些制剂中，鸦片含量多少不等。医生经常给抑郁、头痛和牙痛的人开出劳丹拿姆，患了咳嗽、腹泻、痢疾、肺结核、风湿的人们，也可以去医生和药剂师那儿找到巴特雷或哥罗丁来缓解病情。那些情绪低落抑郁、饱受失眠之苦的人，当然也会毫不犹豫地选择借助鸦片。

这些鸦片药品在治疗疾病的同时，会导致不同程度的幻觉和毒瘾。柯勒律治在同样出版于1816年的著名诗作《忽必烈汗》序言里就明确表示，他对那个东方奢华皇宫的非凡想象，得到了安乐定的致幻助力。与此同时，这些药品还会让有些服用者逐渐上瘾而不能自拔。柯勒律治自己就曾经为戒毒而挣扎，至于那个用劳丹拿姆治疗牙痛的德·昆西，最终都戒不掉毒瘾。

在这样一种鸦片致幻的语境中，我们不难想象，在迪奥多第别墅那个恐怖诗朗诵之夜，雪莱的惊惧和昏厥，也许就不仅仅是因为拜伦朗诵的《克莉斯塔贝尔》，不仅仅是他想象到了女巫长着双眼的胸脯——在鸦片致幻作用下，雪莱也许真的在蒙眬中看见了它们。

屋外狂风呼啸，冷雨飘洒，昏暗客厅里，壁炉火焰飘摇，光影迷离。伴随用惊悚语调读出来的诗句，雪莱也许真的在幻觉里看见了那对活生生的乳房，看见了那双忽闪的眼睛，正死死盯着自己。在麻醉剂的作用下，现实和幻觉之间的界限消失了，诗性语言描述的意象，变成了可感知的实体。

惊恐的雪莱双手抱头，尖叫着逃离了房间，直到波利多里手中的冷水和乙醚让他醒来。

从 18 世纪末开始直至 19 世纪中叶，英国的鸦片使用量大增。因为需求旺盛，国内的一些地方，开始种植这种经济作物，但它最主要的来源，还是进口。尽管英国的东印度公司在印度等殖民地大规模种植罂粟和生产鸦片，但这些产品更多流向了中国和其他东方国家。英国进口的鸦片主要来自土耳其，因为那里的产品被认为质量更高。到了 1830 年，英国进口的鸦片达到四万多公斤，1860 年更是达到十二万七千多公斤。直到 1868 年，有关鸦片致幻上瘾以及促使婴儿死亡的议论越来越多，英国议会通过辩论正式颁布了一条法令，将多达十几种的鸦片制剂定为毒品，这一势头才开始出现减速。

但鸦片制剂如劳丹拿姆摆在英国药铺里的货架上公开销售，一直延续到 20 世纪。

对于中国人而言，鸦片是一个噩梦般的名词。

根据考特莱特（David T. Courtwright）在《上瘾五百年：烟、酒、咖啡和鸦片的历史》中的研究，不管药用还是消遣，从 18 世纪末开始，调制出来的纯鸦片膏在中国贵族圈子里流行，并逐渐渗透普罗社会。按照另外的历史学家所说，19 世纪 70 年代，由于价格降低，更多中国下层老百姓也开始吸食纯鸦片，成为神州肌体的一大顽疾。

19 世纪上半叶，鸦片不仅是英国外贸收入一大来源，更是英国炮舰在那次历史性战争中轰开清朝国门的借口和契机。尽管清朝政府也有过严厉的禁烟举措，也出现过林则徐这样身体力行试图铲除鸦片之毒的高级官员，但龚自珍所说的“食妖”对国民身体和精神的侵蚀，却始终是挥之不去的噩梦，最终成了中国的民族记忆和叙事中，一个无法抹平的溃烂伤口。

同样是鸦片进口国和种植国的大不列颠，鸦片的危害却没有达到如此程度，这真是一个令人费解的问题。

英国的鸦片制剂使用，并不仅限于雪莱拜伦之类的社会精英。在 19 世纪初期，越是贫穷的英国人，似乎对鸦片制剂的爱好也越强烈。甚至有一种说法认为，因为服用鸦片制剂能减少食量，它对穷人的吸引力远远超过了对有钱人的诱惑。病人需要鸦片治病，诗人文人需要鸦片致幻提升想象力，穷人则需要鸦片节省金钱，妓女们度过漫长夜晚后，也需要鸦片忘却孤独。但无论怎样，鸦片在英国的流行，没有把这个国家投入不能自拔的毒瘾深渊。

有历史学家认为，鸦片吸食在东方得以泛滥并造成社会危机，有几个特殊原因。

首先，种植罂粟和生产鸦片，是一种劳动密集型产业，尤其是收割罂粟原浆，费时费力。东方国家如印度、锡兰和中国，有充裕的人口，足以提供相应的廉价劳动力。鸦片制成后，就地供给和消费，就成了一种自然而然的现象。其次，是治疗疾病。东方世界相对落后的医学知识和能力，促使种植地周边的人更多使用鸦片作为替代医疗方式，结果导致大面积上瘾。再次，因为吸食鸦片之后食欲下降，对许多生活于穷困之中的下层人士来说，鸦片在提供精神麻痹和消遣的同时，也节约了粮食。

另外还有一种理论说，从明朝李时珍时代开始，鸦片（阿芙蓉）就已经作为药物进入《本草纲目》。明朝晚期，鸦片除了发挥镇痛、止咳、退烧和抑制痉挛等功效外，更被当作增强性欲和性快感的春药在贵族社会使用。清朝康熙时代，海禁松弛后，中国商船从爪哇带来了一种新奇娱乐方法：将烟叶在鸦片浆中浸泡之后，再点燃吸食。这种方法很快从台湾蔓延到东南沿海地区，深入内地。

到了 19 世纪初期，另一种吸食鸦片的方式开始流行，即通过复杂程序，用高温将纯鸦片膏蒸发为烟雾，直接吸入肺中。这种吸食方法已经不限于治病，且比英国经过酒水勾兑的药用鸦片效果更猛烈，当然也就更容易让人上瘾。使用量更大，意味着对身体的危害也更大。最终，中国这个东方人口大国，在整个 19 世纪成了鸦片消费和生产大国，成了重灾区。

我不想花更多时间和精力去探讨社会学、政治经济学领域的毒品话题，去寻求 19 世纪英国政治制度与司法系统中隐含的相关答案。在这里引入一些英国鸦片制剂使用的相关情况，引入鸦片对中国社会的影响，无非还是要给那个夜晚发生在迪奥多第的奇异事件，提供一点语境。毕竟，对雪莱和拜伦他们的小圈子而言，鸦片上瘾的危害并非遥远传说。在雪莱和玛丽从瑞士回到伦敦后，玛丽同母异父的姐姐，即那个曾经跟雪莱也有过恋情的范妮，就是因为鸦片服用过量，在 1816 年 10 月身亡。

英国和中国在鸦片问题上的交集和交锋，后面还将更多提及。

在现有史料中，无论雪莱还是玛丽，或者拜伦，都没有对鸦片酊上瘾的记录。玛丽是否因为鸦片的致幻作用，最终得到《弗兰肯斯坦》的创作灵感和核心意象？雪莱在那个晦暗的寒冷夜晚，对《克莉斯塔贝尔》的过激反应，是否来自劳丹拿姆或黑滴的效力？没有文字可以提供证据。

但是，依据那个时代英国文人对鸦片制剂的普遍态度来猜测，我倒是愿意相信，这种自带异域风情的东方神药，在 1816 年的许多个冷雨夏夜，陪伴了雪莱和拜伦，成了这群男女在日内瓦湖畔的社交调和剂。甚至，也是鸦片的作用，让玛丽梦见了《弗兰肯斯坦》中机器人的形象，找到了小说叙事的第一推动。

几年之后，年轻的济慈在一首诗里，都还用抒情口吻写道，罂粟是上帝的催眠之花……

12

他喜欢水，却不会游泳

1816 年 6 月底，拜伦在写给朋友的一封信中，描述了他和雪莱的一次湖上遇险经历。

在梅勒利这个《新爱洛伊丝》中朱莉和圣普卢克斯差点淹死的地方，两人乘坐拜伦的小船游玩湖面，结果遇上一场突如其来的冷雨风暴：

> ……（我们）被巨浪推到岸边。我离岩石很近，而且深谙水性，倒没有什么危险；但是大家都浑身湿透，颇为狼狈。风力很强，我们上岸后发现一些树都被刮倒了；不过，现在总算一切都过去了。

根据 19 世纪中期一位传记作家的描写，“考虑到每分钟都有可能被迫游泳逃生，拜伦已经飞快脱去了衣服；雪莱不会游泳，所以拜伦坚持要想办法救他。但是雪莱明确地拒绝了他的好意，平静地坐在小舱里，牢牢地攥紧拳头，宣布他决定不做任何挣扎，保持这样的姿势沉落水底”。

雪莱在差不多同时写给朋友的信中，有一段更详细的记述：

> ……风力逐渐加强，最后变成狂风肆虐；而且风是从湖的最远端刮来，掀起了骇人的巨浪，使整个湖面水花飞溅……小船有一阵不听船舵指挥，再加上舵柄已经破损不堪，很难进行有效操作；一个浪头扑进来，又一个浪头扑进来。我的同伴水性很好，这时脱去了上衣，我也如法炮制；终于，船帆又稳定了，小船也驾驶得动了，但我们仍有被波涛吞没的危险……在接近死亡的紧要关头，我内心混杂着各种感触，恐惧产生了，但只处于次要地位。如果是孤身一人，我的感情不会如此痛苦；但我知道，一旦遇险，我的同伴一定会来救我，而一想到他的生命将为挽救我的生命而遭受危险时，我就羞愧万分。

针对这场坦博拉火山爆发导致的突发事件，拜伦的描述与传记的描述以及雪莱的描述，显然都有差异。拜伦说“大家都浑身湿透”，却没有说他到底是不是脱去了衣服。雪莱说拜伦和自己都脱去了上衣，传记作者则把雪莱镇定攥紧拳头的姿态，渲染出了慨然赴死的气概。三个文本之间的细微差别，提示了其中可能包含的不同话语策略。

考虑到雪莱的文字，最终公开发表在一本出版于1817年的小册子里，他的描述恐怕就有更多的修辞考量。

《六个星期的旅行记录》是雪莱和玛丽结婚之后出版的文字合集，其中既有雪莱和玛丽的日记，有写给朋友的信，也包括了雪莱创作的《勃朗峰》。在这本小书前言里，提到了“一位伟大诗人”，玛丽的信中，则提到了她的伴侣“S×××”。匿名的“伟大诗人”，就是雪莱信中所说的“我的同伴”拜伦，而那位 S 先生，当然就是雪莱本尊。

雪莱在文字中说，自己身处风浪险境，尽管也感受到了恐惧，但更多是羞愧，因为那位伟大的诗人有可能为了挽救他而葬身水底，这显然有些夸张的成分。至于传记作者所说，雪莱在船舱里拒绝了拜伦的救援好意，决定以沉着姿态迎接死亡，则更有些渲染嫌疑了。

然而不管怎样，雪莱不会游泳，却是我看到的几乎所有文本都肯定的一件事。哪怕他多次表示，自己喜欢在水边和水上感受自然的魅力；哪怕他最喜欢的游戏之一，是折纸船放在水中任其漂流，雪莱也从来没有学会嬉戏于水的技巧。

不会游泳又喜欢水的雪莱，最终也葬身于水。

时至今日，人们都无法破案，1822 年 7 月 8 日，他到底因为什么缘故，死于意大利的斯贝亚齐。海面上突如其来的风暴，他的英国朋友的误操作，或者阴谋论者谈到的一个男性年轻船员……种种说法都无法厘清这个英国诗人的溺亡过程。雪莱遗体被捞上岸后，当地政府按法规要求尽快处理。于是，在临时存放雪莱尸体的海滩上，有了一次仓促的火葬。那时也在意大利的拜伦匆匆赶来，和玛丽一起，见证了朋友的身体在火焰中化为灰烬。

雪莱在海上的死亡，在后来的一些传记和研究文字中，往往被浪漫化。来自莎士比亚剧作《暴风雨》的船名，事实上吞没了他的“精灵号”小船的暴风雨，神秘的沙滩火葬……此前雪莱生活中所经历的一切，再加上他所写作的诗歌和文章，似乎都被这次突然的海难升华，编织成了一个无以复加的悲剧高潮。

悲剧英雄雪莱，这个在《西风颂》里歌颂风暴的作者，最终跟风暴融为一体。

雪莱之后的某些浪漫主义话语，已经将这一幕铸造成了这个英国诗人的固定意象。这是一个挑战政治和宗教体制、挑战社会固化道德、挑战整体人类建制的斗士，一个试图用自然和宇宙泛爱来解决人类问题的传教者，甚至是一个试图涤荡笼罩在地球表面一切污浊空气的革命者。正如他的朋友拜伦一样，雪莱的短暂生命，本身就是一件浸润了浪漫主义理想的艺术作品。他的写作模仿了他的生活，他的生活，也模仿了他的诗。

抛开诗歌写作艺术不谈，雪莱的生活与写作在英国文化史中的价值与地位，从来就是一个争议焦点。

关于雪莱的描述和评价，在他生前确有很多都呈现负面色彩。从 1810 年他的第一本诗集面世时起，英国评论界就对这个年轻人要么不理不睬，要么恶评相加，以至于 1820 年他在抵达意大利、宣示自己不再回英国后，还讥讽那些贬低他的同胞说："失败的诗人才去做评论家。"

雪莱在世时，除了他和拜伦所引发的坊间八卦，他的同胞们并没有特别关注他。雪莱的诗歌成就，他的激进思想，甚至他奉行"自由之爱"的紊乱感情生活，在他死后，花了差不多一代人的时间，才开始得到人们的注目和阐释。即便如此，雪莱作为一个思想者和创作者的价值，也只是在一个相对狭窄的场域内被欣赏。

在整个 19 世纪剩下的时光里，雪莱的一些著作，还一直是英国人书架上不能公开摆放的物品。他的《关于改革的哲学观点》，一直要等到 1920 年代，才从手稿变成正式出版物。

一些人推崇他的抒情诗，认为他和拜伦一样，将革命激情和叛逆姿态注入作品，用一种文雅的英国绅士淑女未曾见过的方式和风格，开创了英语诗歌的崭新阶段。另一些人则认为，由于他的激进主义思想不成体系，虽然他可以被大致看作“革命先锋”和“社会主义”斗士，实际上却并没有提供有效的解决方案。一些人把他看作当今流行的生态主义、环保主义和素食主义运动的早期代言人，另一些人则认为，他的自然主义泛神论，不过是一种没有完备知识体系做支撑的白日梦。

直到最近，都还有女性主义研究者，把雪莱作为一个典型的男权沙文主义者来剖析，认为他和哈丽特、玛丽以及其他女人之间的夫妻关系和情人关系，是一种典型的霸权行为，他推崇和践行的所谓“自由之爱”，是以女性的被动牺牲和体制压迫为代价的。比如，哈丽特在 1816 年秋天自杀时被发现已经怀孕，而雪莱竟然公开宣称这个孩子肯定不是他的，因为他和玛丽私奔之后，哈丽特一直过着淫乱的生活，甚至做过妓女。

更有研究者如约翰逊在《知识分子》中指出，雪莱文本中表现的精神痛苦和情感宣泄，与其说来源于一个知识分子对社会文化的失望和批判，毋宁说来自一个疯狂的反社会人士的神经崩溃，一个欠债不还的没落贵族在经济压力下的无望挣扎。

所有这些话语，到底在多大程度上重现了真实的雪莱，已经很难做出准确判断。至于他的诸多诗文，他写作于 1816 年夏天的《赞智力美》和《勃朗峰》，基于各种立场和视点的阐释更是让人莫衷一是。

考察了雪莱 1816 年前后的生活，分析了他在那个寒冷夏天的经历和写作之后，我觉得用本节标题的那句话，来隐喻雪莱的某种特性，倒是一个不错的选择。

这个在 1816 年刚好 25 岁的年轻人，是那个时代造就的超越时代的情感和思想的叛逆者。作为一个思考者和写作者，雪莱敏感地捕捉到那个时代的某些尖锐情绪，并把它们做了卓越的诗性呈现；但作为一个思想者和“革命者”，除了极端言辞或偶尔发飙外，他并没有真正介入社会，只是把他幻想的解决方案，用激烈语言熔炼成熔岩一般灼人的奔腾文本。

从某种意义上讲，雪莱并没有参透自己所属的时代，尽管他发出的呐喊，刺痛了那时的人们。他喜欢跟水打交道，却没有能力让自己畅游其中。他并没有掌握有关技巧，让自己能驾驭思想之船顺利抵达彼岸，却因为追求更快的情绪航速，将自己葬身于不知底细的海水。

英国哲学家罗素（Bertrand Russell）在《西方哲学史》中谈论浪漫主义时，专门引用了《弗兰肯斯坦》的一个情节，来说明浪漫主义分子与他们所处社会的脱节。在小说中，弗兰肯斯坦拼接出来的人形怪物逃离实验室，躲进了山区。在那里，他暗中观察一家贫苦农民的生活，一边阅读各种文学作品，一边悄悄帮他们打理田地。他希望以此得到他们的认同和爱，希望他们不要躲开自己。然而，这些目不识丁的底层群众，最终还是选择躲开怪物，这让他感到极度孤独和哀伤。

玛丽虚构的怪物遭遇，多少也隐喻了雪莱的处境。

按照历史学者的研究，18 世纪工业革命带来的财富，更多惠及的是英国中上层社会的公民。大众传媒的兴起，各种享乐消费的时尚，与生活在社会底层的贫民并没有多大关系。1816 年前后，英格兰、威尔士、苏格兰和爱尔兰的人口加起来，大约接近两千万。在这中间，占大多数的是农村和城镇里的穷人。

比如，1812 年出生的狄更斯（Charles J. H. Dickens），就不大可能去品味贵族后裔雪莱的那种“智力美”。雪莱在度假胜地日内瓦遭遇的寒冷夏天，与这个从小就生活于底层、从十几岁开始就在鞋油作坊做童工的英国人的生活比起来，简直是云泥之别。

狄更斯1838年创作的小说《奥利弗·退斯特》（又译《雾都孤儿》），以一个孤儿的经历为线索，描写了19世纪初英国和伦敦穷困人口面对的冷酷现实，再现了那个时代底层社会的生活图景。这件作品和狄更斯的其他小说一样，完全可以拿来作为文本参照，让我们瞥见冉冉上升的日不落帝国，还有阴暗粗暴的另一侧面。正如法国历史学家托克维尔（Clérel de Tocqueville）在1835年描述工业革命之都曼彻斯特时所说：从这污秽的阴沟里泛出了人类最伟大的工业溪流，肥沃了整个世界；从这肮脏的下水道中流出了纯正的金子……文明在这儿创造了奇迹，而文明人在这儿却几乎变成了野蛮人。

这个野蛮侧面，对狄更斯来说，是他亲身经历的日常，对雪莱而言，则只是想象的场景和呐喊的动机而已。

雪莱的批判与抨击，虽然涉及英国社会的方方面面，但不完全是出于他的亲身经历，而更多是来自对社会他者的想象。何况，与启蒙运动的诸多写作者一样，他往往把英国当下，当作了人类普遍状况的缩影。雪莱很多抨击现行制度的文字，其目标往往包括但不限于英国，而是指向了人类文明整体，一如伏尔泰和卢梭。

从另一个角度看，早在1776年，苏格兰格拉斯哥大学的老师亚当·斯密（Adam Smith）就出版了他的《国富论》。在这部影响巨大的政治经济学论著里，斯密把个人财富追求的自由、市场经济的驱动和法治体系的建立，看作一个国家强盛的基础。在这当中，政府只需要维护和平，保证法治，提供教育和其他公共服务就行了。斯密确认，每个人都是“理性主义的利己者”，虽然他不主动促进公共利益，却受到一只“看不见的手”操控，最终在追求个人利益的同时，更有效地为社会利益做出贡献。

斯密的这些说法，虽说带有相当的理想资本主义色彩，却被后来的英国和西方历史证明，是一个极富远见的理论和设计。哪怕激烈批判资本主义制度的马克思也承认，在斯密的话语里，政治经济学第一次获得了完整的轮廓，相关基本问题得到了系统的研究。然而，在雪莱推崇的社会革命模糊纲领中，所谓自由，却是摆脱一切社会既定规则、与自然结合在一起的绝对自由；追求这种卢梭式的自由，就意味着要摧毁政府组织架构，而且在他看来，人类需要解决的核心问题之一，就是抛弃财富，埋葬商业。

有些反讽的是，雪莱所抨击的英国社会，连同它的政治和经济制度，连同它的文化现实和语境，恰好在那个时代引领了世界，这个为他所不齿的国家成了不折不扣的地球霸主。甚至，就像我在前面所提到的那样，正因为这个国家的技术进步和财富积累，因为它的自由言论场域，雪莱的生活和写作才有了平台——如果拆掉这个平台，我们甚至都不能想象，今天试图去重建雪莱时代的人们，试图去研究 1816 年他的生活情状乃至细节的人们，还有多少文本素材可寻。

如果从后殖民的视点去看，我们还会发现，雪莱对布丰地球渐冻理论的青睐，正是因为他跟那个法国贵族一样，伴随西欧地理大发现和殖民主义进程，掌握了有关世界各地的概略知识，并运用这种知识，形成了自己的气候理论和文明理念。尽管这个知识系统，并没有包括印尼爪哇的坦博拉，没有包括 1815 年火山爆发导致的全球降温，但起码，雪莱从自己的旅行者、考察者、贸易者和殖民者同胞那里，知道了不同文明和文化的模样，知道了如何在他的《勃朗峰》里，使用来自不同文明的建筑意象，去构筑那座诗意的“死亡之城”。

从某种意义上说，如果没有 1815 年英国拥有的 43 个海外殖民地，也就没有他的视野。

当雪莱站在勃朗峰下，面对冰川和积雪，面对气象废墟发出感叹时，当他决定选用“尖塔”作为那座死亡之城的意象之一时，他想象到了一个什么样的遥远东方？是英属殖民地印度的莫卧儿王朝修建的泰姬陵，还是柯勒律治在《忽必烈汗》中依靠东方神药渲染出的蒙古皇宫？或者，当他在伦敦生活写作时，当他跟玛丽、跟朋友聊天时，当他思考人类历史和文明时，他联想到那个被嘉庆皇帝统治的天朝、那个被龚自珍定义为衰世的国度了吗？

那时，英国的摄政王乔治，已经委托建筑师和艺术家，开始在伦敦以南的布莱顿海岸，重新构造和装修一座宫殿。宫殿从1815年开始扩建，最终会拥有东方式尖塔屋顶，就像雪莱在《勃朗峰》里描写的冰川一样，“以塔楼之多出奇”。宫殿内，摄政王授意他雇用的设计和装修团队，精心布置了充满中国元素的房间，采用从中国进口的昂贵手绘墙纸装饰墙面，并在各处精心营造出洋溢着中国风土人情的环境。

1816年年底，当雪莱跟玛丽在伦敦结婚的时候，这小两口是否知道，他们的政府派出的访华使者阿美士德，已经在神州腹地踏上一次失败外交之旅的归程？

第四章　双城记　从伦敦到北京

1

乔治　享乐王子

1816 年 5 月 3 日，当雪莱从多佛港给葛德文写信时，这对私奔的英国情人大概也有所耳闻，他们离开的伦敦，在前一天举行了盛大庆典。

尽管春寒袭人，气温比常年平均值低了大约 3 摄氏度，首都的大街上还是挤满看热闹的人群，伦敦塔上礼炮轰鸣。英国的威尔士亲王，也就是后来的国王乔治四世，在这一天穿着极为正式华丽的元帅制服，把所有可佩戴的勋章挂满前胸，“像孔雀一样”满脸笑意地接受伦敦市民的注目。

因为在这一天，他的女儿夏洛特公主（Princess Charlotte）终于出嫁了。

1816 年，年满 54 岁的威尔士亲王还有另外一个正式称谓，叫“大不列颠和爱尔兰联合王国摄政及威尔士亲王殿下”（His Royal Highness The Prince of Wales, Regent of the United Kingdom of Great Britain and Ireland）。一般情况下，人们将这个好吃好色的君主称作摄政王（the Regent）。

威尔士亲王是在 1811 年 5 月，被英国议会的一纸立法确立为摄政王的。那时，他的父亲已经病入膏肓，不能履行国王职责。对当时的英国民众来说，乔治三世的疯癫病状众所周知，但具体是什么原因，却无法确定。直到20世纪60年代末，才有医学研究者通过当时的遗存文件确认，他患的是一种叫“卟啉”（porphyria）的罕见血液疾病，又称为“血紫质病”。

得了病的乔治三世身体出现多种异常，包括跛足、尿血、声音沙哑、心跳加快、失眠。他的行为也随之变得怪异 、暴躁，甚至多次精神错乱，攻击自己的孩子。为了防止他伤人，王宫里的人们有时不得不将他捆在椅子上。1810年秋天，乔治三世的小女儿阿米莉亚公主去世，国王在悲痛中再次崩溃。议会认为他已经无法继续做国王，影响政府议程，开始讨论一项法案，准备让威尔士亲王代理行使国王权力。

此时的威尔士亲王，其实并没有任何实际的政治经验。这个从少年时代就热衷于享乐的顺位继承人曾经向朋友宣布，他宁愿永远沉醉于艺术和美酒，也不想参与政治。话虽这样说，乔治也没有把自己完全隔离在政府事务之外，大不列颠帝国王座的吸引力对他来说依然巨大。

从文化史的角度看，正是这位“文艺亲王”的非凡热情和鉴赏能力，帮助奠定了19世纪初期英国文化繁荣的基座。被誉为“英格兰第一绅士”的乔治，思维敏锐，言辞机巧，是高端社交场合的焦点和核心人物，深谙各种文艺时尚。无论是文学、绘画、雕塑，还是建筑和音乐，他都以国君身份积极介入和赞助，在一定程度上促进了这些领域的长足发展。那些被他推崇的小说家、画家、雕塑家、音乐家和建筑师在这一时期留下的诸多杰出作品，见证了这一点。

按照一些学者的说法，19世纪初期，乔治以摄政王和国王身份推动宫廷和城市改造，还确立了今天伦敦物理空间的大致格局。

从王宫到广场，从大街到公园，乔治留下的建筑和规划遗产，成了当下伦敦旅游的热门景点。

比如，就在 1816 年，由于摄政王的亲自过问和支持，大英博物馆才购买和收藏了雅典卫城万神殿的著名雕刻。这些大理石神话人物雕刻，由埃尔金勋爵从卫城废墟中运走，现在成为博物馆的镇馆之宝。那时，希腊还在奥斯曼帝国统治之下，没有独立，埃尔金是英国驻奥斯曼全权大使，意识到这批雕刻的艺术价值，将其收藏。直到今天，这些所谓“埃尔金大理石雕刻”，都还时不时引发希腊和英国之间的文物外交龃龉。

不过，在当时的大众传媒和坊间流言里，这个“文艺亲王”却被描绘成一个穷奢极欲的堕落之徒，而他确实也实至名归。

各种各样的豪华派对，对奢华家居、服饰和马匹的追求，再加上痴迷赌博，让威尔士亲王从父亲和政府那里获得的年金显得杯水车薪。成年后，据说他光是每年花在马匹马厩上的钱，就高达三万多英镑。到了 1795 年，在他不得不同意父王钦定的婚姻，娶了来自德国布仑斯威克的堂妹卡罗琳为妻时，他的个人债务已经高达 63 万英镑。

以娶卡罗琳为条件，议会答应帮忙抹去这笔债款，给乔治的年金额外增加 65000 英镑，几年后再增加 60000 英镑，总额达到每年 185000 英镑。直至 1806 年，政府才彻底偿清了他的债务。这还只是截止于 1795 年的债，之后乔治的负债，仍然在无休止的挥霍中保持增长。

常年的暴食宴饮让乔治在和卡罗琳订婚时显得肥胖，让那个从未见过他的德国公主，一见面就对他颇为厌恶。根据史料记载，在那时，威尔士亲王的体重就已经达到 110 公斤左右。据说，为了掩盖自己的臃肿体型，乔治总喜欢穿深色和黑色衣服，为了遮住难看的双下巴，他还喜欢用高领和围巾掩护住脖子。这一切，最终又被当作一种宫廷时尚流行开来，成为后来所谓“摄政王风格”的构成元素。

关于乔治和卡罗琳的订婚和结婚，勃兰兑斯在《十九世纪文学主流》中曾经有过生动描述：

> ……（威尔士亲王）甚至从一开始就毫不顾及那种场合下的礼仪，当他们在圣詹姆士宫初次会见，那位公主向他下跪时，他竟对马默斯伯利勋爵叫道：“给我一杯白兰地！我有点不舒服。”马默斯伯利问他，是不是来一杯水更合适些，就在这时，那位摄政王从室内冲了出去，而且骂不绝口，却不对他的未婚妻说一句话。他在婚礼上喝得酩酊大醉，在仪式进行过程中不断打嗝。不久，他就不再以对他的妻子表现极度冷淡为满足，而和好几个别的女人私通以表示对妻子的轻蔑。

1796年，他们唯一的女儿夏洛特诞生，威尔士亲王旋即与卡罗琳分居。当然，他的法定妻子也不是一盏省油的灯，坊间流传着她跟各色人等私通的消息。

按照史密斯（E. A. Smith）在《乔治四世》一书中的说法，在1811年成为摄政王之后，乔治便开始限制女儿和卡罗琳之间的见面次数，要求她更多地居住在温莎堡，这样就可以避免卡罗琳“败坏夏洛特的道德”。摄政王规定，住在肯辛顿宫的卡罗琳，不能到温莎堡来探视女儿，女儿只能偶尔去看望母亲。

对于夏洛特，威尔士亲王的态度一直模棱两可：一方面，他喜欢小孩，总是给她带去各种各样的礼物；另一方面，他又对这个唯一的女儿心存芥蒂，因为她是那个可恶的妻子卡罗琳所生。乔治特别在意让女儿远离“堕落”的母亲，却又经常冷淡对待夏洛特。哪怕在王宫家宴上，他也经常不跟她讲一句话，让女儿倍感压抑。

1812 年秋天，摄政王带着年满 16 岁的夏洛特公主前往议会，去主持夏休之后的开幕仪式。当王家马车队从街道上经过时，夏洛特注意到两边“吃瓜群众”的反应：那些看热闹的伦敦市民对着自己欢呼，却将“死亡一般令人尴尬的寂静”，抛在摄政王脸上。也在这一年，拜伦曾经匿名发表一首诗作《致一位哭泣的淑女》，讥讽和谴责乔治对女儿的虐待。据说，摄政王曾感到担心，怕自己的声望最终会被女儿超过，女儿的受爱戴程度会成为王室政治博弈中的杠杆。

要想控制女儿的前途，最好的办法当然是把她嫁出去。

在那时，政府建议的最佳结婚对象，是荷兰奥良治的顺位继承人威廉。此人的家族从斯图亚特时代起，就与乔治的祖先有血缘关系，绝对的门当户对，而且他流亡英国，在牛津大学念书。更重要的是，摄政王听从了他的近臣和政府亲信的理论：跟英国一样信奉新教的荷兰王国，是天主教法国的天然敌人。与荷兰王室联姻，可以在拿破仑战争中，为英国锁定一个坚定的盟友。换句话说，夏洛特的婚姻，就跟之前英国和欧洲王室的绝大多数婚姻一样，是为了国际政治做贡献。

公主对父亲的这个安排当然不同意。经过各种劝说，并见了威廉一面后，夏洛特改变了主意，她答应嫁给这个荷兰人，条件是不离开英国。但是，奥良治王子随后的表现，最终又让公主犹豫起来。威廉显然对夏洛特没什么特殊感觉，经常在各种上流社会派对上喝得酩酊大醉，而且把她排除在外。

1814年夏天，夏洛特发现自己对来访的普鲁士王子腓特烈颇有好感，并得到了母亲的支持，但摄政王却坚决反对任何进一步的关系。有切身苦痛经历的摄政王警告她，作为王室成员，“我们不可能像世界上的其他人那样结婚”。夏洛特和父亲之间的关系，因为摄政王步步紧逼的催婚而吃紧。终于，在一次交锋之后，乔治下令将公主关在温莎堡的一处僻静房子里，不准出门，只有王太后有权利每周探望她一次。夏洛特的反抗是逃跑，她从女仆手里抢下一顶帽子，叫了一辆马车，从温莎堡直接跑到了母亲的住处。但这次激烈反抗，最终还是被劝说平息，夏洛特回到父亲身边，乔治也做了妥协，答应不再逼她嫁给奥良治王子。

与威廉的婚事提议取消后，夏洛特先后对两个男人产生过兴趣。一个是前面所提到的腓特烈王子，但这个男人在1815年夏天，宣布跟一位俄罗斯公主订婚。另一个是德国萨克斯－科贝格－萨菲尔德公爵的三儿子李奥帕德，此人在俄罗斯军队服役，也在1814年夏天伴随沙皇到访伦敦，正式认识了夏洛特。

摄政王、王太后和夏洛特的姨妈们，都对这位德国亲戚印象很好，而李奥帕德也公开表示过对夏洛特的好感。所以，当夏洛特宣布自己愿意跟这个军官结婚时，摄政王立即表示赞同，王后以及所有亲戚都高兴地同意了。根据大卫（Saul David）在《享乐王子——威尔士亲王和摄政王》一书中的说法，由于1815年6月拿破仑在滑铁卢的最终战败，亲信们便劝说欣喜有余的乔治，现在不用再担心拿破仑和法国了，将女儿嫁给一个在国际联盟层面无足轻重的德国人，没有什么问题。

于是，就有了1816年5月初在伦敦举行的盛大婚礼。

夏洛特公主和李奥帕德王子决定结婚后，政府同意每年给这对夫妻提供6万英镑作为年金，4万英镑装修房屋，另外2万英镑给夏洛特置办珠宝和衣物。一位评论家在当时的报纸上夸张地批评说，这简直不可理喻，这两口子“耗费掉英国人的资金总额，比美国总统从全美国收上来的钱还多了 8 倍”。可悲的是，两人的婚姻最终没有生产出王室后裔，夏洛特在 1817 年经历了一次产后大出血，她和婴儿都没能活下来。

2

始终缺席的王后

在1816年这场引来上下欢呼的婚礼上，没有夏洛特母亲卡罗琳的身影。因为，她那时已经离开英国，去了欧洲大陆。

在1796年分居之后，卡罗琳与乔治之间的矛盾不仅没有缓和，反而越来越尖锐。虽然两个人都分别跟自己的各种情人往来，但这并不是他们相互仇恨的原因。摄政王一直怀疑，这个德国堂妹、他的官方妻子总在女儿成长的过程中使坏，让她恨自己，成为自己的敌人。更要紧的是，卡罗琳虽然被摄政王冷落在一边，虽然身上也背负着各种负面传言，却始终拥有一批死忠“粉丝”，这让乔治心怀警惕。

历史学家指出，当时英国人对摄政王的厌恶，除了他的穷奢极欲，还或多或少与他对自己妻子的冷落和粗暴相关。

1813年，英国小说家简·奥斯汀（Jane Austin）就曾经在一封信里告诉朋友，她永远都会站在卡罗琳这一边，“因为她是一个女人，因为我恨她的丈夫”，尽管这个可恨的“丈夫”，恰好是她的热心读者。奥斯汀在1814年出版的《曼斯菲尔德庄园》中，专门塑造了一个喜好赌博、欠债累累的堕落人物，来影射摄政王。不过，乔治还是邀请她访问了卡尔顿宫，并通过廷臣表示，自己是她的拥趸，拥有和阅读了她出版的所有作品，并希望她今后出版新书能够题献给自己。

1816年，奥斯汀的新作《爱玛》出版，在书的扉页上，她果然将小说题献给了摄政王。

也是在1813年，乔治谋划发起了一次对卡罗琳通奸行为和私生子的调查，意在抹黑妻子的公众形象，打压她在英国民众中的受欢迎程度。议会的一个委员会呈交给摄政王的调查报告最终表示，卡罗琳不是一个合格的母亲，所以她与女儿之间的关系应该是“受限”的。

然而，英国的报刊和公众舆论不吃这一套。在接下来的几年里，他们依然不放过摄政王，哪怕他的手下或者花钱试图买通报纸出版人和编辑，或者用社交武器对卡罗琳进行打压威胁。由于议会中的反对派，试图利用卡罗琳的声望作为政治资本来挑战政府和王室，摄政王的婚姻麻烦，甚至成了那段时间英国政治的一个话题。

1814年6月，为了欢迎来访的俄罗斯沙皇和其他欧洲同盟国贵宾，伦敦的考文垂花园歌剧院举行了一场音乐会。摄政王夫妇在歌剧院的王室包厢露面时，全场观众起立，向卡罗琳欢呼。乔治开始以为自己是欢呼对象，还热情地朝人群鞠躬还礼。根据一位当时在场的人描述说，那是一个极为尴尬的场面。

盛典结束，卡罗琳返回肯辛顿宫时，她的马车被热情的市民团团围住。有人甚至冲上前来拉开了车门，问她是不是该把摄政王居住的卡尔顿宫一把火烧掉。据说，卡罗琳相当优雅地回应道：不，我亲爱的人们，安静下来，让我过去吧，你们也该回家睡觉了。

面对这种情势，乔治十分不爽。如何让这个女人从伦敦的社交和政治舞台上消失，变成了一个迫切问题。

1814 年 5 月，卡罗琳就已经表露了离开英国的意愿。6 月，当沙皇跟其他同盟国首脑来访时，她甚至希望沙皇能在这个问题上伸出援手，但俄国人拒绝卷入英国王室的婚姻麻烦。乔治在盟国元首来访结束后，答应了议会将卡罗琳年金提高到每年 50000 英镑的建议，以图加快她的行程。7 月，卡罗琳正式提出离开伦敦时，当时的首相利物浦勋爵在一封信里告诉她，摄政王已经明确表示，绝不会“干扰公主殿下在何处暂时或永久居住的计划”。终于，卡罗琳和她的一干随从，在 8 月登上了前往欧洲的航船。

卡罗琳离开英国的前一天晚上，乔治在一次豪华宴会上举杯祝酒，兴奋地宣布为“威尔士公主的罪有应得”干杯，“愿她永远回不了英国”。

从那以后，卡罗琳一直在欧洲生活，摄政王也一直寻求跟她离婚的机会。卡罗琳在大陆上与各色人等有染，不断传出的八卦飘回英国。乔治专门派了间谍去侦探虚实，以图用来作为自己合法离婚的理由和证据。但这一切努力，最终都因为他的顾问们阻挡而没有达到目的。近臣告诫摄政王说，如果他执意让议会来辩论离婚问题，他自己的地下婚姻以及多年的通奸事迹也就会随之公开，记录在案，成为官方的公共话题。

1820 年，乔治三世在温莎堡驾崩，摄政王正式继承国王宝座，成为乔治四世。卡罗琳得知这个消息，不顾警告从意大利回到伦敦，试图参加新国王的加冕典礼，并顺便戴上属于自己的王后之冠。她的回国，受到民众的热烈欢迎，又一次给乔治四世带来政治压力。

乔治通过多方努力，试图让议会通过一项法案，裁决卡罗琳通奸有罪，这样就可以宣布他们的婚姻无效，也顺理成章地剥夺了卡罗琳成为王后的可能。这就是19世纪初著名的“王后审判”。不料英国人中的卡罗琳拥戴者激烈反弹，高呼“王后万岁”，下院的议员们也附和颇多。感受到巨大压力的上院，不得不撤回了法案。

最终，卡罗琳还是被挡在1821年7月举行的加冕大礼之外。她带着随从和朋友来到威斯敏斯特，却被守门卫兵以没有门票为由而挡住，并宣布自己得到了“特别指令”，不得放她进去。

与享乐王子的名声相匹配，乔治四世的加冕典礼，耗资243000英镑，奢华而辉煌。光是为他加冕特制的王冠，就使用了12532颗宝石，创了英国王冠空前绝后之最，而他身上的王袍，单价也达到24000英镑。根据史密斯在《乔治四世》中的研究，在威斯敏斯特教堂加冕典礼之后的盛大国宴，一共有312位高端人士参加，消耗了：

> 7742磅牛肉，7133磅小牛肉，2474磅羊肉，75只羊腿和5块羊脊，160个羊肉甜饼，389只牛脚跟，400只小牛蹄，2501磅板油，160只鹅，720只小母鸡和阉鸡，1610只母鸡，1730磅腊肉，550磅猪油，912磅奶油和8400只鸡蛋……

晚宴过后，数千宾客在卡尔顿宫继续狂欢行乐，所有地方包括地板上，都堆满酣醉慵懒的人。直到凌晨3点，人们才开始慢慢散去。

据说，这等规模的宴席在乔治四世之后，再也没有出现在英国王室。

1821年8月，卡罗琳离开人世。坊间传言，她是被毒死的。

3

君主立宪制

我之所以花费如此多笔墨，来描述乔治四世的宫廷八卦，重建他和女儿妻子之间的争执场景，是因为威尔士亲王在摄政的十年间，的确也没有什么其他政治建树。1816 年春天夏洛特的结婚，就算是这个摄政王亲自操办的最重要的公共事务了。

根据福山（Francis Fukuyama）在《政治秩序的起源：从前人类时代到法国大革命》中的说法，1688—1689 年英国的“光荣革命”，在世界范围内确立了一种新型的国家政权。统治实体的合法性，奠基于被统治者的共同认可，如果没有这种认可，国王也无权强加于人。这一点，通过议会和法律的建设得到保证：没有议会同意，国王无法建立军队和发动战争；没有议会同意，国王无法征税；同时，议会还通过法案，规定国王和国家政权不得侵犯国民的权利。

光荣革命之后，政府内阁和议会逐渐演化成为英国政治运作的主体，国王在这一权力结构中，逐渐退居二线，成为一个非实质性存在。虽然，政府的事务，议会通过的法案，在程序上要获得国王的首肯和认同，但这种程序在相当程度上只是仪式性的。反过来看，国王可以通过各种官方和非官方渠道影响议会，却无权直接左右议会的最终立法；他可以通过利益游说和勾兑，或者自己的公开表态来影响政府的行政，却无权干涉具体的事务。

1816 年前后，英国的政治枢纽在政府内阁和议会。议会中相互制衡的两股力量，分别来自代表不同观念和利益的两个主要政党，即所谓的托利党（Tories）和辉格党（Whigs）。在这儿，没有必要去深究这两个阵营的建党理念和构成史实，也没有必要去深究这两个派别是否代表真正的民意，我们只需要明白，这两个政治阵营 1816 年前后在一些关键问题上的分野，以及摄政王在这当中的作用就够了。

保守的托利党遵循的核心理念是对王室尊严的捍卫，以及对宗教和政府机构的维护等；与之相对的辉格党，则鼓吹相对激进的核心理念：更大的公民自由，以及宗教自由等。这种分野到了 1816 年左右，面临了英国政治的一个重大议题，即所谓“天主教解放”（Catholic Emancipation）。

伊丽莎白时代，确立了新教作为英国国教的地位，罗马天主教因此开始被边缘化，教徒受到歧视对待。这种状态一直延续到 18 世纪下半叶，才在立法上有所松动。1778 年，议会通过了一项法案，规定天主教徒在英国境内可以购买真正的财产，比如土地；1791 年的另一项法案，认定天主教徒从事宗教活动，不会遭到民事惩罚。

1801 年，由于天主教人口占多数的爱尔兰被正式并入联合王国版图，在是否应该给予天主教徒更大自由和权利的问题上，政府和议会陷入纷争。托利党所代表的保守势力害怕天主教徒过多参与政治和社会活动，影响英国的统治，反对这样做；辉格党人则鼓吹在更大程度上给天主教徒进行政治松绑。雪莱在爱尔兰参加抗议运动时，也曾经奋力推销这种观点。

在这场纷争中，乔治三世的立场一直是倾向于托利党这一边，他的儿子则更倾向于辉格党。毕竟，威尔士亲王自己就曾经在1785年私下迎娶了一个天主教徒，比他大六岁的寡妇玛利亚·菲茨赫伯特。这场离经叛道的地下婚姻发生时，亲王身边帮忙的政府官员和议会中的支持者，大都是激进的辉格党人。人们以为，等他正式成为摄政王后，他会热衷于一个辉格党的政府，并推动天主教解放法案的辩论和通过。但事实上，他最终还是站在了托利党人一边，任由他们把这个议题束之高阁。

直到1828年，乔治四世正式登基的八年之后，由威灵顿公爵主导的政府，才最终通过法案，让天主教徒获得进入议会、民政和军事部门的权利。

依照更多历史学者的分析，1816年前后，英国的国家治理模式，已经基本形成一个小政府大社会的格局。许多公共事务，是依靠各种各样的社区和社会组织来完成的，与中央政府没有直接关系。社会中的商业运作，更是不受政府指挥的领域，除了它不得不承担的税务。换句话说，政府也好，还是与政府保持各种联系的王室也罢，基本上无法介入普通国民的经济事务，至少是无法公开而直接地介入。

以著名的东印度公司（EIC）为例。

1816年前后，英国最显眼的外贸企业，就是这家巨型股份公司。英国在印度和亚洲地区的贸易和殖民、社会管理乃至军队使用，大多数情况下都由它一手包办。1815年，印尼爪哇的实际控制权都还在东印度公司手里。当时代表公司管理爪哇的，是一位叫莱佛士（Thomas Raffles）的贵族总督，他在4月坦博拉火山爆发时，听到遥远的巨大轰鸣，还以为什么地方发生了战争，曾经派人去调查。

1815年秋，因为拿破仑战败，荷兰重新独立，英国最终把爪哇的统治权交还给了它，写作了《爪哇史》的莱佛士随后也离任回国。值得一提的是，正是这位懂马来语、熟知东南亚事务的莱佛士爵士，后来又代表东印度公司，做了新加坡的总督。当下中国一些城市里，由新加坡资金建设的商业综合体“来福士广场”（Raffles City），正是以他的名字命名。

东印度公司的资本构成，决定了它是一个获得王室“特许”的民间经济实体。王室和政府不拥有公司的股份，所以不能介入它的运作。不过，在海外殖民地，它又代表政府和王室。虽然从1773年议会通过的一项法案开始，印度的控制权被规定属于英国王室，东印度公司只是从国王那里租用印度，并代理执行国王的统治，但实际上，印度的统治权并不在国王手里，甚至也不在以国王名义行使权力的政府和议会掌控之中。

印度的实际拥有者，还是东印度公司。

1784年，英国议会又通过了另一项法案，试图将殖民地政治权力从东印度公司手里收归自己。这意味着，公司若要在海外殖民地建立执法机构，需得到议会中一个特定委员会认可；如果要发动一场关涉领土版图和经济利益的战争，也需要得到政府的背书。只不过，因为来自东印度公司的阻力，这个法案并没有取得立竿见影的效果。

东印度公司的这种特殊地位，也从另一个侧面，显现了英国资本主义制度另一个特征。资本霸权，可以强大到左右国家的国际战略、影响政府外交政策制定和执行的程度。从某种意义上讲，东印度公司以其股东构成，以其院内、院外游说实力的运用，使它成了政府运行机制中的重要一环，尤其是在印度和东南亚殖民地的占领和管理上。1873年，东印度公司最终关门时，一个曾经在加尔各答帮公司打仗并因此赚了大钱的英国人这样总结说，这家公司几乎就是一个自成一体的帝国，它统治着人口众多的数个国家，拥有“两千万臣民”。

说它以公司利益，在亚洲地盘上绑架了政府和国王，也不为过。

4

懒政

一些历史学家指出，跟天主教解放议题一样，1816 年前后，身为摄政王的乔治其实已经对政府事务有些心不在焉。1780—1790 年代，他曾经试图介入爱尔兰纷争，向父王建议统治策略。1803 年，英国人担心拿破仑军队可能入侵本土时，乔治还主动要求率军准备作战，参加抵抗，从而获得一定的军权。但他父亲和那时的政府首脑，却不信任这个花花公子的人格和能力。

1811 年 6 月，乔治正式履行摄政王义务，他在卡尔顿宫举行了一次盛大派对来庆祝，参与的客人达到两千人之多。从晚上 9 点的进场预热，直到凌晨 2 点半开始的奢华正餐，流光溢彩，丰盛奢靡，享乐王子再次在众人面前展现了他花钱的本事。这场派对之后，雪莱在一封给朋友的信中，曾写下这样两句愤怒而著名的话：

> 据说这场欢宴，最终花费了 12 万英镑。可以肯定，这将不是这个国家为逗乐这个过度肥胖的巨婴，必须花钱买的最后一个低俗玩具。

在这年8月初，正式开始摄政的短短几天内，乔治就在一万四千多份文件上签了字：他坐在桌前，一个下属负责把文件放在他面前，签字完后，站在另一边的另一个下属马上将文件拿走，签署的文件到底有些什么内容，估计他根本就无从知晓。摄政王自己则对一个来访朋友抱怨说，“扮演国王”简直不是一个闲职！

既然坐上了王位，哪怕只是摄政“扮演国王”，乔治不想过多过深卷入政治都不可能了。从政府和议会的角度看，不管属于哪个派别，都可以既利用他的名义来影响法案，影响行政和舆论，也能利用法案和舆论，反过来针对摄政王。他在1820年试图和妻子离婚的事件，就是一个例证。这个行动在各种压力下破产，恼怒不已的国王也只能干瞪眼。

前面说过，在1816年前后的英国，已经有了一个由商业利益驱动的报刊系统，一个相对独立的言论发表平台。由于法律规定和保护的言论自由框架出现并得到落实，现代意义上的舆论公共空间得以确立。在各种文字和图画的交织下，依赖市场的公共舆论成了王室和政府不好控制的场域。或者反过来说，王室基本上没有可资利用的杠杆，来干涉和撬动公共舆论的走势和走向。从乔治以花样生活方式登上历史舞台之后，英国的流行舆论几乎就一直站在他的对立面，各种意见领袖总是跟他作对。

1812年，伦敦的《观察家》发表了一篇著名文章。在这篇火药味极浓的文字里，雪莱的朋友、支持辉格党的杂志编辑亨特，将摄政王描述为一个放荡不堪、专与赌徒和下三烂为伍的欠债之人，一个让大不列颠帝国蒙羞的“家庭关系破坏者”。亨特和他的出版人弟弟被王室起诉，最终因“诋毁国王”的罪名被判处两年监禁，各自罚款500英镑，成为英国19世纪初期言论和出版自由的"烈士"。但是，这个案例并没有阻止其他人在印刷品中继续匿名发表自己的看法。如果要了解乔治的各种花边新闻，了解他在英国民众中的坏名声，只需要去翻看 1816 年前后报刊上各种讽刺文字、各种描绘他的漫画就够了。

夏洛特在 1817 年去世之后，雪莱曾撰写和出版了一本小册子，叫《为夏洛特公主去世告人民书》。雪莱在这篇文章里表示，美丽公主的去世，固然值得全国共同哀悼，但人民不应该忘记，政府的密探，也在约克郡设计制造了一起迫害工人的死刑冤案，"我们怜惜羽毛，却忘了正在死亡的鸟"！雪莱呼吁说，英国人民应该把自己的哀思，献给被"那个人杀死的自由"（**着重号为原文所有——引者注**），因为在他和他的党羽统治下，"我们被关在一座巨大的地牢中，它比潮湿而狭隘的牢房还更可怕"。

摄政王即便读到这本公开出版的小册子，知道文中的"那个人"就是影射自己，恐怕也无可奈何，不能找诗人秋后算账。

英国报刊界和出版界的这个传统，一直延续到今天。在当下英国的传媒平台上，王室的新闻和丑闻，依然是普罗大众喜闻乐见的故事。甚至，一些流行媒体的主打内容和赚钱方式，就是派出装备精良的狗仔队，千方百计跟踪刺探各种花边事件，甚至不惜冒被王室告上法庭的风险。

享乐王子在拿破仑战争中的表现，更能说明他在国内和国际事务中的作用。

从 18 世纪末开始到 1815 年结束的这场战争，英国一直是参与者，是欧洲反法同盟的一员。乔治成为摄政王后，拿破仑领导的法国开始出现败象，英国参与的政治和军事同盟逐渐得势。英国军队与法国军队的几场关键对垒，如特拉法加尔战役以及最著名的滑铁卢战役，最终决定了拿破仑的失败命运。

从某种程度上讲，1814—1815年的维也纳大会（Congress of Viena）上，作为同盟中的主要战胜国，英国对此后100年欧洲版图和地缘政治格局的制定起到了举足轻重的作用。按照一些历史学家的阐释，以此为标志，英国在这个时间节点上，成为当时世界最强帝国，它的军事力量以及它的政治霸权和软实力，没有任何一个国家能比肩。

然而在这场旷日持久、影响深远的战争中，摄政王扮演的角色却有些边缘。

乔治当然支持英国对法国的战争，但实际上，他的支持也仅仅是名义和形式上的。真正在战争中起作用的，是政府的首相和大臣，是设法筹集战争经费的部长们，是议会的议员们，以及前线的将军士兵们。虽然这些人都以英国国王的名义进行政治谈判和军事行动，但在事实上，整个战争机器的运作根本不需要摄政王亲自介入。

乔治的参与行为之一，是以国王的名义对远在国外战场的将军们进行表彰。在1812年的马德里战役胜利后，多才多艺的摄政王亲自设计了一只元帅指挥杖，将棍子头上的狮子变成老鹰，送给击败拿破仑军队的英国指挥官韦尔斯利（Arthur Wellesley）。这位将永远名垂史册的将军拿到礼物后，回信给摄政王说："我只能用毕生为您服务，来证明我对殿下无数次表彰的感激之情。"两年后，王室加封韦尔斯利为威灵顿公爵（Duke of Wellington），这显然不仅仅是出于摄政王跟这个将军之间的个人情谊，更是因为政府的操作。

乔治的另一种参与方式，就是在伦敦举办一次又一次豪华宴会和庆典活动，庆祝战役胜利，欢迎盟国首脑。为了庆祝威灵顿在马德里的胜利，他举办了一次8500人获邀、1200人参加的盛宴。听说妻子要参加，摄政王遂决定不出场，又在自己居住的卡尔顿宫同时搞了另一个宏大派对。当然，这些耗资巨大的派对和庆祝，也对振奋民情，增强英国民众的国家认同感起了作用。这符合君主立宪国家体制对国王（摄政王）的要求：国君是国体的象征，他的主要功能就是发挥符号作用，调动人民情感，凝聚文化认同。

1815 年 6 月，滑铁卢战役结束。当拿破仑被联军彻底击溃的胜利消息传来时，摄政王正在参加一场由社交达人举办的高端聚餐。威灵顿公爵派来的信使到达后，高呼“胜利”冲进宴会厅。摄政王随即要求所有在场的优雅女士离席暂避，因为他听说，报告内容中包括了威灵顿麾下 15000 人的伤亡。

利物浦勋爵读完威灵顿的报告，乔治流着泪说：“这是一场光荣的胜利，我们必须庆祝，但那些生命的逝去也很可怕，我失掉了很多朋友。”（**着重号为原文所有——引者注**）

5

哥特中国风

1815 年，乔治的个人债务，又已经累积到了 339000 英镑。

但就在这一年，他指定自己的好友、建筑师纳什（John Nash）负责改造布莱顿宫，一个靠近海边的皇家休闲领地。按摄政王的规划，这里将成为一个逃离伦敦王室、充满异域幻境的隐秘享乐之地，成为他跟情妇和密友日夜笙歌的温柔之乡。在他的亲自参与下，在纳什和同伴的遵命操作下，从 1815 年开始，直到 1823 年他正式成为国王两年之后，这项耗资巨大的改造工程才算彻底完成。

纳什为摄政王重新设计建造布莱顿宫，形成了由诸多尖塔构成的东方式外观。有人说，这是来自印度莫卧儿王朝的泰姬陵风格，有人则将其描述成具有莫斯科克里姆林宫意蕴的构造，更有人将它形容为印度哥特式或东方哥特式。总之，这座宫殿的整体造型，背离了传统，背离了乔治自己在伦敦城里大兴土木建设的公园、宫殿和“摄政王大街”的风格，具有一种古怪的异域情调。

在宫殿内部，纳什和他的设计师伙伴们改建装饰了诸多华丽的新房间，尤以音乐厅和宴会厅最为显眼。音乐厅直径 60 英尺，宴会厅直径 40 英尺，都拥有圆形穹顶。与建筑外观不同，这些大小不一的内厅，全然又是满满的中国情调，大多数地方都装饰着龙、竹子等与中国相关的东西。

音乐厅的四周墙壁被红色和金色填满，硕大的青花瓷宝塔放在靠窗的地毯之上。从圆形穹顶下垂的吊灯，莲花形玻璃灯罩被描上了中国戏曲人物的彩色图像。在其他厅内，要么装裱着来自中国的手绘墙纸，要么摆放着中国风格的瓷器和摆件。甚至在一个厅的门框和门楣上，还出现了描画得东倒西歪、中国人都难以辨认理解的“中文”对联。

摄政王亲力亲为确立布莱顿宫的改建和装修风格，有两个大的历史和文化背景。

首先，是英国对印度的全面殖民统治得以建立。从 18 世纪晚期到 19 世纪初期，东印度公司在印度逐渐确立了自己的垄断地位，法国在次大陆的殖民和经营，通过英法之间的所谓“七年战争”被彻底边缘化。1803 年，东印度公司和马拉塔帝国之间爆发第二次战争，那时还在东印度公司军队服役的威灵顿公爵，用实战证明了自己的指挥才华。印度北方大片地区包括德里，成为英国管辖地。

1817 年到 1818 年，以东印度公司军队为主力，英国和马拉塔帝国之间又爆发了第三次战争。以英国的最终胜利为标志，公司取得了在整个次大陆的绝对统治权。从此，整个印度都成为英国殖民地，其大致版图一直延续到第二次世界大战结束之后。

把布莱顿宫的外观修建成莫卧儿王朝建筑的风格，从某种程度上标示出了大英帝国征服印度所带来的自豪——名义上属于国王的骄傲。

其次，是在欧洲大陆和英国流行已久的所谓“中国风”（Chinoiserie）。

从 17 世纪下半叶开始，随着康熙皇朝解除海禁，欧洲与中国的接触和贸易逐渐增加。大量中国货品如茶叶、丝绸、瓷器、漆器等，以前所未有的速度和数量进入英国和欧洲，伴随饮茶习惯进入各地的上流社会沙龙，再由这里出发，影响富裕家庭和中产阶层。与此同时，具有异域风情的中国艺术和文化，成为各个宫廷、时尚圈和知识圈中的流行品位。中国风从巴黎吹到伦敦，从那不勒斯吹到柏林，再从哥德堡吹到莫斯科，撩动着一个时代的审美旗帜。

作为一个毕生热爱文艺的上等人，乔治对中国风自然不会陌生。早在 1792 年，当马嘎尔尼使团奉他父亲之命，出发前往中国访问时，威尔士亲王就已经在卡尔顿宫里，以中国风给自己装饰了一个房间。

根据文化学者的考证，到了 18 世纪中期，欧洲上流社会的中国风开始呈现在花园建筑和房屋装修上。一个有品位的家庭，如果在自家房子里没有一间中国风卧室或化妆间，就会被认为没有跟上时代潮流，没有达到高端的审美水平。这些环境装修的母题是龙和竹子，然后再加上鸟、莲花、铃铛、宝塔、贝壳、中式人物画像等，不一而足。中国母题出现在桌椅上、柜子上、天花板上、墙壁上、柱头窗棂上，跟青花瓷器如瓶子、盘子、杯子，以及从中国进口的昂贵手绘壁纸一起，构成东方幻景。

就像今天中国人的“简欧”或“繁欧”式房间装修一样，欧洲中国风的装修风格，当然不是纯粹的中式，而是以中式母题为基础，发挥东方想象的产物。虽然在一些欧洲宫廷里，都出现过中国风的装修和装饰，但它们主要是受到了法国宫廷的影响。乔治在 1792 年装修的卡尔顿宫的中国房间，也是如此。在当时的英国，这种风格多少带有一点私人性质，且更多出现在私密空间，以至于有一些批评者，还把它与放荡女性的品质联系在一起。据说，在 18 世纪末和 19 世纪初，享乐王子就曾经将重金购得的中国手绘墙纸，赠给自己的女朋友们，让她们装裱化妆间和卧室。这样，他就可以跟她们在异域氛围里上床。

在布莱顿宫的重建工程里，摄政王决心浓墨重彩地把中国风发挥到极致，以超越欧洲大陆的宫廷标准。在他主导下，建筑师和装修团队把原来多少有些小情趣的私密空间装修，转换成了具有王室气派的公共环境构建，将英国的中国风时尚，推向更加宏大的尺度和更加豪华的程度。

比如布莱顿宫的大厨房。

这个采用了玻璃屋顶的巨大空间，白天以自然光照明，晚上则依靠吊在天花板上的油灯。油灯的灯罩被做成中国宫灯样式，与装饰成竹子模样的四根立柱相映成趣。立柱的顶端，以涂成绿色的椰子树叶与天花板对接。厨师进行烧烤操作的烤炉上方，烟道口被设计建造成中式屋顶和屋檐式样，仿佛挂在墙上的半截庙宇。据说，摄政王在大厨房建成后，对自己的规划相当得意，他的乐趣之一，就是亲自率领众多尊贵客人来这里参观。

对于这些客人而言，摄政王引以为傲的大厨房也的确有些令人震撼。

先进的烹烤设备，巧妙的自动开启烟道，尤其是自带加热功能的蒸汽金属大桌，构成那时罕见的菜肴加工场景。在坦博拉火山爆发导致的异常寒冷天气中，那些已经做好、等待上桌的食品，居然可以持续加热，保持温度，更是当时最应景最先进的烹饪黑科技。有了这些设备，再加上令人吃惊的中国风装饰，乔治硬是把一个厨房，变成了想象中的东方乐园。

1816 年至 1817 年，摄政王花大价钱聘来了著名法国大厨，设计了包括60道菜的晚宴菜单。据说有一次招待俄罗斯皇室贵宾的宴会，更是奉上了惊人的116道菜肴。一般说来，晚宴从下午6点开始，摄政王会亲自引领最尊贵的女性客人参观大厨房，然后进入可以容纳36人的宴会厅。身为国君，乔治一反伦敦的宫廷规矩，不坐在桌首，而发明了一种所谓“放荡座次”安排方案：他可以根据自己的选择，自由地坐在任何一位浓妆艳抹的女宾身旁。18个传菜人，负责将一道道热气腾腾的菜肴从大厨房端来，放在精心装饰的餐桌上。有美酒和著名音乐家助兴的饕餮晚宴，在主宾欢快的聊天和放肆的调情中，可以一直持续到深夜12点以后。

在这里尤其值得一提的是，布莱顿宫的中国风装修，大大得益于马嘎尔尼的中国之行。

1793年，乔治三世派出的官方代表抵达北京。这个以马嘎尔尼为团长的访华使团，最终在承德避暑山庄见到了乾隆皇帝。接下来发生的事情，是许多国人都有所耳闻的了：马嘎尔尼给乾隆带来了一大堆礼物，但乾隆不为所动，因为马嘎尔尼等人在中方多次劝说下，仍拒绝对皇帝行三跪九叩之礼。最终，乾隆把这个试图讨论通商的使团打发回国，英国人“进贡”的天体仪、望远镜、舰船模型和座钟等，成了圆明园正大光明殿里的炫耀摆设。

回望历史，这是英国政府第一次想通过官方渠道，为东印度公司开拓更大的中国市场所进行的正式努力。马嘎尔尼的出使以失败而告终，“叩头”这个概念也随他回国，在1804年正式成为英文中的一个著名单词：kowtow。

随马嘎尔尼使团访华的英国人中，有一个叫亚历山大（William Alexander）的画家，负责制作沿途见闻的图画。这位画家的职能，有点相当于今天的随团官方摄影师。从中国回到英国后，亚历山大先为马嘎尔尼使团的官方报告制作了插图。1797年，他将48幅有关中国的水彩结集出版。因为这本《中国的服装》极受欢迎，他在1814年又出版了《中国人的服饰与风貌》，包括50幅插图，和一些文字解说。

亚历山大的书，对于那时的英国人来说，是那个传说中的遥远东方古国最直观的视觉呈现，相当于那时独家配图的“旅游攻略”。书中关于中国风景、民俗、衣着和建筑的描绘，成为从王子到贵族、从知识界到时尚界都趋之若鹜的窥视窗口。

热爱书籍和艺术、对中国风时尚相当敏感的乔治，也被这些细致优雅的画面所吸引。无论是北京城楼的风貌，还是乾隆皇帝驾临热河的场景，抑或是中国各色人等的服饰，肯定让这个热爱文艺的王子心向往之，赞叹有加。

亚历山大描绘的中国图景，最终被纳什和他的设计团队直接挪用，进入了布莱顿宫的装潢空间。我在布莱顿宫博物馆的官方网站上，看到如此多的例证，简直有些目不暇接。比如，亚历山大的书中，有一幅描绘所谓“喜剧人物”的肖像画，呈现了一个中国戏剧舞台上的武生形象。这个形象，被直接用来装饰了布莱顿宫的一处楼梯转角。另一幅包含宝塔的中国风景画，则被借用至音乐厅墙壁的墙绘。

如此种种……

6

遥远的生意

摄政王对中国风的热忱，布莱顿宫的中国风装修，既可以被看作这位国君对异域风情的个人爱好，也可以被看作 1816 年前后，英国对华贸易欲望的象征。

拿破仑在滑铁卢的失败，标志着英国和法国之间几十年的战争彻底烟消云散。然而，在滑铁卢战役之前，英国就已经感受到长年征伐对经济的损害。寒冷的 1816 年来临，英国的经济问题更加突出。大量军事人口解甲归来，却发现并没有多少工作机会在等着他们：战争的消耗已经让欧洲大陆国家精疲力竭，缺少现金，无法进口产品，导致英国工厂出现萧条。英国政府税收减少的同时，也因为战争负债累累。

按照霍布斯鲍姆在《革命的年代：1789—1848》中的研究，战争开始的 1793 年，英国政府的债务为 2.28 亿英镑，到了 1816 年，增加至 8.76 亿英镑。1792 年，政府需要每年偿付 1000 万英镑的债务，到了 1815 年，则需要每年偿付 3000 万英镑，这比开战前政府一年的总支出还多。用来打仗的钱，大多来自从本国国民征收的所得税，部分是从本国和欧洲金融业借贷而来，其中就包括大发战争财的罗斯柴尔德家族银行。如何找到更好的办法提振经济，如何增加更多收入去抵还债务，在拿破仑战争接近尾声时，成了英国政府的一大心病。

那个远在远洋之外的清帝国，又进入了政府精英的视野。

正如前面说过的那样，当时英国的制造业核心，是以蒸汽机推动的棉毛纺织工业。出口制成品到国外市场，是英国经济的一大支柱。一位曼彻斯特的工厂主，曾经憧憬打开中国市场的美妙未来："如果每个中国人的衬衣下摆长一英寸，我们的工厂就得忙上数十年！"对于那时的英国人来说，尽管向中国出口鸦片可以换回茶叶等货物，但那毕竟是来自印度等地的产品。如何将更多英国本土生产的毛呢、棉纺品、金属制品和其他货物卖到那个远东的巨大市场，在 1792 年马嘎尔尼使团启动访华时，就已经是一个前景诱人的课题。

现在，这个课题显得更加急迫。

1815 年 2 月，东印度公司秘密商务委员会的一次会议上，英国海军部的第二部长巴罗（John Barrow）提出了一个建议。当时的会议记录显示，他建议政府派出代表团前往北京，"向其宣布在世界的这一边，已经实现了总体和平，并祝贺皇帝最近成功逃脱的一次暗杀"。所谓"暗杀"，是指 1813 年秋天的那次紫禁城天理教暴乱。也许英国人的情报有误，不知道皇帝当时并不在北京城内，而且事件已经过去差不多两年。然而不管怎样，巴罗认为，派使团前往中国打开贸易市场，现在是一个非常"吉利"的时刻。

巴罗是英国著名的航海探险鼓吹者和实践者，懂中文，曾经在东印度公司担任会计。1793 年，他参加了马嘎尔尼使团的北京之行，是马嘎尔尼的私人秘书和礼物总管。在那次不成功的外交活动之后，巴罗写作了一本名为《中国旅行记》的书，于 1804 年在伦敦出版，颇受好评。据说，中国民歌《茉莉花》之所以流传到英国，进入欧洲，是因为他在那次旅行过程中，用五线谱记录了曲调，抄写并翻译了歌词。

也是这位巴罗先生，在得知1817年格陵兰海域冰面融化、斯葛斯比的捕鲸之旅失败之后，撰写了一篇文章，大肆鼓吹开拓北极航道，寻找前往中国的贸易捷径。文章引发强烈反响，甚至激发了少女玛丽的想象，从而结构出《弗兰肯斯坦》中的北冰洋叙事。

巴罗的建议被采纳，使团开始组建。曾经在那不勒斯做大使的英国王室廷臣阿美士德爵士，被推举为团长。

这个使团的核心目标，首先跟东印度公司的生意有关。前往中国进行访问和谈判的阿美士德代表团的费用，将由公司全额承担。阿美士德出发前，东印度公司秘密商务委员会在一份给他的信函里表示，觐见中国皇帝时，“在会谈中所讨论到的利益，虽然最终是国家的，然而更为直接的是东印度公司的利益，对他们有最大的价值”。“根据驻中国的公司机构、董事部和摄政王政府的意见，从本国派出一个使团的原因，是由于过去一段时间广东地方政府对待该处的公司代表人的行为是粗暴、反复和纷乱的，因此他们已经阻碍和困扰了公司贸易的进行……严重损害了如此巨大而重要的事业。”

当时的议会下院领袖、担任政府外交部长的卡斯尔雷勋爵，也在阿美士德出发前给他写了一封长信。这封信阐明了政府的立场——阿美士德代表团的任务，除了解决东印度公司面临的有关争端，还务必要“努力获得有关商业、该国政府的政策和实际情况的情报：而你要将你的注意，特别指点随同你的几位先生，设法找出将不列颠制品在中国人当中推广消费的办法”。

从某种意义上讲，这个代表团将帮助东印度公司和英国全面开启中国贸易之门，更将承担让英国战后经济健康复苏的使命。

卡斯尔雷的训示中，提到以摄政王名义写给嘉庆皇帝的一封信。

我在美国历史学家马士（H.B. Morse）所著《东印度公司对华贸易编年史》英文版第3卷、附录5里，找到了英文原件。这封1816年1月19日由乔治签署于卡尔顿宫的信函，有一个非常令人瞩目的抬头，值得在此原文引用：

> George Prince Regent in the name and in (sic) behalf of his Majesty George the Third by the Grace of God King of the United Kingdom of Great Britain and Ireland, Defender of the Christian Faith, King of Hanover, Duke of Brunswick and Lunenburgh, etc. etc. etc. to the most high mighty and glorious Prince the Emperor of China our Brother and cousin health and true happiness.
>
> Most High And Mighty Prince.
>
> ……

摄政王的信带到中国后，据说由长住广东的英国传教士马礼逊（Robert Morrison）翻译成中文，以准备呈交给皇帝。中译本《东印度公司对华贸易编年史》第3卷的附录22中，有一个译文版本，我姑且转引如下：

> 摄政王乔治，以顺天承运大不列颠及爱尔兰联合王国国王、基督教信仰捍卫者、汉诺威（Hanover）王、布伦斯威克和吕讷堡（Lunenburgh）公爵等的乔治三世之

名义及委托，致书最德高望重的天子中国皇帝、我们的兄弟和中表健康及福祉。

最德高望重的天子。

我的病痛缠绵的尊贵而可敬的父王，交由我摄掌君权，我非常急于将重要事项通知尊贵的皇帝陛下，并以我力所能及的种种方法修好和增进友谊，它早已幸福地存在于我们的尊贵祖先与你们的历代皇帝之间。迩者，上帝眷顾，赐福和平遍及我的尊贵父亲各领地及欧洲各国，于是给我以最佳的时机致书于皇帝陛下……国王陛下特使还将送上我父王领土的一些产品及工艺品，以表示我的敬意，并希望皇帝陛下珍视宠纳。鉴于皇帝陛下卓著之明智精神与宽仁政策，陛下或会指令贵光辉朝廷宠信之大臣与国王陛下特使会谈有关双方帝国相互间之利益与繁荣的事情。我已训令并授权特使接受同样的任务，而在他的方面将以我认为与此有关的重要事项面陈……

乔治是否亲自起草了这份信函，是否认真阅读了它，再签上自己大名？或者，跟签署其他政府文件时一样，他只是晃过一眼甚至看都没看就草草签字了事？我不打算在此深究。

我们可以从这些文件和信函里看到，东印度公司期待的生意版图，与英国政府在 1815—1816 年面临的经济窘境，与扩大不列颠“制品”或“产品”在中国销售的愿望，不可分离地纠缠在一起。以摄政王的名义，处心积虑地给中国皇帝发出这封信，不过是这种企业 / 政府意志的另一种表达。这种表达是否发自乔治的内心深处，是否由他积极推动，已经不重要了。

至于摄政王在信中，把自己的身份也定义为“奉天承运”（by the Grace of God），把中国皇帝称为“兄弟”和“中表”（our brother and cousin），是否会让那个东方天子心中不悦，更是后话。

可以想象，在签发完这封信的半年之后，乔治在寒冷夏天亲临布莱顿宫，看到纳什和他的团队所设计的那些中国风元素时，会有一种什么样的心情。阿美士德代表团的航船已经起锚，驶向遥远东方，驶向那个充满龙和竹子、丝绸和瓷器的神秘国度，前景未卜。不过，对于摄政王来说，此次外交努力也许并不值得他过于关注，遥远的中国，对他来说无非是一个浸润着异域风情的文艺念想而已。

如果阿美士德等人能打开那个拥有三亿人口的巨大市场，把更多鸦片和英国“制品”推销进那片广袤之地，帮助他的国家经济复苏，那当然是好事。起码，这意味着政府可以拨出更多款项，来偿还摄政王的债务，来资助布莱顿宫的改造和装修事业。

如果使团步当年马嘎尔尼的后尘，仅仅是带回更多有关中国风土人情的信息，带回更多中国艺术、文化的旅游纪念品，那也算有所收获，至少对这个享乐王子而言是如此。就正如在战争年代，他不需要操心政府税收和火炮制造一样，在刚刚降临的和平年代，外交也好，生意也罢，自然有东印度公司和政府的人去打理，不用他多虑。

也许，在1816年，对摄政王来说更重要的事情，是为那个洋溢着中国风的布莱顿宫，设计出更多令人惊艳的晚宴菜品。

7

嘉庆　有夷自远方来

1816年6月，北京城里的嘉庆皇帝，从奏折中知道了阿美士德使团来访的消息。这一年，他正好56岁。

在这个特定时刻，哪怕在中国的上流社会中，对那个遥远英伦有所耳闻的人，都是极少数。朝中文武，饱学之士并不少，散落于社会上、没有进入官场的精英知识分子如龚自珍等，比比皆是。但关于英吉利在何处，到底是一个什么样的国家，它的国王如何统治，经济和社会如何管理，军事实力有多强，人文风物是什么模样，却鲜有明白之人。

龚自珍在《阮尚书年谱第一序》中盛赞的朝廷高官和著名学者阮元，就是例证。

根据历史学家葛兆光在《七世纪至十九世纪中国的知识、思想与信仰》里的研究，在阿美士德使团进入中国的六年之后，也就是1822年，时任两广总督的阮元曾经写过一篇文章，还把英国作为“荷兰属国”来看待，说这个国家“悬三岛于吝因、黄祁、荷兰、法兰西四国之间”。所谓“吝因”，是指丹麦王国；“黄祁”则是普鲁士。在同一篇文字里，他也认定法国原来是个佛教国家，后来才改信了天主教。

如果联想在道光朝礼部主客司任职的龚自珍，于1837年还把荷兰与琉球、暹罗等“西洋诸国”并列，阮元的英吉利认知也就不足为怪。

相对来说，坐在紫禁城龙椅上的皇帝，反而有一些直观的经验。

我们需要明白，在嘉庆时代，清朝政府没有双边外交这个概念，更没有对等互惠（reciprocity）原则。根据一些学者的研究，大致是在乾隆末年，中国传统的“交涉”一词，才逐渐有了与外邦的关联含义。也就是说，原有的涉及帝国之内不同族群、地域和宗教之间的交往框架，开始被借用至国家与国家之间的接触，有了模糊的“外”和“交”影子。

尽管如此，中国与外国之间的国际关系，还是被放置进一个所谓“朝贡体系”的话语结构之中，天朝作为主体，站在世界巅峰接受外邦客体的顶礼朝拜。就像龚自珍在《主客司述略》中所表达的那样，但凡与中国发生官方接触的外国，在那时，都被看作向天朝进贡的蛮夷实体，进贡有期或无期，有定额或无定额，不足为虑。

在这样的背景下，嘉庆对英国的态度，虽说不上特别厌恶，倒也十分警惕。从各种史料来看，在此之前的许多次皇帝谕旨，涉及英国军舰攻占澳门事件、广州海上的英美舰船事件或者藩属西藏和尼泊尔之间的领土争端，都显示了嘉庆对那个外邦的戒备心理。

当然，还有一件大事，在此时的中英关系上扮演着极为重要的角色。这件大事，就是鸦片对中国的输入。

在乾隆统治时期，中国和英国之间交易的大宗货物，是中国出口的茶叶、瓷器和生丝等，以及从英国进口的棉毛纺品、钟表和印度棉花等。由于英国货品尤其是毛纺品的销量不大，光是依赖茶叶出口一项，中国就可以抵消进口多种英国货品的货值，获得贸易平衡。为了购买更多茶叶，英国还不得不向中国提供大量白银。直到从英属印度等地输入神州的鸦片增加后，英国与中国之间的生意，才缩小了逆差。

到了嘉庆时代，两国之间的这种贸易平衡又逐渐被打破。

根据历史学家研究，1810 年到 1820 年间，拉丁美洲的独立运动，导致全世界的白银和黄金产量下降了 56% 左右，使得英国很难找到足够的白银，来支付中国茶叶等货品的进口费用。鸦片成了唯一能够抵御这种贸易逆差的武器，输入中国的总量也在十年里翻了一倍。

还是以东印度公司为例。

嘉庆元年，即 1796 年，东印度公司生产输入中国的鸦片是 1814 箱。到了 1812 年，这个数字上升到了 5091 箱，即便在输入较少的 1814 年，也达到了 3673 箱。每一箱鸦片，重约 140 磅，按平均每年输入 4000 箱计算，大约是年 56 万磅。根据史料记载，从 1804 年以后，东印度公司从欧洲运往中国、用于购买茶叶等货物的白银数量就已经很少，甚至完全不需要了。从 1806 年到 1809 年，公司反而将大约 700 万两白银从中国运往印度，去弥补那里的收支差额。公司平均每年从鸦片贸易中获得的利润，达到了 25 万英镑。

这还不包括所谓“散商”经营的鸦片。1813 年，英国议会通过一项法案，终止了东印度公司对印度的贸易垄断权，使得大量英国散商进入印度。这些企业很快就发现，向中国出口鸦片，是最赚钱的买卖。

鸦片在中国的流行和泛滥，经历了从上流社会逐渐向普罗民众扩散的过程。乾隆时代，服用鸦片成为中上层社会一种常见的医疗手段和享乐方式。乾隆皇朝曾经试图阻止这个趋势，但收效甚微。嘉庆正式登基后，鸦片进一步侵蚀社会中下层。

嘉庆政府禁止鸦片吸食和销售，一开始还有点道德主义色彩，觉得这种妖药，泛滥到社会底层，让国民腐化堕落。1811 年的《仁宗实录》记载，皇帝曾经下令各沿海官府，设法禁止鸦片吸食和销售：

> 外洋鸦片烟透入内地、贻害多端……流毒无穷，无赖匪徒，沉迷癖嗜，刻不可离，至不惜以衣食之资，恣为邪僻，非特自甘鸩毒，伐性戕生，而类聚朋从，其踪迹殆不可问。大为人心风俗之害……而奸商贩鬻如故，流行浸广……

1813 年，北京的广宁门卫兵，从一个进城的人身上搜出六盒鸦片，而紫禁城中，也出现皇子吞云吐雾的传言，还留下“吸之再三，顿觉心神清朗，耳目怡然”的喟叹。虽然后人推测，皇帝的二儿子在宫中吸食的是烟草而非鸦片，但考虑到那时国人常常将烟叶浸泡鸦片浆后使用，旻宁“吸之再三”的烟雾中，是不是含有妖药成分，也很难说。

嘉庆听闻妖药居然进入了帝都，大怒下旨说：“鸦片烟性最酷烈，食此者能骤长精神，恣其所欲，久之遂致戕贼躯命……近闻购食者颇多，奸商牟利贩卖，接踵而来……仍着步军统领，五城御史，于各门禁严密访查。一有缉获，即当按律惩治，并将其烟物毁弃。”

后来，禁烟也有了相关的经济考量。进口鸦片，在让上瘾的国人生命萎靡、道德沦丧同时，也会耗掉大量白银，影响政府税收。在另一次对大臣的训示中，皇帝就抱怨，“近年内地银两为外夷贸易携去者，动逾百万”。禁烟不仅是维护社会道德的举措，也开始有了经济盘算。

1815年4月，就在坦博拉火山爆发之时，皇帝下旨批准了两广总督蒋攸铦的上奏，正式颁发《查禁鸦片烟章程》。嘉庆在谕旨里宣布，“鸦片烟一项，流毒甚炽，多由夷船夹带而来。嗣后西洋货船至澳门时，自应按船查验，杜绝来源”，并明确规定，地方官员如果查获鸦片“自二百斤至五千斤以上”，就可以进帝都，接受皇帝奖赏和官阶晋级。

这是清朝政府第一次正式颁布制度化的禁烟条例。

曾经以药品和娱乐用品面目走私进口的鸦片，现在成了明确的非法洋货。但正如今天所有的非法毒品贸易一样，越是禁止交易，毒品就越是奇货可居，价格上扬。加上鸦片自身的上瘾特性，走私鸦片进入中国，越发成为一桩利润丰厚的生意。

当时香港到广州中途的伶仃洋上，颇有些百舸争流的意思。

根据蓝诗玲（Julia Lovell）在《鸦片战争》一书中的说法，位于伶仃洋中的无名小岛，成了那个时代不折不扣的走私鸦片集散地。由航速极快的外国飞剪船（clipper）运来的成箱毒品，被存放在这里的废弃大船之中。中国的走私者，驾驶所谓“蜈蚣”、“快蟹”和“扒龙”，来到这些大船旁，用银圆换鸦片，再将它们掩盖在水果、棉花等其他货物之下，运往广州的批发地。这些毒品贩运者，往往会花大价钱买通巡逻查验货物的政府官兵，暗度陈仓，顺利地把鸦片分发给广州订货收货的人。

由于利润极高，伶仃洋上的生意，吸引了越来越多的飞剪船。这些运送鸦片的船只，有的属于所谓“港脚”，也就是东印度公司的代理商，也有的来自葡萄牙、丹麦、荷兰，还有的来自独立建国不久的美国。有高额利润，就有激烈竞争，本来由东印度公司主宰的生意，遭到其他商船和土耳其鸦片的挑战。如果价格下跌，经营印度鸦片的东印度公司利润自然会受到影响。为了抢夺更多的贸易机会，英国军舰和美国商船之间，还多次发生直接冲突。

比如在 1814 年，英国军舰多丽丝号追击一艘美国货船，直接进入珠江口，到达离广州只差 10 英里的地方。消息上报到朝廷，嘉庆相当不满，通过军机处下令说："朕闻本年八九月间，有英吉利护货兵船违例闯入虎门"，好在两广总督蒋攸铦已经派水师将英国人的船驱逐，而他们对自己的所作所为"极为惊恐，业已认罪"。但是，近年来英夷从中国掠走的银两甚多：

> 又有英吉利夷人司当东（**即斯当东——引者注**），前于该国入贡时，曾随入京师，年幼狡黠，回国时，将沿途山川形势，俱一一绘成图册……留住澳门已二十年，通晓汉语……司当东在粤既久，夷人来粤者，大率听其教诱，日久恐致滋生事端。着蒋攸铦等，查明司当东有无教唆勾通款迹。如查有实据，或迁徙安置……

皇帝下旨后，便发生了广州当局的官员直接闯入东印度公司办事处检查，阻止华人受雇于商行大班，以及威胁收回十三行的贸易权利至一两个官方机构，并按照统一定价交易的系列事件。对于东印度公司来说，这无异于骚扰甚至堵塞它的白银通道，后果当然不可接受。

从公司的角度看，它向中国输入鸦片，既不希望价格走低，更不希望真正惹恼广东的地方政府和北京的中央政府，让其失去赚取白银的机会。作为中国唯一可以与外国通商的口岸，那时的广州，是鸦片贸易的总闸口，是东印度公司和其他鸦片走私机构的据点。如何将贸易点分散一些，开拓更多通商口岸，成了当务之急。

在这个时候向中国派出官方代表团，去进行外交斡旋，就十分必要。

1816年2月8日，阿美士德使团从英国斯匹赫德港起锚。船队一共有三艘远洋航船：皇家巡洋舰阿尔卡斯特号、皇家双桅战舰利拉号和隶属于东印度公司的特许战舰休伊特将军号。这个远洋船队，以阿尔卡斯特号为旗舰，将绕行大半个地球，途经巴西里约热内卢、南非好望角和印度尼西亚爪哇，计划在7月中旬抵达中国。

按照东印度公司领导层和政府外交部长的指示，以阿美士德为首的代表团成员们，将在北京面见皇帝。除了解决东印度公司的困境，他们还将与中方官员们讨论贸易问题，试图让皇帝允许东印度公司在中国其他地方设立贸易办事处，甚至希望能在帝都开设一个英国政府的常驻代表机构。阿美士德携带了那封有摄政王签名的国书，也随船装载了一大堆送给中国皇室男女的礼物，包括香水、吊灯、地图、白布、镜子、国王和摄政王画像、玻璃烛台以及灭火水车等。

这是一次希望之旅。

当阿美士德使团的舰队离开印尼爪哇向着中国航行时，嘉庆在6月24日给自己的官员下了一道谕旨，谈到英国人的这次访问：

……英吉利国遣使进贡，由海洋水程至天津入都，业经准其入贡。第洋面风信靡常，该国贡船，现在未知行抵何处。着福建浙江江苏山东各督抚、各饬知沿海州县，一体查探该国贡船经过之处。如在洋面安静行走，即毋庸过问。傥近岸停泊，或欲由彼改道登岸，即以该国遣夷官向两广总督具禀后，业经奏明大皇帝，准其由天津登岸，天朝定例綦严，不许擅自改道，亦不准私行登岸。仍密饬沿海文武员弁加意防范，毋稍疏懈。

在皇帝眼里，只要是乘坐贡船的贡使前来天朝，就意味着他们早已承认自己是天下之主。当然他也知道，这些夷人辛苦穿越季风紊乱、波涛汹涌的大洋，不远万里来给自己进贡，一定还有其他不可告人的企图。

有一点是清楚的：这些蛮夷非我族类，其心必异。所以，皇帝要求沿海各地的大小官员，一定要严防死守，不能有丝毫懈怠。嘉庆明确地说，我天朝的既有规矩十分严肃，因而这些夷人既不能擅自改变路线，也不能擅自在非指定地点登岸。皇帝的命令通过军机处秘密下发，要求这些"夷官"的一切行动，都必须处于严密监视和管控之中。

身为乾隆的儿子，此时的嘉庆当然记得1793年，记得马嘎尔尼使团在承德避暑山庄给皇帝进贡的事情。

在那次聚集了一千多人的盛大仪式举行之时，他已经被乾隆确立为接班人，两年之后，乾隆就在名义上把大清皇位禅让给了他。嘉庆是最重要的亲王和皇位继承者，列席了那次典礼。所以，当嘉庆后来得知，此次阿美士德访华使团成员中，居然就有"通晓汉语"、生性"狡黠"且经常"教唆"来华夷人的斯当东（George Thomas Staunton）时，颇有些不悦。

斯当东曾在1793年作为侍童，随父亲老斯当东和马嘎尔尼使团到访北京。那时，他还是个 12 岁的男孩。他有语言天赋，在前往中国的旅途上，跟一个移居意大利的华人随团翻译学会了一些汉语。在那次没有叩头的著名会见中，小斯当东跟年迈的乾隆有几句中文交流，并得到了后者赏赐的折扇跟荷包。

后来，斯当东加入东印度公司，常年在东印度公司广州办事处工作。作为通晓汉语的“中国通”，斯当东在 1810 年翻译出版了《大清律例》，这是在英国出版的第一部由中文直译成英文的法律著作，影响巨大。当然，东印度公司在中国的生意，包括鸦片输入，也少不了他的“贡献”。因为曾跟巴罗一起参加马嘎尔尼使团访华，又关系密切，斯当东受邀参与了阿美士德出使的策划和筹备工作。巴罗力荐他担任代表团的副使，既因为他是东印度公司的人，也因为他所拥有的“中国通”资历，他的语言能力，以及他跟中国人进行生意交涉的在地经验。

但嘉庆却记得这个英夷小子在父皇面前的表现，以及马嘎尔尼一行人拒绝向天子叩头的“无礼”行为。所以，当他向自己的臣仆们下达有关阿美士德使团的谕旨时，那个让父皇尴尬的场面，和狡黠男孩斯当东的身影，一定始终萦绕在他心里。

8

奇异的旅程

1816年6月9日，阿美士德使团的船队在印尼爪哇岛西部的万丹（Banten）抛锚停靠。随后，他们来到一个叫石让的地方歇脚。登陆后第四天，阿美士德率一行人经陆路去巴达维亚（雅加达）访问，随团医生阿禘尔（Clarke Abel）则请求留在这里，他想去探寻一座火山。

在英国人关于这次访华的诸多记录中，我选择更多地倚重阿禘尔和斯当东的文本。阿禘尔的身份是医生，从原则上说不能介入任何官方议程和决策，所以他不是一个参与者，而更像是一个观察者。同时，阿禘尔还是一个声誉卓著的自然哲学家和博物学家，这意味着他在《中国旅行记（1816—1817年）》中的观察和叙述，可能会相对客观一些。

而熟稔汉语的斯当东，是当时英国屈指可数的“中国通”，属于对华强硬派。因为他是使团的副使，为阿美士德提供有关中国政治和经济的相关咨询，参与各种会见，他的记录就更为直接。斯当东的《1816年英国使团访问北京纪事》于1824年在伦敦出版，是那个时代英国最重要的中国叙事文本之一。

阿禘尔想去考察的这座火山，叫卡朗（Gunung Karang），在石让东南18英里处。阿裨尔说，他曾经读过有关这座壮观火山的报告，非常想去一探究竟。阿裨尔从英国一路行来，已经在自己的笔记中记录了许多地形地貌，以及动物和植物的行状。作为一个具有科学素养的知识分子，他随身携带了温度计、气压计等仪器，随时测量所到之地的气温和气压数据。

在爪哇向导带领下，阿裨尔和一个英国同胞登上了卡朗山的顶峰。他在《中国旅行记（1816—1817年）》里留下这样一段文字：

> ……火山口的形状呈马蹄形，就像山谷一样，最靠下的地方最窄。两侧几乎垂直状向下，直达看来有300英尺的地方……火山口的底部，正如我后来证实的，是由大量的硫磺岩结晶和硫磺与白色的细火山灰混合而成的。从我站的地方向南，是火山口最窄的部分，我可以清晰地看到脊状突起，从远处看就像人的皱纹。从许多地方冒出的烟雾，向上升起，我们的周围是一片硫磺味……我没有带气压计，因此无法精确地测量出火山口最高的地方的海拔高度。华氏温度计显示上午11时的温度是68度，而当时山下的温度是84度……

奥本海默在《震撼世界的火山爆发》一书中说，坦博拉火山爆发时，由于风向原因，位于坦博拉正西方向、与桑巴万岛距离很近的巴厘岛，飘来的火山灰在地面的覆盖厚度达到了平均25—50厘米。再往西，位于爪哇岛东部的一些地区，也遭到了坦博拉火山灰的覆盖，厚度从1厘米到20厘米不等。我通过地图，计算了坦博拉火山与卡朗火山之间的直线距离，大约为1300千米，所以基本可以确定，坦博拉爆发时形成的凤凰云，没有抵达这一地区，阿裨尔在卡朗火山口里看见的“白色细火山灰”为土生土长，不属于坦博拉。

但这并不意味着，1815 年的坦博拉爆发，1816 年的奇异夏天，没有影响到阿裨尔先生和阿美士德爵士的船队。

6 月 21 日，使团从雅加达起航，朝中国方向进发，于 7 月 9 号在香港附近海面与战舰奥兰多号会合。奥兰多号带来了有关中国方面的消息，说皇帝已经知道使团的到访和计划。舰长同时也告知阿美士德，斯当东将乘坐东印度公司的发现号游艇，与使团舰队在南丫岛碰面。

然后，阿裨尔见证了坦博拉爆发形成的气溶胶，在大气层里变幻出的光影魔术：

> ……我们一直行驶在容易遭受被中国人称作“台风”的风暴的海域，因此一直非常担心地观察着天空可能出现的任何变化，关注着气压计的任何改变。可是，我们没有遇到任何能使我们害怕的事情，直到 7 月 9 日傍晚，天空虽然晴朗却出现了异常，我们都担心天气会出现可怕的变化，太阳西下，壮丽的落日变成道道色彩艳丽的霞光。这一点也不像太阳升起时经常可见的一束束光芒划破天穹，而是一片片炽热的粉红色霞光，发散在空中，与圆圆的太阳保持着相同的距离，从地平线迅速升起，色彩逐渐变淡，直至消失在茫茫的夜空……随着气压计微微地下降，我们的恐慌不断增加，但周围毫无迹象，风仍在轻轻地吹，已经收起的船帆重新迎风飘扬……

经历了半年航行，绕过了大半个地球，阿裨尔早已对海面上的日出日落见惯不惊。但从这段描述里，我们还是可以感受到这位博物学家的惊讶。

一边观看奇异的粉红色霞光迅速升起和消失，一边紧张地关注气压计，足以证明阿裨尔看见了他从未见过的日落景象。阿裨尔的这段文字，后来成为许多欧美火山学者和气候史研究者手中的证据，以证实在无夏之年，飘浮于平流层中的坦博拉气溶胶，发挥着阻碍和折射太阳光线的作用。这个英国人所看见的霞光，与他的同胞画家透纳和康斯太布尔在风景画中再现的橘红色天空，属于同一类型。

只不过，那时的医生和画家，跟那时的所有知识分子一样，不可能了解这冥冥之中的隐藏“遥联”——哪怕阿裨尔同时也是博物学家，曾经到达爪哇岛，甚至曾经登临过那里的一座火山。今天的我们，知道了这个逻辑，这就让我们拥有了一种非常有趣的“上帝视角”：我们可以仔细观看阿裨尔和他的同胞们的反应，不断慢放快进，甚至倒带重播。他们不知道的，我们知道，他们无法预测的，我们了解结果。

由此，这次在香港海面突然出现的奇异天象，可以被看作关于阿美士德使团前途的隐喻。

阿裨尔和使团成员们眼前的艳丽霞光，让他们感到一种恐惧，担心出现“可怕的变化”。虽然这恐慌最终被证明没有必要，但不管在眼前还是在不远的将来，未知，正是他们必须面对的最强大敌人。

差不多一个月后，也就是1816年8月4号，英国船队终于抵达塘沽。

现在，这个使团的主要成员已经聚齐。阿美士德是理所当然的正使，东印度公司广州办事处的埃利斯（Henry Ellis）和斯当东为副使。使团主翻译是传教士马礼逊，即那个将摄政王给皇帝的信件译成中文的人。东印度公司办事处的戴维斯（John Francis Davis），因为也懂中文，跟其他的公司成员一起作为使团随从。使团成员还包括随团画家哈维尔（William Havell）、阿美士德的儿子小阿美士德，以及医生和博物学家阿裨尔、特使卫队指挥官库克上尉（Lieut. J. Cook）等。

按照事先计划，以及皇帝的指令，英国人没有在广州登岸。七十几个文职人员和三百多个海军官兵一起，从广东到福建，再经过浙江、山东等地，沿中国海岸航行，最终将从天津到北京。船队在塘沽停泊后，两个中国官员乘小船来到阿尔卡斯特号面见阿美士德。这两个官员，是受皇帝之命前来的正式代表：天津道台大人张五纬和盐道官员寅宾。

斯当东在他的《1816年英国使团访问北京纪事》中，有一段文字描写了这次会见。中国官员登船前，阿尔卡斯特号鸣礼炮七响，乐队奏乐，海军列队。阿美士德爵士从自己的船舱出来，迎接两个中国人：

> ……双方互致问候后，他们说，由于天气原因，他们没能早点前来问候，为此表示歉意……他们向我们索要成员和礼品名单的复件，实际上，名单已经给过他们了。他们进一步询问使团来访的目的，在得知使团出使的主要目的是巩固和加强两国之间的友谊和合作后，他们询问我们是否还有其他的目的……还有一个类似的问答是关于摄政王的信，我们许诺译本会在稍后交到天津的钦差大臣手中。他们接着将话题转移到礼仪问题，并且强调我们最好是同意，凡是相关事宜，应当按照皇帝

最喜欢的方式行事，特使应当提前演练。

摄政王乔治写给“兄弟和中表”的信函，已经被马礼逊翻译成中文，但在这次会见中不是重点。中方官员的关注重点有两个：第一，使团访华到底有什么目的，在得知“主要目的是巩固和加强两国之间的友谊和合作”后，中方官员再次询问还有没有其他目的。第二，是面见皇帝的礼仪问题。中方官员强调，关于觐见天子的相关礼仪问题，“最好是……按照皇帝最喜欢的方式行事”，阿美士德先生和其他英国人最好预先排练。

叩头又成为焦点。

正如马嘎尔尼访华时所面临的问题一样，如何用皇帝“最喜欢的方式”实施见面礼仪，成了推开这个远东帝国大门的关键，两国之间的友谊与合作，都维系于有礼或无礼。

大英帝国派出的尊贵使者，再一次抵达大清帝国的国门。然而，船帆里鼓动着的工业革命强劲之风，使团肩负的打开三亿人市场、推销英国产品的重任，似乎都不足以成为阿美士德使团成功跨过门槛的必然保证。中国皇帝“最喜欢的方式”，肯定是叩头。中国官员的意思，是特使先生务必在到达北京之前，好好练习一下。

否则，帝都的会见和谈判前景未知。

9

叩还是不叩？这是个问题

对今天的各国民众来说，国际上的各种外交会见，已经耳熟能详到让人无视的程度。元首级别或部长级别的见面，总是跟一系列约定俗成的仪式一起，在不同的媒介平台呈现。主宾握手留影，检阅仪仗队，正式谈判，联合会见记者；欢宴一堂之中，相互祝词，最后发表公报，强调国与国之间达成共识，如此等等。哪怕在闭门会晤时讨价还价，吵得不可开交，双方最终都还是会顾及颜面，以某种都能接受的形式告别。

1793 年马嘎尔尼访华时与乾隆的见面，是中英外交历史中被谈论最多的事件之一。在那次皇家豪华典礼上出现的种种情形，早已被描述、渲染甚至夸张过无数次。1816 年阿美士德使团的访华经历，则相对无闻一些。毕竟，这不是英国的官方代表团第一次访华。对于“首次”的关注，倒是由外交关系本身性质所决定的，阿美士德访华事件不受重视，情有可原。

英国人抵达天津，皇帝派出的两位钦差大臣苏楞额和广惠率领一众官员来迎接。

苏楞额向皇帝报告说，他看见了斯当东，但差点没有认出他来。嘉庆听说斯当东的到来，感到不满，他本来已经下令，不要让这个狡诈的英夷前来北京，但他居然来了。皇帝让曾经接待过马嘎尔尼使团的苏楞额确认，现在这个副使，是不是那个“乾隆五十八年副贡使之子”。苏楞额在会见时，确认了这个斯当东，就是当年跟乾隆用中文对话的男孩。广惠提出，先看看摄政王写给大皇帝的国书翻译副本，阿美士德答应尽快处理，但实际上他有所犹豫，因为他不想让中国人知道，此次访问的议题核心是贸易。

皇帝在给苏楞额的训令中强调，你们在天津正式宴请使团一次，如果他们此次来天朝是要谈生意，或者不愿遵守天朝的礼仪，那就算了。你们可以收下他们的贡品，赏赐他们一些回礼，跟他们说，皇帝参加秋狝大礼，还有几个月才能回北京，念你们远航而来，所以特别关照，不让你们久等。

1816 年 8 月 13 日，欢迎宴会在天津道官府拉开帷幕。

苏楞额和广惠率领一帮中国官员，将阿美士德一行人引领进张五纬的公堂，而后又来到紧挨官府的张五纬住处。在张府一间宽敞明亮的会客厅里，中方官员和英方代表团面对面落座，宴席正式开始。中方官员提出，接下来要享用的正餐，是以皇帝名义赐给所有在场者的美食，按照中国的礼仪制度，中方官员全都要下跪叩头，接受皇帝赏赐的英方人员也应该这样做。英方立即表示，英国的规矩是鞠躬以表达感谢之意，摄政王并没有授权代表团遵守中方礼仪。

苏楞额回忆了马嘎尔尼使团访华时，他奉乾隆皇帝之命在广东迎接时的情景，并说那时马嘎尔尼就遵守了中国礼仪，叩了头，并让斯当东当场做证。斯当东回避了这个问题，说有关那次访问的细节，他记不清楚了，毕竟那已经是 23 年前发生的事情，自己当时还是个 12 岁的孩子。

双方僵持不下。

英方提出，如果无法达成一致，可以取消这次宴请。中方强调，如果取消宴会，也将造成不尊重皇帝的后果，在任何地点任何时候，英方如果不遵守中国礼仪，皇帝就会拒绝接见代表团。最后达成的妥协是，这一次宴请，双方各自按自己的礼仪办，中方人员三跪九叩，英方人员九鞠躬，向并不在场的皇帝谢恩。

宴会厅里铺着红地毯，在大厅最显眼位置，一张表案覆盖着象征皇帝的黄色绸缎，上面焚着一只香炉，苏楞额率领中国官员站在一边，阿美士德率领英国官员站在另一边。中国人在音乐伴奏中，向那张案台下跪、叩头，英国人也跟着九鞠躬。然后是精美的菜品上桌，使用筷子吃饭，相互祝酒致意。大厅外，临时搭就的戏台上，戏班子表演着戏曲片段助兴……

对英国人来说，这次宴请终于如期举行，在保证了能够见到皇帝的同时，也确认了英国的尊严。但对中国人而言，按照皇帝吩咐所进行的礼仪排练失败了，因为英国人最终没有叩头，皇朝的尊严遭到了稀释。

苏楞额已经预感到，自己的官场生涯也许会因此而受损。他和广惠商量了一个折中的办法：让英国人见到皇帝时，由阿美士德单膝下跪三次，每一次单膝下跪，又鞠躬三次，这样就凑够了九之礼数。苏楞额劝阿美士德说，单膝下跪，只比双膝下跪少了一条腿而已，如果英方同意，他们就冒险向皇帝上奏这一办法。阿美士德认为，这个折中方案可行，通过翻译表示他很乐意看到中国方面向皇帝汇报。

其实在英国使团内部，也发生了争论。有人认为中国皇帝固执而“虚伪”，置大不列颠帝国尊严于不顾，作为团长，阿美士德爵士必须扛住这个压力；有人则表示，为了东印度公司的利益前途，为了打开英国货品的市场，对叩头问题还应该且行且观察。

有关宴请的汇报传递到北京，皇帝很不高兴，说自己派苏楞额去天津前，早就当面跟他明确吩咐过，“前派苏楞额前往天津照料英吉利国贡使时曾面谕，务将该贡使等礼仪调习娴熟，方可令其入觐。如稍不恭顺，即令在津等候，毋庸亟亟起程来京……”

现在，英国人不仅没有恭顺地演习三跪九叩之礼，还朝着北京来了，“错误极矣”！他命令苏楞额等继续在旅途中开导这帮夷人。

从天津到通州，苏楞额终于见到了摄政王签名信函的翻译副本，但是发现开头处居然称皇帝为“兄弟”，表示中方难以接受。阿美士德提出建议：皇帝接见时，让一个与阿美士德地位相等的中国官员，对着摄政王的画像叩头，或者由皇帝下令，以后中国官员访问英国，也要对摄政王下跪叩头，这才算对等外交。中国方面当然不会接受这个建议，因为中国是天下共主，天朝和英吉利本来就不对等。

中英双方反复拉锯，争执不下。

嘉庆对英夷的无礼要求越来越不满，斥责苏楞额说，自己已经明令他沿途开导和训练英国人，居然没有成效，还提出各种荒唐办法。皇帝说，自己清晰记得，当年马嘎尔尼来华时，“略加开导旋即进行三跪九叩礼仪”，并说斯当东是见证人。斯当东则郑重地告诉阿美士德，自己清晰记得，马嘎尔尼在见到乾隆时，并没有双膝下跪和叩头。

此时的中英外交接触，就像一座即将爆发的火山。山口偶尔有烟雾冒出，地震不断，但至少在表面上，山体是稳定的，甚至还显现出一种平和安详的状态。然而，在火山口下面的山体深处，炽热岩浆在腔内沸腾，巨大张力在聚集，随时寻找突破山体重压的机会。

嘉庆以为，他能最终让岩浆屈服，让它按照自己的意愿，归顺地运行于山体之下，从而保证天朝这个世界最巅峰的脸面不失；阿美士德则知道，尽管政府和东印度公司已经授权他，可以自主决定是否叩头，但斯当东等人关于确保大不列颠帝国尊严的建议，他也不能不听。

时间越往后推移，对抗的张力就越大。

在英国使团到达通州后，嘉庆撤换了苏楞额和广惠，派朝廷重臣和世泰与穆克登额来跟阿美士德谈判。这两个人与英国代表团的交涉自然也无果，因为英国人经过内部讨论，逐渐统一了意见，拒绝无条件按中国人的意愿行事。和世泰等人当然知道，如果他们无法说服英国人，就会面临跟苏楞额和广惠相同的结局，于是向皇帝汇报说，英国使团正在通州演练叩头礼仪，无奈这些夷人手脚不灵，还没有达到熟练程度，可能会耽误一点时间。

皇帝很高兴，给和世泰下旨：

> ……至该贡使等僻在荒夷，其于中国礼节，原不能中规合度，此时揔令该贡使等依行三跪九叩之礼，即起跪间，稍觉生疏，均无足深责。

嘉庆的态度，是体谅这群蛮夷一次：从那么偏僻荒野的地方来到中国，自然无法中规中矩地行使中国礼仪，起立和跪下，肯定十分生疏，所以也不要太责怪他们。

10

魔幻现实主义戏剧

即便是最大胆的清宫剧编剧，不管他 / 她如何架空和穿越，也无法想象接下来要发生的外交事件，会以一种什么样的形态上演。

1816 年 8 月 28 日，阿美士德使团从通州出发，经过十多个小时的烂路崎岖和马车颠簸，在当日午夜终于到达北京城外。当地看热闹的百姓，举着椭圆形小灯笼，纷纷围观路过的野蛮人。先前从中国官员那里传来的消息是，皇帝已经决定接见使团，地点定在圆明园，而不是紫禁城。同时，使团下榻的地方也已经指定。所以英国人以为，他们会在第二天见到中国皇帝。

在英国人到达通州后，嘉庆下达了一连串谕旨，《英贡使进表仪注》《筵宴英贡使仪注》《英贡使陛辞仪注》等，训令宫廷做好接待准备。在这些文件里，皇帝接见英夷时穿什么样的龙袍，皇阿哥、贵族和诸位大臣站什么样的位置，宫廷乐队演奏什么样的曲子，以及天子赐饮奶茶的顺序，全都按照皇家既定规矩做了安排。这其中，当然也包括了英吉利正使向大皇帝递交摄政王的“表文”时，叩头跪拜的礼仪。

不过，中国人和英国人都没有料到事态的发展方向。

阿美士德使团在 29 日黎明之前，一直待在北京郊外。先是一个英国军官骑马过来，向阿美士德报告说，再走几百码，就可以到达他们住宿的地方。结果，他们又在黑暗中走了差不多两英里的路程，虽然路面修得相当好，但显然不是朝着城内的方向。接近黎明时分，阿美士德一行人穿过了一道围墙，最终停在一个院子里，他们已经到达圆明园。

朦胧晨曦里，远远可以看见一座高大的建筑物，被花园围绕。

嘉庆按照自己的起居习惯，在黎明前盥洗完毕，用过早餐，然后准备在清晨6点钟左右，去正大光明殿接见英国代表团，接受阿美士德爵士带来的摄政王表文。根据皇帝事先审阅批准的计划，这一次见面结束后，他还将在同乐园举行宴会，颁赏来宾，赐他们在清音阁观看戏曲表演。

满身灰尘、疲惫不堪的英国人发现，院子里出现了一大堆身穿朝服、拖着长辫的官员，并逐渐围到自己马车四周，他们这才意识到，皇帝的接见仪式可能马上就要开始。斯当东在人群中看到了苏楞额和广惠，这两人告诉他，很快就会有人来为英国人点灯照明。

阿美士德愤怒了，让堂堂大英帝国使团的高贵官员，在荒郊野外等待差不多五个小时，然后突然袭击说要和皇帝见面，这简直太不尊重人了。何况，经历了十多个小时的车马劳顿，使团成员全都灰尘扑面，肯定无法去觐见皇帝。张五纬向阿美士德解释说，他也是在路上才知道这个消息，如果皇帝今天接见，就必须遵守这个决定，抗议是没有用的。这显然无法缓和英国人的情绪。阿美士德让转告皇帝，自己劳累而且身体不适，也没有为面见天子做好准备，甚至没有换衣服，希望把会见推迟到明天。

然后就出现了戏剧高潮。

和世泰与穆克登额听说英国人要求会见改期，便传令让阿美士德一行到一栋房子里暂时休息。这栋房子，极有可能是一栋“朝房”：清廷官员在上朝见皇帝之前的临时休憩之所。接着，和世泰亲自出现，他用相当严厉的口吻，命令阿美士德不得违抗，立即前往觐见皇帝。阿美士德还是坚持说，自己十分疲惫，衣冠不整，必须等到第二天才能会见。

和世泰急了，说至少可以换一个更舒服的地方，我自己住的地方，一起商谈会见事宜，并且暗示说，皇帝也许能同意按照英国人的礼仪行事。然后，他抓住阿美士德的胳膊，试图将他从凳子上拉起来。阿美士德以为和世泰是要拉自己去见皇帝，竭力反抗，并命令全副武装的随团武官库克上尉做好准备。和世泰一边拉着阿美士德的胳膊，一边要求周围身穿朝服的大臣们来帮忙，英国代表团成员也立即起身围到阿美士德身前，试图阻止中国高官的围攻。

一些中国人七嘴八舌，喧嚷着要英国人立即动身，当然，他们的话语阿美士德无法听懂；英国人围在阿美士德周围，厉声警告中国人不得妄动，他们的英语，显然也无法被中国人理解；更多冠带整齐的皇室贵族和高官们则只是围观，沉默不语。

一场外交活动，差不多就要变成外交群殴。

最后还是和世泰退却了。他放过阿美士德，离开这个情绪紧绷的是非之地。过了一会儿，他又回到阿美士德面前，宣布皇帝准许英国人前往下榻处休息治病，明天再来觐见。并且，皇帝还将派来御医，给客人看病。

那场闹剧发生前，皇帝已经穿戴整齐，在正大光明“升殿”。嘉庆先是得到一个消息，说阿美士德走路很慢，等他进了大门后再请过来。皇帝只好等着。然后，又有人来报，说英国正使得了急病，正在拉肚子，稍候片刻。皇帝又只好等着。第三次奏报到达，说正使完全病倒了，无法前来。皇帝愕然之后，就下令让正使休息，并恩准御医去给正使看病。

和世泰给阿美士德带来的皇帝谕旨，显然不完整。

因为嘉庆命令御医给阿美士德看病的同时，还要求代表团的两个副使到正大光明殿来觐见皇帝。结果，过了一会儿又有人来禀报，说两个副使也病了，只有等他们都痊愈了，改天再来拜见皇上。嘉庆顿时也愤怒了，我中国为天下共主，英夷竟然敢如此倨傲，是可忍，孰不可忍！皇帝下令，立即将英国使臣驱逐离国，念他们远道而来，不治重罪……

关于这场荒唐的外交闹剧，随团医生阿裨尔的文字，提供了一些细节。

阿裨尔描述说，他们先是被中国官员带进了圆明园中的一个小房子，四周全是窗户，在那里等待皇帝的召见。疲惫的阿美士德爵士立即躺在了凳子上休息，使团成员也都这样做了。中国朝廷官员们纷纷前来，把 12 英尺长、7 英尺宽的房间挤得满满当当，强行围观英国人，就像他们是什么稀奇生物一样。然后是和世泰进来，抓住了阿美士德的胳膊，试图将他从凳子上拉起来，带走去见皇帝。英国人围成一团，面对专制的羞辱，捍卫着特使和大英帝国的荣誉，阿美士德连忙警告大家都不要触碰武器……

使团翻译马礼逊的描述，与阿裨尔的说法大致相同，又增添了另一些细节。比如，和世泰来到阿美士德等人停留的房间，说他已经安排好，可以让阿美士德单膝跪地，而不必叩头面见皇帝。阿美士德拒绝了，坚持要第二天才觐见。又比如，和世泰脸上冒出了汗水，他出去一会儿，又进来，抓住阿美士德的胳膊，想把他从凳子上拉起来，并让旁边的人帮忙。阿美士德奋力挣脱抓扯，再次声明他不会就这样去见皇帝。

按照英国人的说法，和世泰与阿美士德之间的拉扯肯定是发生了，场面差点失控。由于没有找到在场中国人留下的文字记录，我无法验证英国人是否在说谎。

就这样，一次英国人历时大半年的跨洋旅行，一场精心策划的外交活动，一个由中国皇帝亲自主导的怀柔远夷的机会，最终以荒诞破局。从天津算起，中国官员奉皇帝之命开展的说服培训工作，全都白忙活一场。摄政王乔治写给嘉庆皇帝的那封信，当然也就没有交到皇帝手上，因为嘉庆愤怒地告诉自己的廷臣，英国国君给自己的“表文”，连同多种“贡品”，都不必呈上来御览了。

1816 年 8 月 30 日凌晨 3 点左右，疲惫不堪的英国使团，狼狈地回到了通州。原来陪同他们的一些皇室贵族和高官，都消失了，只剩下一个奉天子之命伴他们去南方的广惠。他们到达通州，又已经是黑灯瞎火的时候，曾经一路负责前后开道的护卫，以及为使团成员掌灯照明的士兵，也都没有了踪影。

28 日从通州出发，29 日清晨从圆明园被驱逐，30 日凌晨返回通州，阿美士德代表团在这三天中的大部分时间，全消耗在马车上。他们不仅没有见到皇帝，甚至连北京城内是什么景象，都无从知晓。他们更无法印证，马嘎尔尼使团的随团画家亚历山大的水彩作品，是不是真实呈现了帝都的风物。博物学家阿裨尔，倒是在再次路过北京城时，“偷拿了一块城墙砖”，并证明“城墙是用晒干的青砖建成的”。

9 月 2 日，阿美士德使团从通州出发，踏上了陆路归程。他们在沿途官兵的严密监视下且行且歇，直到 1817 年 1 月 1 日才到达广州，与已经等在那里的远洋舰队会合。根据文献记载，英国人是从天津向南，沿大运河渐次进入山东、河南、江苏、安徽和江西等地界。途中，他们还到达了高邮、扬州、瓜洲和南京等城市。

根据阿礼尔在《中国旅行记（1816—1817年）》中的记载，他们在河南和山东交界处，目睹了大雨之后形成的洪涝，平常的沼泽地因为水位高涨，现在“并连在一起，成为一片泛水区，一眼望不到边”。到达南方地界，阿礼尔又报告说，“从瓜洲到南昌府期间，气压计的变化非常小，但湿度计却随着风的变化或升或降。温度计常常会降到华氏50度以下”。

按照他的说法，在从天津南下广州途中，他坚持每天中午用仪器测定每一个地方的气压、气温和湿度。在1816年11月的江南，正午气温低于10摄氏度，是不是表明坦博拉爆发导致的全球降温，依然在影响这一带？不好确定。因为，在阿美士德使团经过之前和之后，并没有这个地区的任何气温记录可供参照。

皇帝通过军机处，秘密指令当时的两江总督张百龄，在英夷进入江南地界时，不能让他们“登岸兹事”，并且要求沿途迎送的军队，“甲仗鲜明，器械严整，以壮声威”。在安徽，当地政府奉旨发布安民告示称，当夷船停靠时，百姓不得围观看稀奇，不准与夷人交谈，妇女更不能抛头露面、四处张望。如有违反禁令者，立即逮捕法办。

身为主政苏州和上海地区的官僚，龚丽正肯定不承担监视和迎送英国使团的任务。他接到命令兼任江苏按察使，是在1816年年底，那时，阿美士德使团一行人都已经快到达广州了。也许，龚丽正会知悉一些贡使在江苏过境的状况；龚自珍在父亲府上的某个社交场合，也许会听到一点关于英国人的零星传言？不过在我所查找到的文献里，没有相关证据。

阿美士德使团在圆明园上演的那场尴尬戏码，属于国家机密，一般百姓，包括龚自珍这样的知识精英，恐怕很难知晓。

当然，他们也可能根本就不关心。

第五章　天朝之门

1

“国威”

1817年1月，当阿美士德使团打点行装，准备离开广州之际，从两广总督蒋攸铦那里传来消息，说是有一封皇帝写给摄政王的信，要在1月7日交给特使带回英国。使团成员们都很好奇，皇帝会给摄政王说些什么呢？

在探讨嘉庆的国书内容之前，我想在这里引用一段观察者阿禝尔的描述，因为转交皇帝信函的场面，又是一次“弘扬国威”的有趣事件：

> 会面仪式在一处可以被称作寺庙的开放型小建筑中举行，里面摆放着铺有黄色绸缎的供案、香炉以及各种各样难以理解的装饰物……信放在一个盖着黄缎子的竹匣子里，由36名轿夫抬着一乘椅轿送到。他们在单独行过跪拜礼之后，便等待着特使到来。特使阁下身穿礼袍，与小斯当东爵士和埃利斯先生一起，在他的随员和商馆人员、霍尔上校以及其他几名海军军官的陪同下，由卫队和乐队引路，大约中午时分离开他的住所前往会面地点。卫队和乐队在寺庙内相隔几码分站成两排，特使从

他们中间穿过，与跟在他后面的随员们离开一点距离，走上台阶，总督则站在台阶上迎接。稍作寒暄之后，总督从供案上拿起信，双手举过头顶，递给特使，特使以同样方式接过了信，又以相似的礼节把信交给他的私人秘书，举起帽子，弯腰鞠躬。

阿禕尔所说的“可以被称作寺庙”的信件交接地点，其实就是广州河南寺，在珠江南岸，是19世纪中国南方最大的佛教寺庙之一。1869年，英国摄影师汤姆逊（John Thomson）曾经到过这里，用自己的摄影机为它留下了珍贵的影像。

根据史料记载，信函交接仪式完成后，阿美士德等人与蒋攸铦等人进行了一次简短会谈。会谈内容当然已经无足轻重，因为使团的使命已经终结。总督告诉阿美士德，中国不像英国，不需要进行贸易也能生存；特使则回答说，中国和英国一样都需要贸易，广州的生意往来就是明证。然后总督告诉阿美士德，摆满一桌子的水果蜜饯，是以皇帝名义赐给他品尝的，不过，他并没有要求英国人在享用这些美食前，行三跪九叩之礼来谢恩。

一封信的交接，居然搞得如此大排场，一定让阿禕尔惊愕不已，他才会详细描述整个过程。

毫无疑问，蒋攸铦进行这样的安排，遵从的是皇帝的命令。因为，在英国人到达广东之前，嘉庆就给两广总督下达了一道圣旨。皇帝说，苏楞额与和世泰的罪过，自己已经十分清楚：

……总之此事苏楞额一误于前，和世泰再误于后。朕权衡裁度，恩威并济，厚往薄来，办理已为允协，此后毋庸多烦词说……俟该贡使到粤，该督于接见时，当

> 堂堂正正，谕以此次尔等奉国王之命，来天朝纳贡，不能成礼，即属尔等之咎。仰荷大皇帝深仁大度，不加谴罚，仍赏收尔国王贡物，颁赏珍品，此乃天高地厚之恩，尔等回国不可不知感激。

皇帝内外有别，要求臣仆不要再跟英国人讨论苏楞额与和世泰的失误，并命令总督给阿美士德传达，圆明园接见仪式的最终破局，责任完全在英方。只不过，“大皇帝深仁大度”，不追究谴责罢了，这种“天高地厚之恩”，英国人回国后一定要懂得感激。嘉庆也告诉总督，国书交接仪式，可以不强求英夷行叩头礼。蒋攸铦当然明白，皇帝同意他搞一次隆重的交接排场，显然有用天朝威仪来最后震撼一下这些蛮夷的意图。

从阿裨尔的文字叙述来看，目标至少部分达成。

那么，这封如此重要的皇帝信函中，到底有些什么内容？

《仁宗实录》显示，天子在 1816 年 8 月 30 日就给摄政王下了这道“谕旨”。这意味着，在阿美士德使团离开北京颠簸于去通州的土路上时，嘉庆就写了这封信。奇怪的是，信函却要等到次年 1 月 7 日，才交到阿美士德手上。

也许是后来的朝廷史官在撰写“实录”时，做了一点时间线上的手脚？他们把嘉庆签署的文件记录在案时，为了彰显皇帝的愤怒，以及他捍卫国威的坚定决心，最终将日期修订在了这一天？

查阅《嘉庆道光两朝上谕档》，从 8 月 30 日开始，一直到 9 月 6 日，嘉庆签署的多道命令都涉及英国贡使进京的事情，其中的内容和字句，与那封“谕旨”多有交叉。由此我们可以猜测，给乔治的国书，也可能成文于这个时间段。考虑到皇帝的信函先要找在帝都的洋人进行翻译，可能还要反复斟酌，来不及交到9月2日就离开通州的英国人手上，再加上信使要穿越小半个中国，恐怕的确需要几个月时间？

不过，有一点是肯定的，皇帝写给摄政王的信，绝不会把收信人称为自己的兄弟和表亲：

> 敕谕英吉利国王曰。尔国远在重洋，输诚慕化……朕念尔国王，笃于恭顺，深为愉悦。循考旧典，爰饬百司，俟尔使臣至日，瞻觐宴赉，悉仿先朝之礼举行……尔使臣既未瞻觐，则尔国王表文亦不便进呈，仍由尔使臣赍回。但念尔国王数万里外，奉表纳赆，尔使臣不能敬恭将事，代达悃忱，乃尔使臣之咎。尔国王恭顺之心，朕实鉴之。特将贡物内地理图画像、山水人像收纳，嘉尔诚心，即同全收。并赐尔国王，白玉如意一柄，翡翠玉朝珠一盘，大荷包二对，小荷包八个，以示怀柔。至尔国距中华过远，遣使远涉，良非易事。且来使于中国礼仪，不能谙习，重劳唇舌，非所乐闻。天朝不宝远物，凡尔国奇巧之器，亦不视为珍异。尔国王其辑和尔人民，慎固尔疆土，无闲远迩，朕实嘉之。嗣后毋庸遣使远来，徒烦跋涉。但能倾心效顺，不必岁时来朝，始称向化也，俾尔永遵。故兹敕谕。

马士的《东印度公司对华贸易编年史》说，交接仪式完成后，阿美士德回到自己住处，开启了装有皇帝信函的精致竹匣。英国人发现，里面是一张分别用中文和拉丁文写好的黄色信笺，折叠多层。阿美士德当然无法读懂中文原件，就命令马礼逊将中文的部分抄录下来，再结合拉丁文部分，将皇帝的信翻译成英文。

把皇帝信函翻译成拉丁文的人，试图缓和皇帝的语气，把嘉庆的很多羞辱性言辞都磨去了棱角。而熟悉中文的马礼逊，则根据特使的指示，直接从中文翻译了嘉庆的意思，让皇帝那些“粗鲁词句”直接呈现在英文中，以便反映真实情况。

我在这里，也依照《仁宗实录》里的文件，把皇帝信函的主要内容，大致翻译成现代汉语，好让读者体会一下其中满满的自信：

> 皇帝敕谕英吉利国王。
>
> 朕知道你国遥远，但考虑到你希望被教化，考虑到你的恭顺，所以才愉悦地按照我父亲乾隆皇帝的规矩，接见你派来的使臣。我已经号令各个部门，做好接待工作……因为没见到他们，所以你呈上给我的表文也就没读，让他们带回给你。
>
> 朕知道你这个国王是有意臣服，只是你的使臣办事不力而已，你的恭顺之心，我很明白，这才收下了一些地理图画和山水人像，并赐给你白玉如意一柄，翡翠玉朝珠一盘，大荷包二对，小荷包八个，以表达我怀柔远夷之意。
>
> 你的国家距离中华太远，派使团长途跋涉前来，确实不容易。你的使节无法掌握天朝的礼仪，费尽口舌都教不会，确实也不是我所愿意看到的情况。我天朝从来不稀罕外国货品，你国那些奇技淫巧东西，在我这儿也不觉得多么珍奇。如果你能和你的人民一起固守疆土，无论远近，朕就觉得欣慰。

以后，你也不要再派使团劳烦跋涉地来我这儿，每年都来进贡。只要你倾心归顺于我，向往教化，就可以了。希望你永远遵守这一点。

这就是朕给你的命令。

我们完全可以想象，阿美士德使团的成员们，英国的政府官员们，以及东印度公司的董事们，将用什么样的惊愕眼光，来扫描这些高傲又轻蔑的文字。

此次访问精心策划，阿美士德使团却连中国皇帝的面都没有见到，可以说比 1793 年的马嘎尔尼使团访华更加失败。皇帝写给摄政王的信，相当于在失败的伤口里又撒了一把盐。阿美士德使团的成员们，用自己的亲身经历，验证了为什么那些清廷高级官员一再强调，要他们在见到皇帝时三跪九叩地行礼，为什么叩头一直是双方外交谈判中的最重要议题，为什么马嘎尔尼的使团，最终没有拿到天朝的通商口岸。

嘉庆的这封信，把底色亮了出来：因为在皇帝眼中，他们是自愿被天朝教化的野蛮人。

站在当年的官方立场，我们大致可以说，嘉庆的这封信，的确也维护了皇帝的尊严，弘扬了清廷的国威，给试图打开中华贸易之门的帝国主义先锋脸上拍了一记响亮的耳光。但从今天的视点来看，隐藏在皇帝表层话语之下的荒诞，也一次又一次地显露出来，构成一种黑色幽默。我们可以清晰看到，在大清皇帝尊贵的用词造句中，包含了一种极为严重的认知障碍——作为中央帝国最高统治者的天子，完全不知道真正的天下是什么格局。

我有时也怀疑，嘉庆给乔治写这样的信，是不是刻意为之？他用这种口吻跟远在英伦的摄政王对话，是要故意激怒那个他根本不认识的享乐王子，让他彻底断了和中国交往的念头。不然，他怎么可能使用如此轻蔑的称谓，来指代自己的收信对象，又怎么可能使用赏赐和命令语气，来对英国国君实施语言暴力？

但根据清朝宫廷的记录史料，情况显然又不是这样。

嘉庆对于阿美士德使团的访问安排，周密而详细，并随时根据官员汇报，调整相关议程和行动。这足以证明，他对英国人的来访，还是相当重视。至少，在皇帝眼里，这帮夷人不远万里来到中国，给天子进表，给万国之主纳贡，依然是一件让人愉悦的盛事。这足以证明中央帝国的威仪可以震慑和教化如此偏僻的世界角落，证明自己万邦来朝的显赫地位。妥善处理这次进贡和觐见，既可以给皇帝增加威震四海的光晕，又可以让文武百官体会更强劲的“爱国主义”情绪。所以，嘉庆才事必躬亲，详细过问每个环节。

更有说服力的证据，来自阿美士德使团离开北京之后。

在圆明园愤怒地下了逐客令后，皇帝也许感觉到自己的行为过于强硬，没有起到怀柔远夷的功效，这才通过大臣给通州的阿美士德传旨，同意收下几件英夷礼物，“地理图四张，画像二张，铜板印画九十五张”。同时，皇帝“赐给”摄政王一些白玉如意、锦绣荷包之类的东西作为回礼。

在朝堂之上，嘉庆对下属的办事不力严加斥责，批评一帮钦差和官员用谎言欺骗自己，导致最终在正大光明殿无法接见阿美士德使团。甚至，皇帝还做了自我批评，表示这次接见失败，自己也有失察的责任。嘉庆的自我批评，大臣们并不陌生，毕竟他已经多次这样做过。真正让他们对皇帝怒火感到不安的，是随后开出的罚单。

苏楞额和广惠在天津时，就已经犯了大错，不仅没有做好说服培训工作，还让英夷的军舰私自离开塘沽，南下去了广州。苏楞额被拔去花翎，革除工部尚书等职位，留任总管内务府大臣，负责圆明园的打理，八年无过才能另行提拔。

广惠则连降五级，直接降为内务府的一个八品小官。

和世泰与穆克登额在皇帝接见代表团在即的关键时刻，没有及时真实地报告英国人的态度和行为，最终导致正大光明殿的仪式破局，更是让嘉庆觉得不可饶恕。他下令撤去穆克登额的礼部尚书等职位，将其降为镶蓝旗汉军副都统。

对和世泰的处罚最重。这个皇室亲戚被革除理藩院尚书等一系列职务，罚五年之内不领工资，不准穿黄马褂，在内务府负责御茶膳房等地的管理，照料皇帝的伙食。因为是皇后亲兄弟，嘉庆格外恩准，特批他可以继续戴花翎，并保留三等公爵位。

把阿美士德失败访问引发的后果，描述成清廷高层的一次小型“官场地震”，大概也没有什么不对。

皇帝在9月3日对官员发布了一则重要讲话，说当时在圆明园：

> ……除军机大臣托津，因病给假，董诰、卢荫溥，并无殿上执事外，其御前行走之王公大臣等，及内务府大臣，均身在殿廷。目睹其事，颇有心知当以实奏闻，恳请改期者，乃坐视和世泰惶遽失措，无一人肯为指引。而事后召见，竟有旁观者清之语。既知和世泰茫无主见，何不代奏？即或不敢代奏，何不提醒和世泰令其实告？平时和颜悦色，临事坐视偾事，仕途险巇，一至于此，可胜浩叹！在和世泰获咎，其事甚小，诸臣独不为国事计乎？

嘉庆说，8 月 29 日这天，那么多重要朝臣都在现场，也都知道发生了问题，却没人站出来向我禀报，或者给惊慌失措的和世泰提建议，或者帮和世泰给自己汇报，或者提醒他，让他汇报实情。事后，竟然有人还说旁观者清。你们这些官员们，平时和颜悦色，事到临头却首鼠两端，为保仕途而坐视不管，简直让人叹息不已！和世泰受到处罚只是小事一桩，你们这些拿着朝廷俸禄的人，难道不应该为国家分忧吗？

2

木兰秋狝

将阿美士德使团打发上路、处理了几个涉事官员后，1816年9月9日，皇帝也离开北京，去了承德避暑山庄。

在父亲曾经接见马嘎尔尼使团的地方，嘉庆休息游玩了半个多月。然后，他于10月6日从那儿起驾，前往木兰围场进行一年一度的秋狝。随行的有他的二儿子智亲王旻宁，以及三儿子旻恺和四儿子旻忻。当然，还有一大堆王公贵族、高官太监，以及各旗官兵和护卫、服侍人员。出行队伍浩浩荡荡，旌旗猎猎，逶迤数里朝着内蒙古境内的坝上大草原方向进发。

根据历史学家的研究，木兰围场从康熙时代开始，就被定为皇家猎场。1681年，康熙在喀喇沁、敖汉和翁牛特等已臣服的蒙古王公的领地进行了秋天打猎活动。随后，他将这片在承德以北117公里，大约一万多平方公里的地方，确立为皇室专用围场。这片广袤草原和山川林地，在辽金时期就属于皇家围猎之地。为了建设永久性猎场，康熙指定了一个蒙古亲王作为管理者，后来，又任命中央政府理藩院的一个大臣负责。

这片广大地域，被粗糙的柳条围栏圈起来，成为普通民众和官员的禁地，由上千官兵在几十个哨所巡逻把守。从1681年开始，到乾隆时代的 1781 年，木兰围场由 67 个狩猎地变成了 72 个，每一个都有蒙文名字，但统称为木兰。康熙确立木兰围场后，几乎每年秋天都要率领人马，到这个地方打猎。他之后的雍正，没有继承这个传统。从乾隆到嘉庆，也几乎每年都要前去履行秋狝仪式。道光皇帝登基几年之后，才最终选择不再延续这个传统。今天，仍还有一个隶属河北省承德市的行政县，叫围场满族蒙古族自治县。

“木兰”是满语的音译，即“哨鹿”的意思。据说，这是满族人在狩猎时，用桦树皮制作的牛角型喇叭，吹奏发出雄鹿求偶叫声，勾引成群雌鹿出现，以便于猎杀。

《仁宗实录》记载，嘉庆从承德启程的 10 天之后，1816 年 10 月 16 日，跟着皇帝参与秋狝的队伍在一个叫达彦梁北口的地方驻扎下来。从承德出发，他们一路行军一路在不同地方狩猎，直到在这里作又一次停歇。先期到达的部队，已经利用帐篷建设出一个临时“御营”。

按照乾隆时期确定的制度，这个皇家临时御营，规模堪比一个城镇。所谓内城，有 175 座帐篷，设三座大门，竖有军旗，号称“金龙”。内城之外，是 254 座帐篷构建的外城，设大门四座，号称“飞虎”。再往外，是由 40 座帐篷构成的最外沿防线，由八旗军队日夜守护。按照一些历史学家的估算，乾隆时代参与秋狝的人数，最多时可以达到三万以上。那时的宫廷画家兴隆阿，在《木兰秋狝图》中，留下了皇家军事运动大会的盛景图像。

到了嘉庆时代，虽然每次的围场秋狝规模都没有达到乾隆时代的水平，但也同样劳师动众，前呼后拥。举例来说，在 1802 年，大臣们试图劝阻皇帝秋狝时，就以地方政府和官民不堪重负为由。因为这次打猎巡游，朝廷需要从顺天府一地征雇马车牛车 391 辆，虽然比乾隆最后一次秋狝征用的496辆少了一百多辆，但仍然是一个庞大的数字。

与嘉庆同时代的皇室亲戚爱新觉罗·昭梿，在他的《啸亭杂录》中曾经叙述木兰行围的制度和景况。他在文字里表示，参加行围的"蒙古、喀尔沁等诸藩部落，年例以一千二百五十人为虞卒，谓之围墙，以供合围之役"。光是负责在外围驱赶野兽的外藩部队，就达到一千多人，可见嘉庆时期的秋狝规模，也相当浩大。

皇家大部队进驻达彦梁北口的第二天和第三天，在这个地方的围猎行动正式举行。

所谓秋狝，在不同皇帝治下有不同规定，但大致都分了四个阶段。首先，是行围或合围。在五更时，由事先训练好的一千二百多名外藩士兵，在皇家虎枪营的几百人率领下，分两翼进发，将一片山林或草原团团包围起来，然后逐渐把野兽向一片空旷地带驱赶。

其次，是入围或出哨。日出之前，兵士们在空旷的围猎中心地带支起黄色帐幔，皇帝骑马从御营出发，来到这个所谓的"看城"等待。最外边驱赶野兽的军队，开始逐渐缩小包围圈。

接下来，是围猎的高潮阶段合围。由皇帝亲自下令，让外围军队将各种野兽驱赶进皇帝四周的核心地带。皇帝首开杀戒，百官欢呼庆贺，然后才按照宫廷秩序，皇子皇孙、外藩王公和诸大臣等依次上阵表演。

最后，是散围。如果野兽太多，皇帝会下令将包围圈撤开一个口子，让剩下的野兽逃出生天，自己则骑马回到御营休息。

围猎结束后，皇帝根据猎杀野兽的情况，论功行赏。奖品包括顶戴花翎、锦绣荷包、银两等。从皇子到大臣，从将军到士兵，都有可能得到天子的奖励。此外，颁赏仪式上，还有蒙古王公献上的诸多娱乐活动，如歌舞、摔跤、套马比赛等，以体现普天同乐的朝廷核心价值观。

在查阅《仁宗实录》时，我注意到一段文字。

10月18日这天，在打猎的同时，嘉庆给大臣们发了一道谕旨。在这道谕旨中，皇帝阐释了自己遵守祖先规矩，每年进行秋狝的苦心，无非是“既躬习勤劳，并以抚绥藩服，训练军伍。此与祖训勿改衣冠骑射，同为我国家根本之计”。但是，去年就有大臣劝皇帝不要进行围猎，说是降雨导致洪水冲毁桥梁，结果被嘉庆革职：

> ……本年由京启銮以后，兼旬晴霁。乃又有以闰月节候较早、哨内寒冷为词者。除御前大臣军机大臣均无此言外，卿贰京堂，及直隶道府内，颇有其人。此不独欲以淆惑朕听，且以阻挠众志，是诚何心？直同背叛矣。此次进哨以来，风日暄和，毫无雨雪。现已行围过半，气候并未凝寒……总之岁举秋狝，系我朝家法，必当永远遵循。嗣后每遇进哨，大小臣工，概不准以雨水寒冷为词、妄生浮议……傥有敢于尝试，仍复造作浮言、希图阻止者，则行围之事，与行军等，必将其人按军法治罪。立正典刑，不稍宽贷。

翻译成现代汉语，嘉庆的这道谕旨大意是，今年我从北京启程后，朝廷内许多人又以木兰围场天气寒冷为由，试图劝我停止围猎。这种混淆圣听、蛊惑众人的说法，居心不良，简直相当于一种背叛。从我进入围场以来，风和日丽，毫无雨雪，现在“已经行围过半，气候并未凝寒”。所以我警告诸位，每年的秋狝是大清朝廷家法，不得违反。从今以后，不论职位高低，一律不准以雨水寒冷为借口，妄议我的决定。如果真的天气不好，我自然会加以考虑。因为秋狝相当于行军打仗，今后如果有谁还敢乱讲话，试图阻止行围的，必将军法从事，决不宽待。

在同一天，嘉庆还下了另外一道谕旨，驳斥几个大臣关于给围场绿营兵丁发两千件棉衣御寒的奏议。皇帝认为如此一来，随同前来围猎的八旗军士，也应该得到棉衣才是，不然就会心生怨气，这些提出奏议的大臣，无非是沽名钓誉，有伤国体，必须加以惩处。

从国内一些研究者对清代气候记录的梳理总结来看，这一年的秋天，河北、内蒙古等地方似乎并未遭遇全面降温，尽管帝都周围有些区域出现了水涝、霜冻和冰雹现象。

比如位于京城西南方向的石家庄和邢台，春天出现风霜损麦；靠近山东、河南的邯郸地区，夏秋有大水。但与中国其他地方相比，灾异并不突出。至少，在京城东北方向的承德和木兰围场一带，我没有找到秋天被冷雨、霜冻和冰雹侵袭的说法。由此，可以相信皇帝在谕旨中所说，秋狝开始的半个多月来，都是晴好天气，“气候并未凝寒”。守卫围场的绿营官兵，也许真的用不着穿棉衣。

反过来说，皇帝讲话中所呈现出来的有关天气是否寒冷的争议，恰好证明了我们在面对清代史料时，可能遭遇的话语悖论。《仁宗实录》里的嘉庆语录，如果被我们当作木兰围场一带实时天气的可靠描述，那么该地是否有雨雪，是否气温偏低而需要棉衣御寒，就不会有他论。但是，皇帝用如此严厉的口吻，要求“大小臣工，概不准以雨水寒冷为词、妄生浮议”，否则就要“按军法治罪”，又让有关天气的说法，不得不有些令人怀疑。皇帝说自己感受不到寒冷，谁还敢说冷？皇帝说“风日暄和”，谁还敢报告说那些绿营士兵身体在寒风里瑟瑟发抖？一句话，皇帝认为“气候并未凝寒”，朝廷上下就只有唯唯诺诺同意的份儿，谁也不想让自己成为那个“背叛”天子的罪人。

同样让我感兴趣的，是皇帝在围猎时，似乎没有完全放松自己。

秋狝过程当中，万众撒欢之时，他还把“皇子、御前大臣、军机大臣”等召来，下了这样那样的一番训令。皇帝已经 56 岁，按当时的男性平均预期寿命计算早已步入老年，从他 1820 年驾崩这一事实回头看，此时的嘉庆，实际上已经接近自己生命终点。在差不多两个月的时间里，身患肥胖症的皇帝在荒山野岭中车马颠簸，沿途指挥狩猎，还要主持隆重繁复的皇家仪式，还要对大臣们训话。如果《仁宗实录》里的说法可信，那这天子当得可真不轻松。

3

虎枪与鸟枪

嘉庆皇帝一行在伊绵沟打猎之后，于 10 月 19 日驻扎在萨勒巴尔口的御营。在这里，他又给大臣们下了一道谕旨，全文抄录如下：

> 本日总理虎枪营大臣绵恩等奏，哈达图扎布围，又用鸟枪杀虎等语。本年九围，杀虎四只，均系鸟枪击获。虎枪人等所司何事？即如前次用鸟枪杀虎，乃蒙古托霍齐，在山梁站立，适遇虎至近迫，几致被伤。是时虎枪人等皆系步行，不及追至。托霍齐始用鸟枪杀虎，朕所亲见。因赏给托霍齐蓝翎、并荷包一对，银四两。并非杀虎应用鸟枪，若皆用鸟枪，则又何需数百虎枪人等上围？且虎枪营人等技艺必渐至生疏。于行围旧制，亦必废弛。嗣后每逢遇虎，务照旧例以虎枪迎扎。如系迫于势急，不及施用虎枪，再用鸟枪。傥应用虎枪时竟用鸟枪，总理虎枪营大臣行围领纛大臣不据实参奏，必当一并治罪，决不宽贷。再嗣后虎枪人等获虎，仍照旧例头枪赏给荷包一对，银四两。协同递枪者赏给荷包一对，

银二两。如有不得已而用鸟枪者，着将赏银减半。此乃国朝旧制，若不整饬，恐渐染汉人习气。着交总理虎枪营大臣等通谕，永远遵行。如违即行参奏，断不可姑息。

这段皇帝讲话，不用翻译我们也能大致读懂。但是，如果将嘉庆的谕旨分拆开来，用现代汉语模仿他的口吻，变成实时训令，却有了特别生动的情节和细节。我们可以想象，喧闹的正式狩猎活动结束后，皇帝把一堆廷臣召进自己的大帐。光影闪烁，炉火熊熊，大臣们跪叩请安后，不知道皇上要说些什么，一个个都惴惴不安。

嘉庆也许面色严峻，也许故作轻松，开始对他的奴仆们训话：

这一天，虎枪营大臣向我报告说，又有人在围猎的时候，用鸟枪杀了老虎。今年进行的九次围猎，一共打死四只老虎，都是用鸟枪击毙的，那些用虎枪的人都干什么去了？！比如上一次用鸟枪杀死老虎，是蒙古王公托霍齐所为，他站在山梁上，恰好遇上那只老虎冲到身边，差点被伤害。虎枪营的人都是徒步，无法跟上老虎速度。托霍齐无奈，才用鸟枪杀死了老虎，这是我亲眼所见。所以，我才赏给他蓝翎一只，荷包一对，白银四两。

杀死老虎，不应该使用鸟枪，如果都用鸟枪，又何须以虎枪营的几百人来合围？如此下来，虎枪营兵士的技艺就会逐渐生疏，祖宗传下来的行围规矩，也会跟着失传。

从现在开始，一旦遇上老虎，必须按照祖宗的规矩，使用虎枪去扎。如果时间来不及，无法使用虎枪，才准使用鸟枪。如果在能使用虎枪时居然还用鸟枪，禁卫军虎枪营大臣、围猎领旗大臣不如实向我报告，那就怪不得我将你们一起治罪，决不宽贷。

以后，只要虎枪营的兵士杀死老虎，依照制度赏给扎了第一枪的人荷包一对，白银四两。协同递枪的人，奖励荷包一对，白银二两。如果在不得已情况下使用了鸟枪，奖赏的银两还要减半。

这是我大清帝国的传统制度，如果不加以整治和继承，恐怕就会逐渐染上汉人的习气。现在，总理虎枪营大臣等人，将我的话传达下去，永远遵守。如果有人违反此令，立即上报，绝对不能姑息！

皇帝好累。

一场猎杀野兽的活动，到底是用虎枪还是鸟枪，他都亲自介入，不仅规定在打虎时必须使用虎枪，而且还解释了自己为什么会赏给那个蒙古王公头等奖，尽管他杀死老虎时，用的还是鸟枪。天子告诫大臣们，使用虎枪和使用鸟枪的区别非常重要，一定要将自己的命令传达至每个人，不得违反。

这段讲话的关键词，是“国朝旧制”和“汉人习气”。

嘉庆在虎枪和鸟枪问题上大做文章，自然有他的道理。因为用虎枪打虎，是祖先传下来的祖制，如果不加以遵守和传承，满人的八旗将士使用虎枪的技艺就会逐渐松弛生疏，染上汉人的习气，从而丧失了清朝赖以生存的军队战斗力。

把皇帝的这段话语，跟此前关于木兰围场天气预报的批评放在一起看，我们就更能发现嘉庆的用心。对于他来说，花那么多天时间，劳师动众去木兰围场进行秋狝，完全不是一种放松，而是有关国体的重大事件，是先帝立下的规矩，“我朝家法”，不得不重视和遵守。

更进一步讲，把八旗军队从各地召来，参加一年一度的宏大活动，其实就是一次军事操演，让皇帝的军队能够在皇帝的号令下统一思想统一行动，所以他威胁要对那些胡乱讲话的人施以“军法”。除此而外，当然还有向蒙古等外藩贵族显示朝廷实力、抚慰绥宁的功效。正如嘉庆在《木兰记》中所说：“射猎为本朝家法，绥远实国家大纲……守成之主不可忘开创之坚，承家之子岂可失祖考之志？”

如此意义重大的年度阅兵活动，哪怕天气不好，哪怕耗资巨大，也必须坚持。

木兰围场的秋猎，在检验部队服从力和战斗力的同时，还能增强满人核心统治阶层的文化认同，增强八旗官兵的文化认同，让他们始终记得，自己的帝国如何从东北的狩猎部落一步步演化成长，又如何在一场场战争中得以建立和壮大。秋狝活动能让他们意识到，如果丢弃了祖先的尚武传统，他们将和那些被征服的汉人一样，孱弱可欺。

近年来，国外的“新清史”研究者，通过研究朝廷满文文献，提出一些新鲜说法，可以作为我们理解清朝政治文化的有趣参照。比如，有学者借用后殖民话语，把清帝国看作从满洲起源的征服和殖民政权，它在鼎盛时期统治和管理的区域，既包括了中国，也包括东亚、东南亚和内亚的许多地方。

也有学者认为，清统治者入关之后，虽然沿用了汉人的传统政治架构和社会治理手段，但从根本上，却依然把满人文化传统作为自己的民族认同核心。清帝国的文化认同内核，并不是以汉语为载体的数千年文明，而是以骑射为基本生存技能的满人尚武和征战历史。用嘉庆在这几段训令中的话来讲，就是“国朝旧制”。“衣冠骑射”，是满人的“国家根本之计”。

在这样的意识形态框架中，一年一度由皇帝亲自领衔的秋狝，就不是纯粹的娱乐，而成了不断提醒和巩固满人文化认同的国家大事，成了将满人和汉人区别开来的文化表演。这也就意味着，如果在打猎时，杀死老虎不用虎枪，会危及满人的历史传统和文化身份。所以，皇帝才会亲自介入，如此严厉地做出具体要求。

当然，我们也可以把嘉庆的这些说辞，通通看作他对自己耗费国库、大搞打猎娱乐活动所进行的辩解。

在1816年帝国南北遭受天灾、云南出现大饥荒、多地民众只能以观音土充饥的格局里，在龚自珍所说“近年财空虚，大吏告民穷，而至尊忧币匮”的背景下，兴师动众，离开首善之都两个月，去荒山野岭猎鹿打虎，怎么看，都有些奢华得过分。作为一个“忧勤民瘼”、号召节俭，厉声谴责“京师及外省风气竞尚浮夸……荡费资产，不念生计”的国君，在国患民困的时候，恰好应该大力削减政府的无谓开支才是。

何况，几年前还出现过他前脚出门打猎，天理教徒后脚攻入紫禁城的荒唐事件。

皇家宫廷档案里，多有大臣以各种理由，迂回劝阻皇帝木兰秋狝的记录，要么是地方政府无法按要求找到足够的运输工具，要么是天气不好。正如嘉庆自己在谕旨中所说的那样，1815年，几个大臣就曾经以木兰围场一带突发洪水、冲毁桥梁道路为由，劝天子取消活动。

所以，为了封住众人非议之口，皇帝才给自己的行为，找了这样那样一堆冠冕堂皇的理由。

他不仅把老祖宗搬出来，表示自己坚持木兰秋狝，不过是遵循祖制、继承初心，更直截了当地把这件事情，跟维护国家根本和弘扬满人文化联系在一起，把一场娱乐出游，升华成了事关国体的重大举措。而且，他还严厉谴责那些试图劝阻打猎的人用心险恶，“妄生浮议”，形同叛国。这些人如果还不闭嘴，他就会“立正典刑，不稍宽贷”。既然天子都如此义正词严，朝廷之内，谁还敢多嘴？至于那些散布于木兰围场四周争相围观天颜的懵懂草民，就更只有崇拜礼赞的份儿了。

那么，皇帝如此强调的虎枪到底是什么样的武器？

根据刘旭在《中国火药火器史》中的说法，清军使用的虎枪，其实就是一种长矛。参照其他清代文献和故宫博物院里收藏的实物，我们得知，作为1800年代清军的制式武器，虎枪长两米五左右，白蜡木或其他木质材料为柄，枪头长三十厘米左右，铸铁而成。有的枪头上，还配以两只横向的鹿角尖。

按照清朝兵制，所谓虎枪营，隶属于由旗人组成的皇家禁卫军，定制为600员。除了护卫宫廷外，虎枪营的另一功能，是在每年秋狝中，负责带领外藩部队，驱赶野兽进入空地，让王公贵族们得以猎杀老虎。乾隆时期的宫廷画家，曾经浓墨重彩描绘过皇帝在围猎时，亲手用虎枪与老虎周旋的场景。不管是否有歌功颂德的夸张，虎枪在清廷中的地位，肯定是得到了彰显。

与之相对应，所谓鸟枪，则是利用火药发射铸铁弹丸以获得杀伤效应的兵器。无论是用火绳点火击发的老式火绳枪，还是依靠撞击燧石击发的新型燧发枪，都是明代从西洋国家引进的热兵器，从杀伤威力看，当然强于冷兵器虎枪。难怪，1816年参与木兰围场秋猎的贵族们，会选择使用鸟枪来对付凶猛的老虎。使用虎枪，意味着必须与老虎对峙，近身搏斗，存在一定危险；而使用鸟枪，可以远距离开火，在老虎没有扑到身前时将其击毙。冷兵器与热兵器之间的能效差距，一目了然。

但是皇帝不干。

在打老虎时使用鸟枪，涉及大清国体存亡，影响祖宗的传统承接，万万不可。

4

衰世之兆

皇帝在木兰围场的山野草原里，强调虎枪和鸟枪的重要差别时，龚自珍则在气候变异、江南水灾的现实面前，感叹金弱导致水旺，阐释“币之金与刃之金同”，以及兵刃之金和社会动乱的关联，并将自己生活的当下，隐晦地定义为衰世。

就像他在《尊隐》一文中所说，此时的帝国京师，已经进入衰颓的黄昏：“日之将夕，悲风骤至，人思灯烛，惨惨目光，吸饮暮气，与梦为邻，未即于床……”

1816 年的中国，从人口规模、年度 GDP，以及其他一些经济社会指标来说，依然是地球上第一大国。但是，哈佛大学教授孔飞力（Philip A. Kuhn）的《叫魂：1768 年中国妖术大恐慌》显示，早在 1768 年前后，也就是马嘎尔尼使团访问北京之前，清朝的统治体系就已经显现出深刻的裂痕。一场始发于江南的巫术谣传，居然可以撼动一个庞大帝国的社稷，让乾隆皇帝惊惧不安；国民头上的辫子问题，居然可以上升为事关国家安全的案件审理，这本身就足以说明，那时的清朝内部，已经开始孕育某种火山爆发前的隐秘能量。

萧一山在《清代通史》中也认为，从乾隆统治末期开始，清朝的国势已经出现渐衰迹象。萧一山把衰朽的原因，归纳为和珅的专政，官吏的贪渎，军事的废弛，财政的虚耗，以及皇帝自己的奢靡。由于社会治理逐渐败坏，民不聊生，当嘉庆坐上紫禁城里的龙椅开始行使皇帝权力时，神州各地还爆发了多次规模巨大的民间起义。总之，乾隆的儿子继承了一个表面强大，实际已经开始走下坡路的帝国。

嘉庆时代的行政如何衰弊，官场如何僵化愚钝，我在前面已经有所触及，龚自珍在1816年前后的作品里，也做了尖锐揭露，这里不必重复。根据萧一山《清代通史》第二卷中的说法，仅从皇帝登基之后所遭受的河患，就可以窥见嘉庆时代所面临的困境：

> 嘉庆年间，河患频仍，国家靡币防堵，为财政上一大漏卮。然乾隆以前，治河者尚多实事求是，自和珅秉政，任河督者皆出其门，先纳贿，然后许之任，故皆利水患，借以侵蚀中饱，而河防乃日懈，河患乃日亟，是亦清室中衰之表露较著者也。

和珅服罪之后，清朝官员利用水利工程中饱私囊的恶习，并未得到改观。典籍记载，1808—1809年间，为了开阔海口，改造河道，政府花费白银四千多万，却没取得应有的成效。1811年正月，嘉庆下令查账，发现河工账簿“多系捏造，何足为凭”。萧一山认为，嘉庆时期的经济困境，除了其他漏洞外，政府水利经费的流失也是一大积弊。

河患频仍，钱币匮缺，龚自珍在他写于1816年的诸篇文字中，曾经针对性地讨论过这个话题，并把天灾的冲击，与清廷官员的腐败无能做了逻辑对接。

1816年前后的宫廷档案里，常见嘉庆有关于河患水灾的谕旨，各种调查治水经费使用情况的命令。甚至在发生洪灾后，还有皇帝公开向大臣和国民自责道歉的说法。从某种意义上讲，水灾河患，已经成了嘉庆的心患，水利花费已经成了政府开支的黑洞。“治水社会”的经济和政治体系，社会治理和军事组织，正如千疮百孔的河堤围堰，只是在勉强支撑着。

最戏剧性的皇朝衰败征兆，来自所谓天理教暴乱，也就是英国政府打算派出阿美士德使团时，官方记录文件里所说的“刺杀皇帝”事件。

1813年秋，嘉庆皇帝照例率领诸多王公高官，前往木兰围场进行秋狝。9月15日，两百个天理教徒，以紫禁城内同样信奉天理教的太监为内应，试图从东华门和西华门乔装混入宫内，以白旗为号起事。最终成功进入宫门的暴民，有一半左右。这些攻击者聚集在隆宗门，手执白旗，熙攘鼓噪。在内宫上书房的皇子们听闻兵变，下令太监爬上墙头观望，发现有人冲着他们所在而来。嘉庆的二儿子旻宁，让人火速找来鸟枪和腰刀，而几个叛匪已经带着白旗试图翻越养心门了。旻宁和旻志不顾宫内不准使用火器的禁令，连续开枪，旻宁击毙二人，旻志击毙一人，这才让其余的攻击者不敢再往前。

皇室禁卫军和叛乱者的宫内激战，以及随后的搜查，几乎持续了一天。

事件发生第二天，皇帝的秋狝大部队到达一个叫白涧的地方，得到京城飞速送来的急报。惊愕不已的嘉庆马上终止了围猎，在赶回京城的途中，下罪己诏，公开检讨，并愤怒斥责大臣们尸位素餐，才导致了这件“汉、唐、宋、明未有之事”。皇帝下令，把持鸟枪击退匪徒的旻宁晋升为智亲王，旻志晋升为郡王。鸟枪而不是虎枪，在宫廷动乱中立了大功。嘉庆还特别赐给旻宁手中的那支鸟枪一个皇家名号："威烈"。

这个使用鸟枪退敌的皇次子，就是嘉庆之后继位的道光皇帝。

一百多个临时纠集的乌合之众，可以在光天化日之下进入紫禁城，被视为旗人最精锐部队的皇家禁卫军的防线，居然就这样被轻易突破，让一群草民直捣最高权力机构。这只能说明，嘉庆时代的军事腐败，已经到了什么样的程度。

亲身经历了这次事件的礼亲王昭梿，曾经在他的《啸亭杂录》中，描述过皇家禁卫军的废弛现象。负责守卫紫禁城的士兵，也许就包括虎枪营的人，平常并不携带武器，"至有侍卫旷班，累日不至。每夏日当值宿者，长衫羽扇，喧哗嬉笑"；圆明园里，负责站岗的士兵，竟然可以"裸体酣卧宫门之前"。

跟这些宫廷禁卫军比起来，嘉庆麾下的作战部队也好不到哪儿去。根据斯当东在《英国使团访问北京纪事》里描述，1816 年 8 月 20 日，阿美士德使团从天津到通州时，曾经遇上过一支皇家军队：

> 我们经过一所简陋的兵营，大约 100 多名士兵列队欢迎，他们身着虎装，带着弓箭袋，是弓箭手。除了他们的外表，一点都不像士兵。这些人队形凌乱，叉开脚，腿也分着，沉重的衣服，使他们显得非常笨拙，他们大多数人看上去都已经过了中年……

正如前面提及的那样，这支队伍出现在英国人面前，肯定也是接到了皇帝的命令，要以"甲仗鲜明，器械严整"的威猛阵仗，来震慑进贡的蛮夷。但在使团成员的眼里，中国军人的松垮虎装以及弓箭背袋，让他们看起来更像亚历山大水彩画所呈现的戏曲舞台上的滑稽人物，而不是可以实际作战的士兵。与拿破仑军队正面交战多年的英国陆军，早已配备燧发手枪和步枪，以及由马车牵引的机动野战炮，斯当东觉得这些身背弓箭的中国军人“非常笨拙”，显然不是来自他的文化偏见，而是来自亲眼目睹的事实。

面对如此衰世，皇帝能做些什么？

我查阅的各种历史叙事，大致都将嘉庆描述为一个努力工作的平庸之辈。或者，他是一个勤勉的天子，每天都坚持早饭前阅读祖宗文献，批改奏章，并要求自己的大臣们恪守时间，不得拖延政务；或者，他是一个循规蹈矩、谨小慎微的皇帝，虽然可以下手惩治和珅这样的大贪官，虽然也在登基之初推行过一阵所谓“广开言路”的政策，却不敢真正拥抱大胆激进的“改革”；或者，他脾气温和，试图倡导节俭，甚至还有将自己尊贵的皇袍打上补丁的传言……

总之，他还算一个好主子，但他面前的清朝江山，已经是一个无药可救的烂摊子。

政治学家们已经多次指出，中国历史上大多数皇帝，既扮演着奉天承运的象征性天子角色，也实际掌握着政府运转的绝对权力。清朝建立后，皇权独裁的势头则愈演愈烈，直至取消皇家内阁制度，设立直接听命于皇帝的军机处，启用密折禀报渠道，将所有权力收归皇帝一身。用朱诚如主编《清代通史》中的话来说，在强烈的皇权意识支配下，通过严密的行政法规制定和实施，通过严酷的文化专制政策推行，清朝的中央集权独裁体制，终于“使皇帝的意志可以不受任何制约地贯彻到全国每一个角落”。

从治理河患，到征收或减免地方税款；从亲自主导外交，到整顿国内官场；从勾决处死罪犯，到“旌表守正捐躯四川灌县民女邓氏”……事无巨细，皇帝都要管。甚至，一次秋天的荒野围猎，在打老虎时到底该用鸟枪还是虎枪，给打虎的人奖赏白银四两还是二两，他都要过问。这个绝对权力，虽然有时候也会遭到大臣和亲信的些微质疑，虽然也会在行使过程中被层层折扣，但从制度设计和运行轨迹上看，其最终节点，全在皇帝手上。

5

"烂摊子"和"好主子"

在查阅了1816年前后有关嘉庆的文本之后，我想对所谓好皇帝面临体制沉疴的说法，表示一点质疑。

我怀疑，所谓嘉庆是一个发奋工作的好主子，遇上了一个不可收拾的烂摊子的说法，所谓体制已经溃烂，再好的皇帝也会力不从心的判断，是许多历史观察者和评论者最容易掉进的话语陷阱。这种话语陷阱，在龚自珍写于这一年的《乙丙之际著议》中，就已经显现无遗。那位睿智而锐气的年轻知识分子，在讨论了天朝水灾的原因后得出结论说，因为天子负责在阴阳五行中"守正"，所以天灾才没有导致毁灭性的结果。真正的危险，在于天子努力之后，百官依然懈怠，皇帝左右皆是不才之徒，神州天下才会出现衰世症状。

这种说法，也是当下许多研究者、评论家在1800年代的中国寻找好皇帝的出发点。

仔细想来，这类历史叙事中，实在有太多可供解构的爆点。对好皇帝的期待，对天子守正的话语阐释，遮蔽了这个时代的真正病根。在1816年这个时间节点上，中国的各种权力聚焦于皇帝一身，所有政令，无论涉及的事务大小巨细，都从皇帝一人发出，我们当然可以说他勤政努力。然而反过来看，此时中国从政治到军事，从经济到外交所遭遇的困境，难道就不是源于皇帝本人的认知障碍和无能？

用一个不太准确的比喻：此时的大清帝国是一家无限责任企业，皇帝是这个企业的唯一拥有者和经营者，既是董事长又是CEO。如果这个企业经营出了问题，作为第一责任人和最高管理者，皇帝难道不该被追究？

我阅读过的许多研究文字，史料依据多来自官方的《清实录》，清朝遗老编撰的《清史稿》，军机处的文件和地方志。然而可以想象，在清朝严酷的文字狱语境中，由朝中各级官员撰写的文本，只要涉及皇帝，肯定只能是正确而伟大的“人设”渲染，不敢越雷池一步。

如果仅依据《仁宗实录》来判断，嘉庆简直就是一个日理万机不舍昼夜的劳动模范，一个呕心沥血为天下操碎了心的天子，一个时刻警惕外国势力的国门捍卫者，一个始终关怀民间疾苦的博爱仁君。这种皇家叙事塑造的皇帝形象，到底有多少可信度，值得深刻反思。正如孟森所说，清朝政府习惯于“一面毁前人之信史，一面由己伪撰以补充之”。官方的历史书写，只为当权者服务，为爱新觉罗家族服务，这样的“伪撰”，太需要历史观察者警惕。

从另一角度看，民间野史对皇帝的叙述同样值得怀疑。

由于文字狱的存在，民间写作者也不可能不顾自己受罚，冒株连九族之险，去直接非议皇帝。清代士大夫留下的私人笔记、个人历史，以及大量诗歌、小说和散文等作品，甚至朝鲜王朝派驻中国的大使写作的宫廷记录，都力图避开这个敏感话题。

皇室成员昭梿是1816年前后诸多宫廷事件的亲历者，他的

《啸亭杂录》中，也不敢记录有关皇帝的哪怕一点负面事件和议论。但凡涉及嘉庆，都是“忧勤民瘼，实为旷古所罕睹”“上之行政，惟以仁厚为本”这样的溢美修辞。考虑到他本人曾经因为“妄自尊大、目无君上”在1815年遭到皇帝的处罚，躲开文字雷区，肯定是这部笔记的不二选择。

按照历史学者和文学史研究者的共识，龚自珍是这个时代最敢于发声的知识分子，但在他各种体裁的文字里，也极少看到有关天子的负面议论。1816年前后，无论在《明良论》《尊隐》中抨击官场和京师，还是在《乙丙之际著议》里讨论衰世、天气和治水，龚自珍都极为小心。

哪怕他架空了自己作品的时事语境，也不会把笔墨直接运用在皇帝身上，而只是对皇帝周边的官僚进行鞭挞：大臣们在朝堂里发表政论，都察言观色，根据皇帝的喜怒行事……皇帝稍有不高兴，他们就赶快叩头而出，重新寻求可以得到皇帝宠爱的办法；皇帝左边没有优秀的宰相，右边没有优秀的史官，边疆没有优秀的武将……当然，龚自珍也可能不仅仅是不敢议论皇帝，而是真心认为，清皇朝的衰世到来，完全是因为天子被困在腐朽堕落的官僚体系当中，无法施展自己的手脚，无法“改革”。在后来那首著名的诗中，他依然期盼的是“天公重抖擞”。

这个时代的私人文本，只要涉及皇帝，真成了龚自珍自己所说的“万马齐喑”。

从官方宫廷记录中，我们可以看到一个成天忙于处理各种事务的勤奋天子，事必躬亲，这肯定有真实的一面。但我们应该知道，形成这种日理万机的情形，恰好是皇帝所希望得到的结果。因为神州的一切事务，必须在他一人掌控之下。

更进一步看，忙得不可开交的天子，要亲力亲为主宰所有这一切，还有一个终极的动机，那就是为了保证这个姓爱新觉罗的家族，能够永远统治九州。

在这个终极目标指引下，中国面对的所有内忧外困，灾祸事变，所有的民苦和官患，都最终被看作针对爱新觉罗家族的威胁。所谓关怀民间疾苦，有一个底线：民间只要不反对他的统治，就可以被关怀，反之则彻底剿灭；所谓整顿吏治，也有一个底线：如果官场有人非议和反抗他的绝对统治，就必须彻底弹压。以同样的逻辑，来看皇帝对待英国使团的来访，来观察他在木兰围场打猎时的言行，我们也就会明白，无论是坚决要求阿美士德等人三跪九叩，还是下令部队官兵打老虎必须使用虎枪，嘉庆时时强调的所谓国威和祖制，所谓天朝尊严和皇朝初心，都不过是维护其家族统治体系的手段而已。

把家族利益蛮横地等同于国家利益，将天子等同于国体，这样的皇帝，好在哪里？或者换句话说，无论大事小事，最高当权者都不允许任何人以任何方式来质疑和挑战自己的权威，都以逆者必亡的心态来处理，这样的皇帝，怎么可以被看作明主？

1816 年 11 月 2 日，木兰秋狝结束后，嘉庆一行回京途中在密云过夜。在这里，皇帝下了一道谕旨，将一个叫盛泰的官员革职。

《仁宗实录》记载的皇帝讲话说：英国前来纳贡的外交使团回国时，经过一些省份，直隶府也派出这个叫盛泰的官员，在通州接待。昨天我在召见盛泰时，偶尔问起这些夷人的旅程情况。据他说，他曾经跟英国的夷官讨论过该国给我的“表文”以及“兵船数目”。英国人被遣离时，他们带来的表文我还没有看过。盛泰只是负责接待的官员，我并没有命令他去跟这些贡使讨论这份文件，以及兵船数目，他却这样做了，实在是“胆大妄为，甚属狂纵”，现在我下令将他立即革职，发往盛京（沈阳）去服苦差。

我在阿裨尔的《中国旅行记》中，找到了一个相关的谈话场景，可以作为盛泰和英国人会见的参照。按阿裨尔的描述，他们8月30日从圆明园回到通州后，遇见过一个负责接待的满族官员，正是盛泰。这个人“自称懂得很多关于欧洲的知识，曾得到传教士用中文出版的书籍”：

> 在离开使团的前一天，在与马礼逊先生交谈时，他借机把书拿出来给大家看。他说，英国被分成四个部分，他想知道是否有四个国王。他颇为傲慢地评论说，与其他国家比起来，尤其是与中国相比，英国的疆域太小。“你们的国家非常小，我们的国家非常大……所以很难管理。”他希望听众对于他对英国国内事务的熟知留下深刻印象，便说道：“你们所有的牧师都留胡须，你们的一块面包直径有三四肘尺。”

可以想象，在陪同或宴请英国人的场合里，也许是盛泰主动提及了那份表文，或者是英国人率先谈到了世界最强海军的军舰数目。自以为了解欧洲和英国的盛泰，也许还接嘴多说了几句，骄傲地通过翻译宣布，英国神职人员都留胡子，一块英国面包的直径，有一米五到两米之长（一肘尺大约50厘米）。

在嘉庆眼里，盛泰的罪过，当然不是他对这些英夷炫耀自己的奇怪知识，而是在主客交往中，“越分多事”，走到了皇帝的前面，挑战了天子的权威。就地革职，发配关外，就成了他不得不付出的代价。

6

一个门外汉

1817 年 1 月，阿美士德使团从广州起航后，再次驶向印度尼西亚。

不幸的是，阿尔卡斯特号巡洋舰在马来西亚附近海域触礁。这次海难，迫使阿美士德爵士和他的使团成员们弃船避险。博物学家阿裨尔在中国之行中收集的岩石、墙砖、植物和鸟类等标本，跟着巡洋舰一起沉入了海底。一次不成功的外交访问，居然在没有完全结束的时候遭遇海难，还有什么比这更倒霉？英国人前往中国航程中，曾经为之担忧的未知和悬念，直到此时都还没有放过他们。

使团旗舰在东方海域的触礁沉没，既可以被看作其访华使命的失败总结，又何尝不是此后英中外交关系的凶险预兆？

代表团抵达爪哇，在雅加达休整。他们最终登上凯撒号，于 1817 年 5 月初离开印尼，向西航行。船队横渡印度洋，经毛里求斯，再次到达非洲大陆最南端的好望角，然后绕过那里进入大西洋。英伦三岛已经不远，但阿美士德爵士还有一件事情要做。他早就打定了主意，而且也发出了信函，希望在返回英国途中，去一座小岛上拜访一位名人。这座由火山爆发形成的小岛，位于南大西洋，是英国最早海外殖民地之一，东印度公司拥有的一个著名锚地。

现在，这座岛上关押着一个曾经的法国皇帝：1815 年在滑铁卢被联军彻底击败的拿破仑。

法国历史学家佩雷菲特（Alain Peyrefitte）在《停滞的帝国——两个世界的撞击》中描述，流放到圣海伦娜岛上的拿破仑，在 1817 年 3 月得知访华的阿美士德使团的绅士们将要拜访他，还专门找来马嘎尔尼使团访华的一些法文版纪事文献，“读了——或者重读了”一遍。他也对自己的流放伙伴谈起，真希望那个遥远的东方国家给英国人一个下马威，杀杀他们的傲气，为自己报仇。

1817 年 6 月 28 日，阿美士德使团的船停靠在圣海伦娜岛的港口。第二天下午，英国人见到了那个流放的法国人。前皇帝拿破仑拿足了架子，跟那个在位的中国皇帝嘉庆一样，十分注重礼仪。阿裨尔在他的《中国旅行记》里这样描述道：

> ……我们受到了尽可能庄严的接待。一名身着拿破仑辉煌顶峰时代侍役制服的仆人，就像昔日华丽的幻影，站在外厅的门口迎接我们……阿美士德勋爵立刻被贝特朗领入内室面见拿破仑。一个小时过去了，埃利斯先生被领了进去，又过了不到半个小时，使团的其他成员才被允许走了进去。拿破仑四周围了一圈人，他绕着圈走着，一个接一个地对每一个人就其具体职业或者使团状况等话题讲着他的看法。

单独待在一起的那一个小时里，拿破仑跟阿美士德谈了些什么话，史料没有任何记载。按照佩雷菲特的说法，他找到了阿美士德从来没有公开发表过的中国旅行日记，并在得到拥有者的许可之后，复印了其中部分内容。

在日记里，阿美士德描述的拿破仑“……上身穿一件绿色礼服，下面是一条白色裤子，腿上是丝绸的袜子和带结的鞋子。胳膊下夹着一顶三角帽。胸前佩戴着荣誉军团的勋章。以前我见过有画把他画得有些虚胖；事实上完全不是这样”：

> ……他问到我在北京的情况，打听了鞑靼的礼节。但他没有像我准备的那样就我屈从的可能性发表任何意见……后来他问我在中国旅行的情况。关于他自己在岛上的命运，他不愿使我们为难，我已经要就使命的失败向政府作出汇报，如再要我额外带口信就太过分了……接着他让人请埃利斯进来……

在阿美士德使团到来前，拿破仑认为英国人是应该向中国皇帝叩头的，他甚至跟自己的医生一边做动作一边开粗俗的玩笑说：“如果英国的习俗不是吻国王的手，而是吻他的屁股，是否也要中国皇帝脱裤子呢？”在他眼里，身为“店小二之国”的正式代表，英国使团不应该如此拘泥。但是他并没有把这些话，当着阿美士德的面说出来。

在阿美士德使团离开的几个星期之后，拿破仑才对自己的爱尔兰医生说了如下这段话：

> 外交官拒绝叩头就是对皇帝的不敬。马戛尔尼（**原译文如此——引者注**）与阿美士德提出中国国君答应如派使节去英国也要他叩头！中国人拒绝得对。一位中国

的使节到伦敦应该向国王施英国大臣或嘉德骑士勋章得主一样的礼。你们使节的要求完全是荒谬的……一切有理智的英国人应该把拒绝叩头看成是不可原谅之事。

可以想象，拿破仑对英国访华使团的失败，有些幸灾乐祸。这个将他的帝国彻底击溃的国家，将他囚禁在圣海伦娜岛的国家，虽然拥有强大的陆军海军，却在中国皇帝的宫殿大门前碰了钉子，这在他看来多少有些咎由自取。拿破仑当然不会忘记，他在自己的辉煌时期，在与葡萄牙交战的时候，也曾经试图占领中国的澳门。现在他当然没有机会实现这一目标了，但英国人也没能撬开天朝国门，至少让他找到一点儿心理平衡。

拿破仑针对阿美士德使团的这些高谈阔论，的确有点像“昔日华丽的幻影”。

作为欧洲反法同盟的囚徒，拿破仑已经无法知道，英国对中国的贸易战略，对战胜国的经济复苏具有多大的意义。虽然他关心那个东方大国的情形，但他所得到的信息，也都是粗略的观察和只言片语的叙事，根本无法让他了解天朝的实情。如果说阿美士德使团的人，还算把天朝国门挤开了一条缝的话，拿破仑则是一个不折不扣的门外汉。

今天的中国人，十分喜欢引用那句所谓的拿破仑名言：中国是一头睡狮，当它醒来时，将震撼世界。但我们可以明确地说，关于这句话的出处，欧美的历史学家们从来没有找到实据。我们更可以说，哪怕这句话就是拿破仑所讲，这位曾经震撼欧洲的法国皇帝，其实也并不知道他话里表达的是什么。

因为，在跟阿美士德对话时，拿破仑都可能还把中国看作一个“鞑靼”的国度。

从启蒙时代开始，法国的一些知识分子，包括在康熙宫廷里游走的法国传教士，已经把统治中国的满族人，跟在历史上征服过世界的蒙古人做了一些区分。所谓“鞑靼”，是一个欧洲中世纪流传下来的对蒙古人的蔑称。13 世纪，蒙古骑兵裹挟中亚草原民族部落，攻占并统治了包括俄罗斯、乌克兰和匈牙利等在内的东欧地界，他们建立的汗国政权，有的一直延续到 18 世纪下半叶。基于对东方“黄祸”的恐惧，欧洲人用鞑靼（Tartar）一词，来指称这个强悍的征服者。

但是，学术圈之外的西欧大众，甚至包括拿破仑这样的军事和政治精英，却并不十分清楚，在清朝入关前，直至嘉庆时代，蒙古的部落王公，早已是接受满人统治的藩属，每年都要向皇帝纳贡，向皇朝汇报工作，每年都要恭顺地陪同皇帝，在自己的领地用虎枪鸟枪打猎。正如乾隆在一首诗里所说，“从今蒙古类，无一不王臣”。正因为缺乏这个知识框架，拿破仑才会在接见阿美士德的时候，“打听了鞑靼的礼节”。

也正因为无法了解那个遥远国家的实情，这个流放犯人才会告诫爱尔兰医生说，英国人想用舰队来吓唬中国人，强迫他们接受欧洲的礼节，真是疯了：

> ……要同这个幅员广大、物产丰富的帝国作战将是世界上最大的蠢事。可能你们开始会成功，你们会夺取他们的船只，破坏他们的商业。但你们也会让他们明白自己的力量。他们会思考，然后说：建造船只，用火炮把它们装备起来，使我们同他们一样强大。

后来的清朝历史证明，拿破仑才是“疯”了。

7

沉睡的帝国

1817 年 8 月 17 日，圆明园外交事件发生差不多一年之后，阿美士德使团乘坐的船只，终于到达他们出发的斯匹赫德，抛下了铁锚。

使团回到伦敦后，也撰写了一份给政府和东印度公司的报告。在这份文件里，阿美士德代表团承认了没有能面见嘉庆递交国书的失败，并把他们在中国的荒唐遭遇，归咎于“半开化”的中国宫廷，以及典型的东方专制主义皇帝。从某种程度上讲，这份报告为此后十多年东印度公司的中国策略奠定了基础，也为英国政府打开对华贸易之门的政治努力画上了省略号。

从此之后，东印度公司特别委员会告诫所有生意人，必须小心翼翼地对待中国官员，避免在礼仪之类的琐屑问题上刺激对方。但是这种策略，并没有给公司的生意带来多大起色，他们通过正规渠道的销售英国制品，没见到多大增长。有研究者指出，到了 1820 年代，广州获得清廷政府特许的多家外贸行商相继破产。1829 年，能够与外国人做进出口生意的行商，变成了七家，著名的“广州十三行”名存实亡。自此之后直到 1840 年第一次鸦片战争爆发，中国从海外进口的金属、棉花等也都出现了下滑。

倒是用走私手段运至广州的鸦片，随时间推移越来越多。

1833 年，英国议会在院外集团的游说下，通过法案终止了东印度公司在茶叶贸易中的垄断地位，准许更多散商进入对华贸易领域。蜂拥而至的商行和商人们，依赖的交换硬通货不是白银，还是鸦片。英国商人通过经营鸦片买卖，把大量白银源源不断地运出了中国国门。一个苏格兰商人在 1839 年回到伦敦时，有人曾经戏谑地描述说，这个“吸毒先生”刚刚从广州回来，“每个口袋里都装了贩卖鸦片赚的 100 万英镑”。

那时，嘉庆皇帝已经作古。

从 1821 年到 1834 年，嘉庆的继任者道光皇帝迫于压力，多次宣布禁烟措施。英国的商人们坐不住了，开始通过各种方式和渠道，给议会施加影响。他们以“自由贸易”为口号，要求政府动用军队，以保证英国和中国之间的鸦片通道不会堵塞，保护英国商人的人权和商权。在那时的一些英国人看来，一两艘军舰，就足以威慑天朝，而中国政府，肯定挨打一次就会退让一次。

1839 年，钦差大臣林则徐被派往广东，在北京中央政府工作的龚自珍，给他写了那封著名的信函鼓劲，希望林则徐能彻底剿灭“食妖”，并消除燕窝、钟表和“呢羽毛”的危害。接下来的时间里，在林则徐主持下，广州外国商行外的空地街角上，开始不断出现宣判鸦片走私犯的场面，商行的大门外，贴上了醒目的告示。英国在广州的一些鸦片商人，遭到了逮捕和囚禁，他们的两万多箱鸦片库存，被焚毁于虎门的海滩。另外一些英国商人，则被驱逐到荒芜而孤独的香港岛。

英国国内发动战争的呼声越来越高。有意思的是，当年在圆明园见证了那场外交闹剧的斯当东，此时已经不再供职于东印度公司，而是议会下院最熟知中国的议员。斯当东虽然表面上反对鸦片贸易，却支持对华动武。在他看来，那个傲慢而专制的东方皇权，应该得到不列颠帝国强大海军的一次重击，否则，它无法汲取教训，它的通商大门无法打开。在中国人面前，屈服只能导致羞辱，坚定却可以保证胜利。在最终的议会投票中，斯当东的那一票，投给了主战派。

那时，身患肥胖症的乔治四世也早已不在人世。

阿美士德使团，连同此前的马嘎尔尼使团，虽然没有从中国皇帝那里拿到他们想要的贸易政策和通商口岸，却通过近距离观察中国的风物，以及清帝国皇帝、官员、军人和百姓的行状，判定这个世界第一人口大国，其实是一只军事上的纸老虎。这种结论，从某种意义上讲，触碰到了天朝实情，并在议会辩论中帮助主战派赢得了票数。

从另一面来看，相较于英国人对中国人的一知半解，中国人对英国人更加懵懂。正如我前面已经说过的那样，那时的中国人，从皇室贵族到社会精英，都缺乏有关英国的基本常识，更不用说切身认知。朝中高官如阮元和林则徐等，以及知识分子如龚自珍和魏源等，对这个外来势力毫无准备。至于民间流传的话语，则荒诞到了让人忍俊不禁的地步：很多人以为红毛英夷眼珠色浅，阳光一照就无法看清对手；红毛英夷没有膝盖，腿直不能弯曲，竹竿一扫就会应声倒地。

按照历史学家茅海建在《天朝的崩溃》一书中的叙述，1832年，东印度公司曾派了一艘商船从澳门北上，以图侦察中国沿海的情况，搜集情报。颇具讽刺意味的是，这艘船的名字就叫阿美士德号。6月20日，阿美士德号在未遇任何阻挠的情况下，直接闯入上海的吴淞口。随船医生、普鲁士传教士郭士立（Karl Gützlaff），居然“巡视了（吴淞）炮台的左侧，考察了这个国家的防务内部组织”，而没有遇到任何麻烦。为东印度公司充当间谍的郭士立，在当天的日记中做出判断说：“如果我们是以敌人的身份来到这里，整个军队的抵抗不会超过半小时。”

的确，当英国海军已经装备以蒸汽为动力的铁壳远洋战舰时，当英国战舰上的侧舷炮可以发射具有强大爆炸威力的“开花炮弹”时，中国的海军还依靠吨位很小的木帆船守卫近海。美国人在广州创办的英文《中国丛报》曾经报道说，在澳门的中国战舰各架有八门大小不等的炮，其中两门是旧式的铜制野战炮，占了舱面的全部宽度。如果开炮，即使战舰不沉没，炮身也会反撞到舰舷侧面，跌下海去。

而广州等地的海防炮台，还在使用不能爆炸的铁疙瘩弹丸。根据茅海建的描述：

> 明末清初，中国在引进西洋大炮时，同时也引进了“开花炮弹”（一种爆破弹）的技术。然而这种技术，为御林军专有，现存北京故宫博物院的清初炮弹，几乎全为“开花炮弹”。然而，久不使用，就连统治者本身也都忘记了，至鸦片战争时，别说一般的官员，就连主持海防的林则徐和当时的造炮专家黄冕，都闹了不知“开花炮弹”为何物的大笑话。战后清王朝据实样试制，实际上是第二次引进。到了 19 世纪 70 年代，左宗棠督师西征新疆，在陕西凤翔发现明末所遗“开花炮弹”之实物，不禁感慨万千，谓西洋“利器之入中国三百余年矣，使当时有人留心及此，何至岛族纵横海上，数十年挟此傲我？”

胜负天平，早在开战之前就已经极度倾斜。

继1840年在福建和浙江等地的军事行动后，1841年1月7日，英国军队对最重要的通商门户广州发动了进攻。那时，禁烟大臣林则徐已经被道光皇帝革职，发配新疆伊犁。

黑尼斯三世（W. Travis Hanes III）和萨奈罗（Frank Sanello）撰写的《鸦片战争——一个帝国的沉迷和另一个帝国的堕落》一书，梳理了这场战斗的进展。在1月7日这天，100名英国士兵，以及1500名印度士兵，乘坐十几艘大小战舰，不费一枪一弹轻松进入珠江口。在穿鼻炮台里的清军守兵，一共有8000名，属于皇家精锐部队。他们看得清英国舰队的阵势，却打不中那些烟囱里吐出黑烟的船只，因为他们的大炮被固定在炮台上，无法瞄准敌人。

只花了短短几分钟，中国军队的大炮就被彻底压制。

随后，英军步兵分乘两艘船开始抢滩登陆。清军发现他们的攻势后，又是摇旗敲锣，又是呐喊助威。但这一切举动，都无法抵抗英国军队的枪炮射击。8000名清军士兵，有一百多人投降，其余绝大部分战死和逃跑。按照英国方面的说法，这基本上就是一次肆意屠杀。战斗结束后，英军只有三十多人受伤，且都是轻伤。不过，他们的受伤不是因为对手的反击，而是因为自己的大炮过热，炮管爆炸所致。

接下来的三门湾海战，更是让天朝海军颜面尽失。蒸汽铁甲船复仇者号以一己之力，对抗15艘清军战舰。复仇者号击沉了15艘中国战舰，随后又顺带点燃新发现的一艘战舰，俘获了另一艘，完成了把一艘军舰当作一只舰队使用的作战神话。

后来的历史进程，多少年里，都一直在中国的各种叙事里被重复，被阐释。

北京城里的道光皇帝，被南方传来的各种消息震惊，最终只好同意跟英国人签订丧权辱国的条约，将香港主权割让。他答应向英国人开放的通商口岸，就包括了龚自珍曾经居住生活过的上海县。

等到臭名昭著的《南京条约》正式签订时，曾经担任过道光朝礼部主客司官员的龚自珍已经永远睡去，无法见证天朝的耻辱时刻了。

第一次鸦片战争后，尝到甜头的英国人不断提出更多要求，并伙同法国人在1856年至1860年发动了第二次鸦片战争。这一次，威灵顿军队的后代，跟拿破仑军队的后代，放弃了自己先辈在滑铁卢曾经有过的敌对和仇恨，组成联合作战部队，将战斗直接带到了北京城。当时在位的咸丰皇帝弃城而逃，躲到靠近木兰围场的承德避暑山庄。英法联军则在洗劫了圆明园里各种皇家珍宝之后，一把火将它彻底葬送。

在那场浩劫中，嘉庆在1816年等待阿美士德使团代表前来觐见的正大光明殿，成了英法联军的临时指挥部，并在撤军时被焚毁。和世泰与阿美士德相互拉扯的朝房从此不复存在，变成一片荒芜草地。

终章　值得记忆的年份

1816年8月29日早上6点左右，阿美士德使团的翻译马礼逊，亲眼目睹了中国官员和英国官员之间发生的肢体纠缠。

在他关于这场闹剧的记述里，有一个细节十分醒目：理藩院尚书和世泰在伸手抓扯阿美士德爵士之前，脸上已经冒出了汗珠。国舅在一大早就出汗，也许是因为神经紧张，也许是因为在皇帝和使团之间来回奔波传话，也许是因为戴着正式官帽、穿着正式朝服，也许是因为那个朝房空间狭窄，挤满了看稀奇的达官贵人。

不过，一位研究者却从中看出了另一个原因。

伊利诺伊大学教授马克莱（Robert Markley）在《坦博拉阴影里的阿美士德使团：气候与文化，1816》这篇论文中，将和世泰的满脸汗水与坦博拉火山爆发后的天气异常关联起来。他指出，根据使团成员的描述，阿美士德一行人从通州到北京，一路颠簸，在到达圆明园时，已经满身灰尘。随团的东印度公司秘书戴维斯，在他的文字里记录了使团到达天津时，船上所测得的中午气温是81华氏度（27摄氏度），早上稍微凉快一些，也有70华氏度（21摄氏度）。随后的日子里，使团从通州到北京，再返回通州，下午的气温一般都在27摄氏度左右。

马克莱认为，将使团成员所记录的气温，跟他们看见的干涸河床、遇上的沿路灰尘，以及和世泰脸上的汗珠综合起来看，那时的河北地区遭遇了干旱。而这，正是天津和北京一带出现天气异常的一种征候，跟坦博拉火山爆发形成的气溶胶直接相关。

这种论断是否合理？

前面多次说过，坦博拉火山爆发后产生的气溶胶，在平流层阻挡太阳光导致降温的同时，也会造成季风气候的紊乱，在一些地方形成淫雨洪涝，又在另一些地方导致降水量突然减少——无论是在印度，还是在北美。退休美国总统杰斐逊在他的蒙蒂塞洛庄园，就观测到 1816 年和 1817 年的干旱现象，并报告过自己农场的庄稼因此而歉收，甚至因此而破产。

但是，要将 1816 年 8 月 29 日清晨，圆明园朝房里和世泰脸上的汗水，跟坦博拉火山爆发联系起来，恐怕还有大量的实证工作要做。

中国科学家们迄今为止得出的研究结果，并不能肯定，在 1816 年 8 月至 10 月期间，即阿美士德使团觐见嘉庆皇帝的前后，天津、通州和北京出现了旱情。至少在我查阅的相关文献中，没有见到类似结论。

中国中央气象局气象科学研究院主编的《中国近五百年旱涝分布图集》中显示，1816 年的天津到北京一带，在旱涝等级上介于 2 级和 3 级之间，也就是介于偏涝和正常之间。这个分布图的信息来源，是该年 5—9 月该地的方志中关于洪涝和干旱的记载。高超超和她的同仁们，在我引述过的那篇英语论文中，也给出了 1816 年中国整体湿度和降水量的分布示意图，显示这一带 5 月至 9 月的降水，属于正常范围。嘉庆皇帝在该年 10 月 18 日秋狝途中的谕旨，倒是说了木兰围场地区天气晴好，“风日暄和，毫无雨雪”……

阿禘尔在他的《中国旅行记》中提到，“当我们在通州时，8月20日到9月2日，华氏温度计白天在荫凉处经常保持在88度，曾经上升到93度，却从未低于83度。夜间的温度一般下降到72度至70度……”通州的白天气温保持在31—33摄氏度，晚上20摄氏度左右，肯定有点偏高。但是，阿禘尔的气温记录，加上戴维斯的气温记录，因为没有前后参照，都属于孤证。它们不能帮助我们准确地界定，旱情就发生在阿美士德使团的进京途中，使团成员看到的裸露河床，也并不是一个无法辩驳的证据。

按照张德二和高超超等气象科学家的说法，中国历代皇朝档案和地方志里，从来就有更加关注水灾而不是旱情的倾向，所以要具体梳理旱灾分布情况，比梳理水灾更难。我以为，要想精确地重建这段时间内这个区域的气象，还得花更多力气。

坦博拉火山的爆发，与和世泰脸上冒出的汗珠，遥联得有些夸张。

正如我在本书序章里所说的那样，坦博拉火山爆发及其后续全球气候效应，并不是我关注的重点，而只是一个背景。因为1816年的全球降温，让我得以把中国和英国的知识分子并置在一起，把英国国王和中国皇帝并置在一起，让他们产生一种互文效应。飘浮在平流层里的气溶胶，成了一面映照东西方社会和文化的镜子，构成一幅相互关联的图景。

在这个图景中，无论是中国的龚自珍，还是英国的雪莱，无论是摄政王乔治，还是嘉庆皇帝，都被影响全球的气候突变所笼罩，成为1816无夏之年时空中凝固的标本。他们的生命轨迹，他们的喜怒哀乐，都成了这个特殊年份中的文化构成元素，成了中国和英国19世纪初期历史进程的个体话语标志物。

在这里，个体是关键。

跟云南人李于阳不同，龚自珍生活在富裕的江南上层社会，1816年中国气候突变所带来的旱涝和民生之苦，父亲治下的上海江苏等地的灾情，他也许有所耳闻，却没有在自己创作的文本里直接呈现出来。嘉庆皇帝坐在紫禁城和圆明园里，阅览官僚们呈上来的奏折，也许能掌握这一年全中国的气象灾害概况，却不可能真正体会到云南草民的生存挣扎。

同样是贵族出身的雪莱，也许能从日内瓦湖畔的凄风苦雨中，见证气候寒冷给人种带来的退化，能从阿尔卑斯山上的冰雪里，体会到自然的神奇力量，却无法体验瑞士农民吃不上面包和土豆的饥饿感。摄政王乔治也许听说了东英吉利的饥民暴动，却不能将自己在布莱顿宫里感觉到的盛夏寒意，与爱尔兰乡村居民的瑟瑟发抖做身体上的关联。

1816年，中国和英国的写作者，属于各自社会中占少数的人群，他们留下的有关气象变异的文本，只能代表他们自己。尽管英国的情况要好一些，但有关那一年气候灾难的陈述，依然来自知识和官僚阶层。伍德在他的《坦博拉：改变世界的火山爆发》一书中得出的结论表明，无夏之年在爱尔兰引发的社会底层大饥荒，最直接的文本描写，都还是来自1847年一位爱尔兰作家卡尔顿（William Carleton）创作的小说《黑色预言家：爱尔兰饥荒的故事》。

这是当代人观察历史的一个陷阱：我们能够看到的1816年的文本，是一个社会中少数人留下的文本，在大多数时候，它们更像是一连串让我们窥见事实的孔隙，而不是一大堆证实真相的证据。这就意味着，他们的写作，只能是他们所处时代和社会的零星表征。

身为知识分子的龚自珍和雪莱，在他们的写作中对气象变化做出了间接和直接反应，但这只是他们这一类人的一种反应而已。不管是将帝国南北的水灾跟阴阳五行的失调联系在一起，还是把日内瓦的夏日冷雨当作法兰西院士的自然哲学证据，他们的文本，只表征了他们的生存体验和他们的思想与情绪。

同样，嘉庆皇帝兢兢业业用朱笔批改奏章，给江苏和安徽的农民免去这一年的税赋，并不代表他真的体会到了受灾人民依靠观音土充饥的困苦，也不意味着他会削减在皇宫中为自己服务的厨师的人数；那位以享乐而闻名的摄政王乔治签署的政府文件中，也许就有救济饥民的内容，但我们可以肯定，当他在布莱顿宫用116道菜的晚餐来招待客人时，不会联想到参加“面包还是鲜血”大游行的英国民众的空胃。

所以，要想完整呈现1816年气候变异给中国和英国带来的社会和文化冲击，光凭这几个人的历史文本，肯定是不够的。

1816年，当平流层里的坦博拉气溶胶蔓延在地球上空，同时笼罩着东方和西方时，中国的龚自珍和英国的雪莱，并不知道他们各自的国家，在这个特定时空的官方接触，将是一次历史性的文化碰撞。

作为诗人，作为关心社稷的知识分子，他们都针对各自的生存环境，做出过各自的判断和批评。当他们留下的文本被并置之后，当这些文本被放进各自的语境、互为参照之后，我们可以看到，差异比相似更加醒目。对于这一点，我们不需要做更多论证：位处这颗行星的东西半球，相隔万里之遥，中国和英国在1816年的差异，实在太大了。正因为这巨大差异，才导致了这两个国度在接触对方时，会爆发匪夷所思的外交冲突。两国的官方代表，在叩头问题上的争执和拉锯，说明两者对所谓教化的理解、对文明的认知，有着根本无法对接的落差。

伦敦城里的摄政王乔治和北京城里的嘉庆皇帝，可能比龚自珍和雪莱更有全局眼光，也更有国际视野。至少，在英国和中国的双边关系这一领域，他们有更多的发言权。从历史文本层面，我们知道，乔治和嘉庆都间接或直接参与了两国政府的第二次接触。如果不是因为叩头问题无解，嘉庆甚至可能在圆明园亲自见到阿美士德。

将这两个国君的生存境遇和行状并置之后，我们还是可以发现，两人之间的差异，远远大于他们的相似。

如果历史允许幻想，如果嘉庆能乘坐直达航班从北京飞往伦敦，如果乔治能乘坐远洋游轮从伦敦抵达天津，我们都能想见，两人在正大光明殿或布莱顿宫面对面时，会发生什么更加神奇荒诞的事情。皇帝大概会看着乔治引以为傲的大厨房，晕头转向，弄不明白这个归顺自己的英夷，为什么要把奴仆们做饭的地方，装修得像天朝的庙堂；摄政王接过嘉庆赠送的荷包，搞不清楚自己将用这充盈着中国风的玩意儿来干什么，装鸦片酊，还是装珠宝？或者，那个半开化鞑靼领袖，本意是要把这锦缎做成的礼物，送给自己的哪一个女性情人？

至于他们是否能在见面之前，就跪地叩头还是屈膝吻手达成共识，只有天知道。

同样，如果龚自珍和雪莱能在1816年，于中国或英国的某个地方见面，如果他们能通过翻译跟对方交流，一起讨论中国江南的防洪和瑞士日内瓦的寒夏，我们也能想象，那将会是一场多么滑稽的跨文化对话。在同一张平流层气溶胶膜笼罩下，鸡同鸭讲，牛头不对马嘴，一定是这场虚拟对谈的可笑情形。

当龚自珍强调中国的水灾是因为五行中的金过于虚弱时，曾经迷恋化学/炼金术的雪莱大概会问，尊敬的定庵先生，您所说的金，是泛指所有金属，还是特指黄金呢？当雪莱宣扬他对泛神论的理解、呼吁人类崇拜自然的真与美时，龚自珍也可能会表示，我们中国人的确有天人合一的悠久传统，但亲爱的雪莱大人，您所说的自然，难道不属于那个天子负责守正的天地吗？

这就是我不愿意进入庸俗比较研究的根本原因：没有一个共同认可的话语框架，没有一套共享的价值体系，寻找相似和差异的努力都是白费力气。

如果以现代性为标尺，我们当然可以将1816年的中国和英国，将皇帝和国王，将龚自珍和雪莱做一些对比。这样的比较研究，可以涉及政治经济制度、社会治理体系、公共话语空间、叙事系统建构等，但这不是本书的路径。把坦博拉火山爆发，及其所导致的全球气候效应也作为一个指标，来标出这个特殊年代中国人和英国人的差异，才是我试图完成的作业。

当印度尼西亚的那座火山猛烈喷发的时候，东印度公司的巡洋舰贝纳勒斯号，就在附近海域游弋，英国的殖民地开拓者和生意人，就在爪哇地区生活，甚至东印度公司任命的总督莱佛士，都还在发挥针对这片地区的管理职能。他们对坦博拉火山爆发的描述，不仅为后人研究这一地质灾难提供了直接证据，也间接说明了，在1816年，英国的商业、军事和文化触角，已经远远超出故步自封的天朝，超出了中国皇帝和中国文人的想象疆域。

对于那时的中国皇室和上层精英来说，也许有人已经知道，传说中的爪哇国，现在是一个叫咬溜吧或者巴达维亚的地域，也知道在爪哇岛上，已经有华人定居。甚至，从事南洋贸易的中国商人，在进口各种货品的同时，可能还带来了有关那儿的零星消息。但三亿多中国人，却根本无法知晓坦博拉爆发这数千年一遇的重大地质事件，更没有留下相关的口头和笔头记述。从话语层面看，这至少意味着，那时的大不列颠帝国，已经是全球性的国家，虽然它大约两千万的人口总量，与中国相比不足挂齿。

当平流层中的气溶胶膜，导致了气候突变，让地球上许多地区出现异常的天气现象时，中国的各个地区，也遭受了不同程度的影响。但是，因为没有进入仪器时代，中国历史叙事中，自然也就缺少了相应的数据。

我们可以从皇家档案和方志里，找到低温、霜冻和水旱的记载，也可以从文字描述中，知道 1816 年的中国南方结冰和降雪，甚至从诗歌里，找到嘉庆大饥荒的各种经验实景。但这些史料，并不能帮助我们锁定那一年的气温变化，更不能让我们确认，它与之前和之后的气温平均值，有什么不同。

尽管那时欧洲和北美的气象站和气象观测也不完善，但由于温度计和气压计的使用，由于英国海军舰船必须每天记录气温气压的规定，这些遍及欧美和几大洋的日志文献，却提供了可供后人解读和比较的数据，让 21 世纪的研究者们，拥有全球降温的实证。

数据不能说明一切，但数据至少是目前人类理解世界的最可靠渠道，尤其是在今天所谓大数据科学兴盛的背景之下。正如清朝的统治者在第一次鸦片战争之后，才发现自己也曾经引进过“开花炮弹”一样，中国的普罗大众要等到很久以后，才知道原来温度计和湿度计早就存在于清朝皇宫之中。中国知识精英学会使用仪器来监测温度变化，气象认知真正进入仪器时代，都是清帝国崩塌之后的 20 世纪了。

最让人扼腕感叹的，是在认识论上的差异。

因为没有设计出相应的理论路线，没有相应的仪器作为技术支撑，当1816年的龚自珍谈论天气和天灾时，就必然祭出老祖宗遗留下来的神秘主义传统，将水灾或旱灾，归咎于阴阳转换和五行失调。

当然，在量子纠缠已经被当代物理学证实和利用的今天，我们也不能完全认定，这种试图解释自然界各种因素相互遥联的传统思想，就是彻头彻尾的巫术和迷信。无论在宏观层面（物质世界和宇宙），还是在微观层面（人体运行机制），阴阳五行理论并非完全失效，正如基于这一理论的中医，现在仍能治病一样。但是，这种古老的传统智慧在形而上领域的精妙说辞，并不能促进形而下领域测量手段和方法的运用，不能促进具体技术的发明和实践。

而这，恰好是从1700年到1900年欧洲社会发展和现代化推进的核心动能，是英国在19世纪登上全球霸权地位的实用阶梯之一。

1816年，中国的统治阶层和知识精英们没能赶上这一趟现代性火车，不仅让他们关于天灾的阐释显得荒唐可笑，更让中国社会错过了科技发展的历史机遇。嘉庆皇帝因为阿美士德拒绝叩头，试图关上中国的大门，结果把自己关在了现代化大门之外。来自英伦的“奇技淫巧”被威严地拒绝，从而给落后就要挨打的历史结论做足了铺垫。

直到最后一个清朝皇帝被迫从紫禁城搬出去，中国的知识分子才痛定思痛：“赛先生”和“德先生”在几百年历史舞台上缺席，是国难和国耻的重要根源。

国家叙事和话语层面的差异，也显现出此时中国和英国之间的巨大鸿沟。

一个是大众传媒中以贪玩而闻名的国王，一个是官方记录里勤勤恳恳工作的皇帝，乔治和嘉庆在许多历史文本中的不同，是如此的深刻而醒目。我们可以想象，如果龚自珍手捧伦敦出版的各种报纸和杂志，他大概会以为1816年的英国，在这个荒唐亲王领导下，一定是一个礼崩乐坏的烂摊子；如果雪莱能够读到清朝政府的各种官方文件，他也许会想象这一年的中国，由一位兢兢业业辛苦工作的天子管理，肯定是欣欣向荣的牛奶与蜂蜜之地。

真实的情况恰好相反。

龚自珍在自己的文字里，将1810年代看作清皇朝的衰世，后来的历史证明，这是一个极有远见的深邃观察；雪莱愤怒抨击英国社会，从国王到宗教，从婚姻制度到社会习俗，可谓不留一丝情面，却并没有预测到这个国家，会成为地球霸主。

时间既跟嘉庆和乔治开了个玩笑，也将定庵大人和雪莱爵士碳化在固定语境之中。他们要想就这个话题多说点什么，或者做一些辩解，是绝对不可能了，就像那位在坦博拉火山爆发时正在给家人准备晚餐的印尼村妇一样。

坦博拉火山的爆发，是否真的影响或改变了中国的历史进程？

在这本书结束的时候，我发现自己还是无法完整回答这一提问。自然科学家和社会科学家已经达成共识，1815年到1817年，从坦博拉剧烈吐出猩红岩浆和滚烫浮石将巨量火山灰喷向天空开始，这一事件和后续过程，对东方和西方社会都形成了冲击。但是，经过艰难的阅读和分析之后，我发现这还远远不够，尤其当我们把目光聚焦于中国时。就历史叙事来说，在1816年之中和之后的中国社会里，还有许多地方无法为这个推论建立确凿的证据链，也无法产生合理的解释。

比如鸦片。

清帝国面临的鸦片危机，在现代和当代中国的历史书写里，从来是一个饱含感情的话题。一方面，它的舶来品身份和毒瘾危害，跟欧美帝国主义的贸易和军事扩张联系在一起，很容易被一些民族主义言辞，渲染成试图借此摧毁祖国的外来黑手；另一方面，中国人对鸦片的上瘾程度，远远超过那些向中国大量出口毒品的国家，又很容易被一些戴着种族偏见眼镜的观察者，看作华夏民族无法摆脱愚昧状态、缺乏科学和法治精神的表征。

有一些研究者，将坦博拉火山爆发引起的1816—1818年嘉庆大饥荒，看作云南鸦片大规模种植的起点。在夏季和秋季作物被无夏之年的风雨霜冻摧毁后，当地农民只能选择补种。罂粟易于生长，制成的鸦片能带来比小麦高出二至四倍的收入，成了他们灾后自救的最佳选择。这种解释，可能给出了鸦片本土种植的气候变异经济学渊源，却无法解释，从19世纪20年代一直到20世纪40年代，中国的鸦片产量和使用量，都一直处于高位的社会和文化原因。

如果要证实坦博拉火山爆发，最终导致了中国鸦片种植和交易的泛滥，又导致更多中国人变成无法自拔的瘾君子，导致国运衰落，研究者恐怕还有漫长的路要走。

在这一点上尤其需要警惕的是，有一些历史叙事，将鸦片的危害无限扩大成了清帝国的衰落主因，把两次鸦片战争的失败，看成是天朝倾颓的起点或根源。这种论证的危险，在于一种思维定式：中华文明的历史进程延续数千年，本来是能够自我修复和自我更新的，怪就怪英国人，和一切亡我之心不死的帝国主义列强，以鸦片为前导，以坚船利炮为后盾，将这种修复和调整打乱，将这种自我更新的进程彻底破坏。

历史并没有这么简单。

比如，根据龚自珍同时代的一些文人在笔记中描述，从1806

年开始，浙江和福建一些地方就已经有自产鸦片出现。浙江的温州和台州分别出产“温浆”和“台浆”，福建出产“福膏”，而四川出产的鸦片则叫“蜀浆”，云南多地也开始种植罂粟。按照新加坡学者郑扬文在《中国鸦片社会生活史》一书中的研究，中国本土鸦片的最初种植和生产时间，甚至可能要提早到18世纪末。

按照另一些历史学家的估算，到1879年，也就是第二次鸦片战争爆发的二十年后，中国本土的鸦片产量达到约1.45万吨，而同年进口的鸦片只有6800吨。光是中国主要鸦片产地的产量，就一举超过了鸦片的进口总量。更有甚者，从1858年清政府开征“洋药税”起，大清帝国的国库，越来越倚重从进口和自产鸦片中获得的税银。1894年，中国大约有8.6亿多亩耕地，其中用以种植罂粟的达到1300多万亩，占比1.5%左右。到了20世纪初，鸦片税银则占到了清朝财政收入的大约10%。

1906年，当面临崩溃的朝廷再一次试图禁烟时，这项政策得到了华东地区民众的欢迎，却遭到了西部地区民众的强烈反弹。因为在那时，依靠鸦片生产和交易发财的人，包括鸦片上瘾不能自拔的人，大多聚集在西部各省。甚至在辛亥革命前夜，有些积极拥护推翻清廷的西南地区民众，还以为在革命成功之后，他们就会获得鸦片种植和交易自由。

面对这样的历史事实，要把中国的鸦片之毒全都归罪于境外势力，就像要把它归咎于坦博拉火山的爆发一样，很难自圆其说。

正因为夸大了鸦片在清朝历史中扮演的角色，才关联产生了多任皇帝怎么做也无法扭转颓势的叙事话语，才诞生了嘉庆任劳任怨，一直都在依照传统忘我工作却无力回天的判断。也正是在好主子遇上烂摊子的话语框架主导下，在批判精神缺失的语境中，当代中国诞生出一部又一部传记和小说、电影和电视剧，将皇帝的治国理政、清朝的宫廷生活，呈现为一种远离现实的虚妄传奇，渲染成一派光鲜精致的审美影像。

近几十年来，中国的大众传媒里塑造的清朝皇帝形象、清宫生活图景，几乎一边倒地成了封建独裁统治者的颂歌，成了诸多皇室阿哥和宫中美女之间的浪漫爱情演绎。最终，一旦谈论清朝的衰落与失败，人们要么认为是因为英明皇帝无法突破官僚体制的桎梏，要么则归罪于帝国主义鸦片的侵蚀。中国的公众，在各种媒介管道连年灌输这一套主流说法之后，已经将其内化为无意识的期待视界，内化为自动接受机制，以至于都完全忘记了，伟大的辛亥革命，首先要打倒的是清皇权专制和独裁。

这些人也完全忘记了，在 1911 年之后，直到中华人民共和国成立的 1949 年，鸦片的生产和消费，都还如挥之不去的梦魇，在神州的许多地方盘旋。这就是为什么，有一些历史研究者，并不把 1840 年的鸦片战争看作清朝开始崩塌的关键事件，不把所谓外因看作清朝政权衰落的动力。按照他们的判断，政治和经济不对等能量在社会内部的累积，清朝统治制度自身的僵化土壤，民间社会和官僚社会之间的大陆板块撞击，汉人与满人之间的族群认同摩擦等，才是大清帝国这座封建专制大山最终被炸成碎片的根本原因。

清朝中国的衰败进程，也许有坦博拉爆发的推动，但远远不止于此。

主要参考文献

中文部分

休·昂纳（Hugh Honour）:《中国风：遗失在西方800年的中国元素》，刘爱英、秦红译，北京大学出版社，2016年。

勃兰克斯（Georg Brandes）:《十九世纪文学主流：英国的自然主义》，徐式谷、江枫、张自谋译，人民文学出版社，1984年。

陈铭:《剑气箫心——龚自珍传》，浙江人民出版社，2005年。

陈歆耕:《剑魂箫韵：龚自珍传》，作家出版社，2016年。

多林（Eric Jay Dolin）:《美国和中国最初的相遇：航海时代奇异的中美关系史》，朱颖译，社会科学文献出版社，2014年。

杜家骥、李然:《嘉庆事典》，紫禁城出版社，2010年。

杜兰特（Will Durant）:《世界文明史：伏尔泰时代》，台湾幼狮文化译，华夏出版社，2009年。

亨利·埃利斯（Henry Ellis）:《阿美士德使团出使中国日志》，刘天路、刘甜甜译，刘海岩审校，商务印书馆，2013年。

弗格森（Niall Ferguson）:《文明》，曾贤明、唐颖华译，中信出版社，2012年。

樊克政:《龚自珍年谱考略》，商务印书馆，2004年。

樊克政编:《中国近代思想家文库：龚自珍卷》，中国人民大学出版社，

2015 年。

费正清（John King Fairbank）主编：《剑桥中国晚清史 1800—1911 年》，中国社会科学院历史研究所编译室译，中国社会科学出版社，2007 年。

弗兰科潘（Peter Frankopan）：《丝绸之路——一部全新的世界史》，邵旭东、孙芳译，徐文堪审校，浙江大学出版社，2016 年。

福山（Francis Fukuyama）：《政治秩序的起源：从前人类时代到法国大革命》，毛俊杰译，广西师范大学出版社，2014 年。

关文发：《清帝列传：嘉庆帝》，吉林文史出版社，2004 年。

耿云志：《近代中国文化转型研究导论》，社会科学文献出版社，2016 年。

葛兆光：《七世纪至十九世纪中国的知识、思想与信仰》，复旦大学出版社，2000 年。

龚自珍：《龚自珍全集》，王佩诤校，上海古籍出版社，1999 年。

黑尼斯三世（W. Travis Hanes III）、萨奈罗（Frank Sanello）：《鸦片战争：一个帝国的沉迷和另一个帝国的堕落》，周辉荣译，杨立新校，生活 · 读书 · 新知三联书店，2005 年。

黄毅、章培恒：《龚自珍〈和归佩珊诗〉本事考》，载《上海大学学报（社会科学版）》，2008 年第 5 期。

霍布斯鲍姆（Eric Hobsbawm）：《革命的年代：1789—1848》，王章辉等译，国际文化出版公司，2006 年。

江枫主编：《雪莱全集》，河北教育出版社，2000 年。

邝杨、马胜利：《欧洲政治文化研究》，社会科学文献出版社，2012 年。

考特莱特（David T. Courtwright）：《上瘾五百年：烟、酒、咖啡和鸦片的历史》，薛绚译，中信出版社，2014 年。

威廉 · K. 克林格曼（William K. Klingaman）、尼古拉斯 · P. 克林格曼（Nicholas P. Klingaman）：《1816，无夏之年》，李矫、杨占译，化学工业出版社，2017 年。

孔飞力（Philip A. Kuhn）：《叫魂：1768 年中国妖术大恐慌》，陈兼、刘昶译，上海三联书店，1999 年。

蓝诗玲（Julia Lovell）:《鸦片战争》，刘悦斌译，新星出版社，2015 年。

刘旭:《中国古代火药火器史》，大象出版社，2004 年。

李伯庚（Peter Rietbergen）:《欧洲文化史》（上、下卷），赵复三译，上海社会科学院出版社，2004 年。

李于阳:《即园诗钞》十五卷，收录于《丛书集成续编》（第 178 卷），台湾新文丰出版公司，1988 年。

罗素（Bertrand Russell）:《西方哲学史》，何兆武、李约瑟译，商务印书馆，1976 年。

罗威廉（William T. Rowe）:《哈佛中国史 · 最后的中华帝国：大清》，李仁渊、张远译，中信出版社，2016 年。

罗友枝（Evelyn Rawski）:《清代宫廷社会史》，周卫平译，雷颐审校，中国人民大学出版社，2009 年。

马士（H.B. Morse）:《东印度公司对华贸易编年史》，中国海关史研究中心组译，区宗华译，林树惠校，中山大学出版社，1991 年。

麦若鹏:《龚自珍传论》，安徽大学出版社，2005 年。

茅海建:《天朝的崩溃：鸦片战争再研究》，生活 · 读书 · 新知三联书店，2005 年。

孟森:《清史讲义》，中华书局，2010 年。

佩雷菲特（Alain Peyrefitte）:《停滞的帝国：两个世界的撞击》，王国卿等译，生活 · 读书 · 新知三联书店，1993 年。

《清实录 · 嘉庆朝实录》，中国社会科学网，中国社会科学杂志社承办，www.cssn.cn。

上田信:《海与帝国：明清时代》，高莹莹译，广西师范大学出版社，2014 年。

斯当东（George Thomas Staunton）:《1816 年英使觐见嘉庆帝纪事》，侯毅译，载《清史研究》2009 年第 2 期。

H. N. 史密斯（Henry Nash Smith）:《处女地：作为象征和神话的美国西部》，薛蕃康、费翰章译，上海外语教育出版社，1991 年。

孙康宜：《写作的焦虑：龚自珍艳情诗中的自注》，载《北京大学学报（哲学社会科学版）》2006 年第 4 期。

孙立群：《中国古代的士人生活》，商务印书馆，2003 年。

孙文光、王世芸：《龚自珍研究资料集》，黄山书社，1984 年。

唐德刚：《从晚清到民国》，中国文史出版社，2015 年。

王开玺：《隔膜、冲突与趋同：清代外交礼仪之争透析》，北京师范大学出版社，1999 年。

王玉民：《明清月晷星晷结构考》，载《自然科学史研究》2010 年第 3 期，29 卷。

魏斐德（Frederic Wakeman, Jr.）：《中华帝国的衰落》，梅静译，民主与建设出版社，2017 年。

吴义雄：《“国体”与“夷夏”：鸦片战争前中英观念冲突的历史考察》，载《学术研究》2018 年第 6 期。

吴义雄：《海外文献与清代中叶的中西关系史研究——英国东印度公司广州商馆中文档案之价值》，载《广东社会科学》2018 年第 3 期。

萧一山：《清代通史》，华东师范大学出版社，2006 年。

熊月之：《西学东渐与晚清社会》，上海人民出版社，1994 年。

玛丽·雪莱（Mary Shelley）：《弗兰肯斯坦》，孙法理译，译林出版社，2016 年。

徐建中、S. Kaspari、侯书贵、康世昌、秦大河、任贾文、P. Mayewski：《珠穆朗玛峰东绒布冰芯 1800 AD 以来的火山活动记录》，载《科学通报》2009 年第 4 期，第 54 卷，《中国科学》杂志社。

杨煜达、满志敏、郑景云：《嘉庆云南大饥荒（1815—1817）与坦博拉火山喷发》，载《复旦学报（社会科学版）》2005 年第 1 期。

张德二主编：《中国三千年气象记录总集》（卷四），江苏教育出版社，2004 年。

昭梿：《啸亭杂录》，何英芳点校，中华书局，1980 年。

赵尔巽等：《清史稿》，中华书局，1998 年。

中国第一历史档案馆编：《嘉庆道光两朝上谕档》（第20—22册），广西师范大学出版社，2000年。

中国科学院地理科学与资源研究所历史气候资料整编委员会、《清实录》编写组：《〈清实录〉气候影响资料摘编》，气象出版社，2016年。

中央气象局气象科学研究院主编：《中国近五百年旱涝分布图集》，地图出版社，1981年。

朱诚如主编：《清朝通史图录》，紫禁城出版社，2002年。

朱诚如主编：《清朝通史》，紫禁城出版社，2003年。

外文部分

Alan Bewell, *Romanticism and Colonial Disease*, Baltimore : The Johns Hopkins University Press, 1999.

Bernice de Jong Boers, "Mount Tambora in 1815: A Volcanic Eruption in Indonesia and Its Aftermath", *Indonesia,* No. 60 (Oct., 1995), pp. 37-60, Southeast Asia Program Publications at Cornell University, Stable URL: https://www.jstor.org/stable/3351140.

Chaochao Gao（高超超）, Yujuan Gao, Qian Zhang, and Chunming Shi, "Climatic Aftermath of the 1815 Tambora Eruption in China", *Journal of Meteorological Research*, Vol. 31, issue 1, 2017, pp. 28-38, doi: 10.1007/s13351-017-6091-9.

Charlotte Gordon, *Romantic Outlaws The Extraordinary Lives of Mary Wollstonecraft and Her Daughter Mary Shelley*, New York : Random House, 2015.

Chris Williams, ed., *A Companion to Nineteenth-Century Britain*, Oxford: Blackwell Publishing Ltd, 2004.

Clive Oppenheimer, "Climatic, Environmental and Human Consequences of the Largest Known Historic Eruption: Tambora Volcano (Indonesia) 1815", *Progress in Physical Geography*, Vol. 27, issue 2, 2003, pp. 230–259.

Clive Oppenheimer, *Eruptions That Shook the World*, Cambridge : Cambridge University Press, 2011.

David Higgins, *British Romanticism, Climate Change, and the Anthropocene : Writing Tambora*, Cham, Switzerland : Palgrave Macmillan, 2017.

Davide Zanchettin, Oliver Bothe, Hans F. Graf, Stephan J. Lorenz, Juerg Luterbacher, Claudia Timmreck, and Johann H. Jungclaus, "Background Conditions Influence the Decadal Climate Response to Strong Volcanic Eruptions", *Journal of Geophysical Research: Atmospheres*, Vol. 118, issue 10, 2013, pp. 4090–4106, doi:10.1002/jgrd.50229, 2013.

E.A. Smith, *George IV*, New Haven and London : Yale University Press, 1999.

George Thomas Staunton, *Notes of Proceedings and Occurrences, During the British Embassy to Pekin, in 1816*, University of California, Hathitrust, babel.hathitrust.org, on-line edition.

Gillen D'Arcy Wood, *Tambora The Eruption That Changed the World*, New Jersey : Princeton University Press, 2014.

Harold Bloom, ed., *Bloom's Classic Critical Views, Percy Shelley*, New York : Infobase Publishing, 2009.

Hosea Ballou Morse, *The Chronicles of East India Company Trading to China 1635-1834*, Oxford : Oxford University Press, 1926.

Hulme Mike, "Climate and Its Changes: A Cultural Appraisal", *Geo: Geography and Environment*, Vol. 2, issue 1, 2015, pp. 1-11, https://doi.org/10.1002/geo2.5.

J. Kandlbauer, P. O. Hopcroft, P. J. Valdes, R. S. J. Sparks, "Climate and Carbon Cycle Response to the 1815 Tambora Volcanic Eruption", *Journal of Geophysical Research: Atmospheres*, Vol. 118, issue 22, 2013, pp. 12,497–12,507, doi:10.1002/2013JD019767, 2013.

James E. Barcus, ed., *Percy Bysshe Shelley: The Critical Heritage*, London : Routledge, 1975.

Lewis J. Abrams, Haraldur Sigurdsson, "Characterization of Pyroclastic Fall and Flow Deposits From the 1815 Eruption of Tambora Volcano, Indonesia Using Ground-penetrating Radar", *Journal of Volcanology and Geothermal Research*, Vol. 161, issue 4, 1 April 2007 352–361, https//doi.org/10.1016/j.jvolgeores.2006.11.008.

Lucy Veale, Georgina H. Endfield, "Situating 1816, the 'Year Without Summer' in the UK", *The Geographical Journal*, Vol. 182, No. 4, December 2016, pp. 318–330, doi: 10.1111/geoj.12191.

Michael O'Neill, *Percy Bysshe Shelley: A Literary Life*, London : Macmillan, 1989.

Percy Bysshe Shelley, *Selected Poems and Prose*, London : Penguin Classics, 2016.

Percy Bysshe Shelley, *The Complete Works of Percy Bysshe Shelley*, Delphi Classics, on-line edition.

Peter J. Kitson and Robert Markley, ed., *Writing China Essays on the Amherst Embassy (1816) and Sino-British Cultural Relations*, The English Association, Cambridge : D.S.Brewer, 2016.

R. Auchmann, S. Brönnimann, L. Breda, M. Bühler, R. Spadin, and A. Stickler, "Extreme Climate, not Extreme Weather: the Summer of 1816 in Geneva, Switzerland", *Climate of the Past*, Vol. 8, issue 41, 2012, pp. 325–335, www.clim-past.net/8/325/2012/doi:10.5194/cp-8-325-2012 361.

Ralf Hertel, Michael Keevak, ed., *Early Encounters Between East Asia and Europe Telling Failures*, London : Taylor and Francis Group, ebook edition, 2017, https://doi.org/10.4324/9781315578385.

Richard B. Stothers, "Density of Fallen Ash after the Eruption of Tambora in 1815", *Journal of Volcanology and Geothermal Research*, Vol. 134, issue 4, 2004, pp. 343–345, doi: 10.1016/j.jvolgeores. 2004.03.010.

Saul David, *Prince of Pleasure The Prince of Wales and the Making of the Regency*, London: Little, Brown and Company, 1998.

Tilottama Rajan, *Romantic Narrative: Shelley, Hays, Godwin, Wollstonecraft*, Johns Hopkins University Press, 2010, on-line edition.

Ulrike Hillemann, *Asian Empire and British Knowledge : China and the Networks of British Imperial Expansion*, London : Palgrave Macmillan, 2009.

Y. Brugnara, R. Auchmann, S. Brönnimann, R. J. Allan, I. Auer, M. Barriendos, H. Bergström, J. Bhend, R. Brázdil, G. P. Compo, R. C. Cornes, F. Dominguez-Castro, A. F. V. van Engelen, J. Filipiak, J. Holopainen, S. Jourdain, M. Kunz, J. Luterbacher, M. Maugeri, L. Mercalli, A. Moberg, C.J.Mock, G.Pichard, L. Řezníčková, G.VanderSchrier, V.Slonosky, Z.Ustrnul, M.A.Valente, A. Wypych, and X. Yin, "A Collection of Sub-daily Pressure and Temperature Observations for the Early Instrumental Period with a Focus on the 'Year without a Summer' 1816", *Climate of the Past*, Vol. 11, issue 8, 2015, pp.1027-1047, https://doi.org/10.5194/cp-11-1027-2015.

Zheng Yangwen（郑扬文）, *The Social Life of Opium in China*, Cambridge: Cambridge University Press, 2005.

后　记

1996 年，我在哈佛大学东亚系做访问学者，跟孔飞力教授多有交往。

孔飞力是费正清的学生，因为我和妻子经常去费正清夫人费慰梅（Wilma Fairbank）那里玩，他也常来哈佛广场附近的温斯洛普街（Winthrop）41 号探望师母，我们有了就着啤酒和零食聊天、向他私下请教的机会。孔飞力是清史专家，我们之间的话题自然会涉及这一历史时期，包括他的名著《叫魂》。

孔飞力说，他在教书和研究之余，特别喜欢读侦探小说。我问他这种爱好是否影响了《叫魂》的写作风格，他回答说，其实做历史研究，就像是做一份侦探工作，要从无数的文本素材中，捋出清晰办案线索来，不放过可疑细节。《叫魂》对乾隆时代的一个具体历史案件的挖掘和梳理，的确让我体会到一种侦探式的敏锐和严谨。对我而言，研读这部著作，甚至还有一种阅读侦探小说般的快感。我还旁听过孔教授在哈佛园里的研究生课，他在讲解中国清代移民路线时，同样让教室里充满侦探历史事实的趣味。

2015 年，我又去哈佛大学亚洲中心做客座研究员。

我和妻子到达坎布里奇（Cambridge）的第二天，就去了温斯洛普41号怀旧。费慰梅已经作古，费正清家那栋黄色小房子大概已经易主。费慰梅、孔飞力和我们曾经一起闲坐聊天的院子里，搭起了施工用的工棚。那时，孔飞力也早已停止了在哈佛的工作，卧病在床。半年多后，他也告别了人世……

真没想到，二十多年后，我自己的写作，居然又一脚踏进了这个领域。

不过我写的这本书，既不是一本历史研究专著，也不是一部文学研究专著。

从这本书的写作开始，一直到结束，我自己都无法将其顺利归类。思来想去，我也许能将它定位为一种文化批评（cultural criticism），但同时，对具体文本的阐释，又有些话语分析（discourse analysis）的影子。现在，我已经放弃了给这个写作项目定性的努力：无论它像什么，或者根本就是四不像，都无所谓。

从某种意义上讲，我是想学习孔教授式的历史侦探手法，在有关的案件文档里辛苦耙梳，以求找到一些问题的答案。

因为没有想把这本书，写成循规蹈矩的“学术”八股，因为我的目标读者，包括但不限于学术界人士，我刻意取消了所有脚注或尾注。如果要给出每一件史实和每一句重要判断的资料来源，估计这本书的每一页上，注释都会泛滥成灾。为了给读者一种更顺畅的阅读体验，我将这一步骤彻底切割掉了。但是这并不意味着，本书所陈述的内容，没有可靠的来源。

事实上，我从自己阅读的相关资料中，得到了本书使用的所有数据、事实、说法。换句话说，如果没有中外文学、历史学、文化学、地质学、火山学和气候学研究者在诸领域内的丰硕成果，我也就不可能完成这本书。

在此，我想对所有被我引用过的学界同仁，表示自己最崇高的敬意。我在本书的“主要参考文献”中，列出了我所参照的部分研究资料，一方面是表明自己的谢意；另一方面，也是为读者提供一个进阶的资料库。有兴趣进一步深究这个话题的人，可以从中找到更多资源和思想。英文文献引用，我自己翻译了一部分，国内已有的优秀译本，则直接使用。我当然也相信，本书写作过程中收集和阅读的资料，只是现存知识海洋中的一小部分。个人能力有限，只能做到这一步了。

我在电脑前开始本书写作之后不久，一场当代人类历史上罕见的全球瘟疫大流行从武汉开始暴发。半年多的时间内，新型冠状病毒感染者从几万人，迅速增加至两千多万人。到我写下这些文字时，这个世界上已经有八十多万人因此失去了生命。

随着疫情蔓延，“气溶胶”这个曾经不为人知的概念，逐渐成为公众常识，甚至引发恐慌。

关注从武汉到全国的疫情，关注从中国到全世界的疫情，看着这无影无形的病毒侵犯所有疆域，突破所有国界，给人类造成如此惨痛的伤害，我意识到，1816 的无夏之年给全球气候带来的严重影响，更不用说由此引发的霍乱全球大流行，简直就是一面预先设置的镜子。这镜中呈现的影像，既反映了那个时代的中西差异，也映照出今天的世态荒唐。

在病毒焦虑和纷乱信息中苟活的我们，也许根本无法看清许多事实和逻辑，无法理解和预测这次全球重大事件对人类社会的影响，就像当年的龚自珍和雪莱一样。新冠疫情给中国和世界造成的损害，是否真如国内外一些学者预测的那样，将永远改变人类社会的现状和未来？它给各个地方的文化带来的强烈冲击，是否会在东方和西方话语里导致突变？这一系列问题，可能都要留给两百年后的历史研究者和写作者了。就像今天的我们，试图去审视和理解两百年前那场火山爆发给人类社会带来的冲击一样，只有那时，我们的后人在审视这个时代留下的碳化标本时，也许才会真正明白，今天的中国和西方在面对新型冠状病毒来袭时，是否真的记取或忽略了曾经有过的历史教训。

感谢商务印书馆的丛晓眉女士。一年前，我在与她的一次聊天中提及这本书的写作意愿和准备工作时，她给了我最直接最热情的鼓励，并在新冠疫情肆虐的过程中，一直关注我的写作进展。感谢责任编辑欧阳帆，没有她的辛勤和专业，这本书不会这样高质量地面世。

感谢潘路博士和彭瑾博士，她们帮我查找了一些材料和信息。

最后，感谢我的妻子郭彦。她在这些年来，一直坚持探寻古典中国的历史和文化，与她的交谈和交流，除了给我鼓劲加油，也给了我许多有益的启发。

2020年8月于成都

图书在版编目(CIP)数据

1816,奇异之年/易丹著.—北京:商务印书馆,2023
(2023.6 重印)
ISBN 978-7-100-20520-7

Ⅰ.①1… Ⅱ.①易… Ⅲ.①龚自珍(1792—1841)—人物研究②雪莱(Shelly, Percy Bysshe 1792—1822)—人物研究③乔治四世(George Ⅳ 1762—1830)—人物研究④嘉庆帝(1760—1820)—人物研究 Ⅳ.①B251.5②K835.615.6③K835.617=41④K827=49

中国版本图书馆 CIP 数据核字(2021)第 238352 号

1816,奇异之年

易丹 著

商务印书馆出版
(北京王府井大街 36 号 邮政编码 100710)
商务印书馆发行
山东临沂新华印刷物流
集团有限责任公司印刷
ISBN 978-7-100-20520-7

2023 年 3 月第 1 版 开本 787×1092 1/16
2023 年 6 月第 2 次印刷 印张 22½
定价:79.00 元